맛있어서 눈물이 날 때

맛있어서 눈물이 날 때

모리사와 아키오 지음 | 임지인 옮김

문예춘추사

차례

비가 안 와야 할 텐데.

풀을 괄게 먹인 새하얀 시트 위에 누운 나는 베개를 벤 채 머리를 돌려 창밖으로 펼쳐지는 하늘을 올려다보았다.

아침에는 제법 봄기운이 감도는 푸른 하늘이 펼쳐졌었는데 낮이 되면서 점점 먹구름이 몰려와 뒤덮기 시작했다. 비는 금방이라도 후드득 쏟아질 것만 같다.

텔레비전 받침대에 올려둔 오래된 괘종시계를 보았다.

긴 바늘과 짧은 바늘이 꼭대기를 향해 하나로 포개지려는 참이었다.

슬슬 일어나야겠네······.

속으로 그렇게 중얼거려보지만 나른해서 몸이 당최 말을 듣지 않는다. 마치 온몸의 모세혈관에 점토라도 가득 차 있는 기분이다.

'후우.'

그래도 숨을 한 번 내쉰 다음 억지로 몸을 일으켜세울 수 있었던 것은 머릿속에 신야의 웃는 얼굴이 떠올라서였다.

신야는 오늘부터 초등학교 3학년이 되는 외동아들로, 개학식이 끝나면 병문안을 오기로 했다.

나는 침대에서 등을 떼어내며 느릿느릿 상반신을 일으켰다. 머리맡에 둔 가발을 쓴 다음 슬리퍼를 신고 다시 한 번 '후우' 하고 숨을 내쉬면서 침대에서 발을 내려 천천히 일어섰다.

괜찮아. 아직은 설 수 있어…….

문병객들이 앉는 원형 의자를 향해 손을 뻗었다.

의자 끄트머리를 잡자 오른쪽 손등이 묵직하게 아렸다. 링거 바늘을 여러 번 꽂다 빼다 하다 보니 시퍼렇게 멍이 들었기 때문이다.

탁.

작은 소리를 내며 의자를 창가로 옮겼다.

그 의자에 살짝 걸터앉았다.

이제 막 마흔 줄에 접어들었는데, 겨우 이 정도 동작에 조금

씩 숨이 차오르는 자신이 못내 한심하다.

바깥 공기가 그리워져서 창문을 열고 싶었으나 꾹 참았다.

이곳은 6인실이다.

입원한 다른 환자에게 누가 되지 않도록 멋대로 창문을 열면 안 된다는 규칙이 있다.

나는 창틀에 왼쪽 팔꿈치를 대고 몸을 지탱했다. 그 상태에서 유리에 이마를 바싹 갖다 대고 6층에서 경치를 내다보았다.

창문 너머로 보이는 주된 경치는 주택가에 늘어서 있는 집들의 색색의 지붕이다. 파란색 지붕, 주황색 지붕, 빨간색 지붕, 또 검은색, 청록색, 회색, 갈색 등 다양한 색으로 넘쳐난다.

맑은 날에는 일부러 눈을 가늘게 떠서 경치를 희미하게 만든다. 그렇게 하면 저마다 다른 색색의 지붕들이 모자이크 무늬로 보여 왠지 드넓은 꽃밭이라도 바라보는 듯한 기분이 들어서였다.

저 멀리에는 고속도로가 좌우로 뻗어 있고 도로 건너편은 공업지대다. 공업지대 너머 저편으로는 바다가 펼쳐지는데, 아쉽게도 이 창문에서는 보이지 않는다. 거리가 너무 멀어서일까. 혹은 훨씬 높은 층 창문에서는 보이려나. 나로서는 알 도리가 없다.

예전에는 바다가 보이는지 확인하러 이 병동 옥상에 올라가

볼까, 하는 생각도 했으나 지금은 그런 기력도 사라졌다. 효과가 있는지 없는지조차 모르는 약의 부작용으로 이미 내 몸은 구석구석까지 너덜너덜해졌다.

흐릿한 회색이 드리워진 공업지대를 하릴없이 바라보며 나는 그 너머에 있을 바다를 생각했다.

바다라고 하니 재작년 여름휴가가 떠오른다.

가게를 임시휴업한 우리 세 식구는 다 함께 자동차를 타고 하룻밤만 자고 오는 작은 여행을 떠났다. 장소는 집에서 세 시간 정도 떨어진 반도 남부에 있는 '다쓰우라(龍浦)[1]'라는 바다였다. 여행지에서는 첫날도 이튿날도 맑게 개어서 그야말로 한여름을 만끽하는 홀가분한 시간을 보낼 수 있었다. 이글거리는 태양은 모래밭과 아스팔트를 태우고, 세상은 매미 울음소리로 가득했다. 여름 하늘은 쨍, 하는 소리가 날 것처럼 파랬고 하늘 높이 솟아오르는 적란운은 무서우리만치 거대했다. 블루 토파즈색으로 빛나는 바다와 그 푸른빛을 머금은 바닷바람 속에서 우리 가족은 눈을 가늘게 뜨며 줄곧 웃었던 것 같다.

반짝반짝 눈부셨던 여행을 다녀온 것도 벌써 2년 전이네…….

속으로 감기는 가벼운 한숨을 쉬었더니 내뿜은 숨에 유리창

---

1 다쓰우라는 『에밀리의 작은 부엌칼』의 배경이기도 한 곳이다.

이 희뿌옇게 흐려졌다. 희뿌연 유리에 나는 손끝으로 자그마한 네잎클로버를 그렸다. 여행 중에 한산한 바닷가 공원에서 신야가 네잎클로버를 찾으려 몰두했던 일이 떠올랐다.

남편인 코헤이와 나는 나란히 그네에 걸터앉아 끼럭끼럭 쇠줄 소리를 내며 조금씩 앞뒤로 몸을 흔들었다. 그리고 소라게처럼 등을 둥글게 말고 네잎클로버를 찾는 신야를 흐뭇하게 바라보았다.

"앗, 네잎클로버 찾았다!"

우리 쪽으로 뒤돌아보며 순진무구한 미소를 짓던 신야의 모습을 지금도 또렷이 기억한다.

그때 신야는 네잎클로버 세 개를 찾기 전까지는 돌아가려 하지 않았다. 게다가 납작 엎드린 채 무릎이 새카맣게 될 때까지 무려 한 시간이 넘도록 찾은 '행복의 상징' 세 개를 '세 식구 모두의 몫'이라며 나에게 맡겼다.

클로버 세 개는 집에 돌아와 압화로 만들고 투명한 시트지로 코팅한 다음 녹색 끈을 달아서 책갈피로 만들었다. 나에게는 소중한 부적이라 지금도 일기장에 끼워가며 사용하고 있다.

한숨으로 희뿌옇게 변한 병실 유리창이 다시 투명해졌다.

손끝으로 그린 네잎클로버도 사라졌다.

나는 다시 공업지대 너머를 힐끗 바라본 후, 시선을 아래로 떨어뜨렸다. 바로 아래에는 병원 부지 내 교차로와 정문에 설치된 차양이 보인다. 그 교차로를 따라 좌우로 뻗어 있는 국도로는 평일 정오인데도 끊임없이 자동차가 다녔다. 인도로는 접은 우산을 손에 들고 있는 사람들 모습이 눈에 보였다.

이대로 비가 안 와야 할 텐데—.

다시 날씨를 걱정했을 때 경쾌한 걸음으로 인도를 거침없이 내달리는 어린아이 모습이 눈에 들어왔다. 회색 점퍼와 아디다스 애착 숄더백. 거의 바로 위에서 내려다보는데도 나는 단박에 알아차렸다. 그 아이가 신야라고.

그저 인도를 달리고 있을 뿐인데 엎어지지는 않을까, 지레 혼자 하는 걱정에 마음을 졸였다. 그런 자신을 발견하고는 참 끔찍이도 아들 바보구나, 하고 쓴웃음을 흘렸다.

신야는 인도에서 방향을 틀어 병원 부지로 들어왔다. 교차로를 빙그르르 빠져나오자 이윽고 정문 차양 아래로 사라졌다.

나는 의자에서 몸을 일으켜 다시 침대에 걸터앉았다. 되도록 산뜻하게 보이게끔 손으로 가발 머리칼을 매만지면서.

나는 건강해.

늘 생긋 웃는 엄마라고.

그렇게 자신을 마음속으로 다독이면서 천천히 심호흡했다.

머지않아 복도 쪽에서 어린아이 특유의 가벼운 발소리가 들려왔다.

나는 크림색 커튼으로 공간을 나눈 방 안에서 귀를 기울였다.

귀여운 발소리가 병실 안으로 들어오더니 작은 손이 눈앞 커튼을 살며시 열었다.

"엄마."

신야는 주위를 신경 쓰면서 작게 속삭였다.

"일찍 왔네." 나는 눈을 가늘게 뜨며 입꼬리를 올렸다.

"응. 학교 마치고 전력 질주했거든."

신야는 말하면서 아주 잠깐 내 안색을 살피는 듯한 눈을 했다. 내 상태가 어떤지 궁금한 것이다.

그래서 나는 더욱 활짝 웃었다.

"그래? 엄마 정말 기쁘네. 고마워."

그러자 신야는 조금 안심이 됐는지 에헤헤, 하고 웃으면서 내 쪽으로 다가와 옆에 다소곳이 앉았다.

나는 그런 아들 볼을 양손으로 감싼 채 말했다. "뺨이 발그레한데도 차네."

"오늘 꽤 춥거든. 그래도 학교 벚꽃은 곧 전개야."

"그럴 때는 만개라고 하는 거야."

"아, 맞네."

신야가 미소 짓고, 나도 미소 짓는다.

나는 신야의 부드러운 볼에서 양손을 내리고 물었다.

"점심은?"

"아직."

"그럼 배고프겠다."

"으음……뭐, 약간."

"푸딩 먹을래?"

"와, 푸딩? 먹을래!"

푸딩은 어릴 때부터 신야가 아주 좋아하는 간식이다.

나는 두 다리에 단단히 힘을 준 채 일어나 작은 냉장고 안에서 푸딩을 꺼내주었다. 학창 시절 친구가 병문안 선물로 사온 것이었다.

"이 푸딩, 엄청 맛있는 거잖아."

"사르르 녹는 식감이 최고지?"

"응, 최고."

신야는 고개를 끄덕이고는 전형적인 함박웃음을 지으며 "잘 먹겠습니다"라고 말하고 바로 푸딩을 먹기 시작했다.

"맛있어."

나는 푸딩의 달콤함에 눈을 반쯤 감은 아들의 옆얼굴을 넋 놓고 바라보았다. 너무나도 행복한 표정을 짓기에 지켜보는 나까지 무심코 웃게 된다. 그리고 문득 생각했다.

앞으로 몇 번이나 이 웃는 얼굴을 볼 수 있을까—.

"신야, 있잖아."

"응?"

"오늘 개학식은 어땠어?"

나는 침울해지기 전에 말을 걸었다.

"흐음, 뭐, 지루했어."

"아하하. 지루했구나."

"왜냐하면 교장 선생님 말씀이 너무 길었거든. 아, 그런데 담임선생님 안 바뀌었어."

"어머, 잘됐네. 다니구치 선생님 다정하잖아."

"응. 우리 반 애들 모두 좋아했어."

신야는 입을 크게 벌려 쉼 없이 푸딩을 먹으면서 새 교실은 3층이고, 맨 앞자리에 앉게 되었으며, 5월에 현장학습이 있다는 것, 사고뭉치인 쓰쿠다가 선생님에게 혼난 것 등을 이야기해주었다.

나는 맞장구를 치면서 신야의 옆얼굴을 하염없이 바라보았다. 머리 한구석으로는 다른 생각을 떠올리며.

이 아이를 낳은 날, 젖을 물리던 날, 첫걸음마를 떼던 날, 거실 문에 손가락이 끼여 울음바다가 되던 날, 한밤중에 열이 올라 정신없이 병원으로 데려간 날, 도화지에 나와 남편 얼굴을 그려준 날, 머리맡에 있는 크리스마스 선물을 보고 신이 나서 어쩔 줄 몰라 하던 겨울 아침.

"엄마, 내 말 듣고 있어?"

다 먹은 푸딩 컵과 스푼을 손에 쥐고 신야가 나를 올려다보았다.

"어? 물론 듣고 있지."

나는 조금 당황하며 대답했다.

신야는 작은 목을 약간 갸웃거렸지만 일단 일어서서 휴지통에 푸딩 컵과 스푼을 버리고 다시 내 옆으로 와 앉았다. 그리고 나를 올려다보며 화제를 바꾸었다.

"참관 수업에는 올 수 있을 것 같아?"

"어?"

"그러니까, 방금 말한 다음 달에……."

"아, 응." 나는 아들의 등을 왼쪽 팔로 감싸며 작은 어깨를 끌어안았다. 그리고 조금 밝은 목소리로 분명 거짓말이 될 대답을 했다. "꼭 갈게. 엄청나게 기대하고 있는걸."

신야는 그제야 마음이 놓인다는 표정을 짓고는 내 오른손을 가리켰다.

"많이 아파?"

"어?"

"여기."

신야가 여기, 라고 말한 곳은 시퍼렇게 멍든 내 손등이었다.

"움직였을 때만 살짝. 그래도 괜찮아."

"계속 주사 맞아서 그래?"

"뭐, 그렇지."

가볍게 고개를 끄덕이자 신야는 자그마한 두 손 사이에 내 손을 끼워 샌드위치처럼 살포시 포갰다.

"멍이 빨리 낫도록 내가 기를 넣어줄게."

기를 넣다.

이 말은 남편 코헤이의 전매특허였다. 가령 신야가 아플 때면 반드시 "자, 빨리 낫도록 아빠가 기를 넣어줄게." 하고 아픈 부위에 손을 올린다. 남편은 요리사지 기공사가 아니어서 실제로 기공을 다룰 줄은 모른다. 그런데도 이른바 플라세보 효과 덕분인지 신야에게만큼은 깜짝 놀랄 정도로 '아빠의 기'가 잘 들었다.

"신야는 다정하네."

아빠의 다정함이 고스란히 전해졌구나—.

마음을 다해 말하자 신야는 약간 멋쩍은 듯 수줍어했다.

뼈만 앙상한 야윈 손등에 떠 있는 멍. 그 멍에 자그마한 손의 온기가 스며든다.

나는 신야에게 들키지 않게끔 깊게 호흡했다.

그렇게라도 하지 않으면 눈물이 넘칠 것만 같았다.

이 아이는 공부를 잘하는 것도 아니고, 그렇다고 운동을 잘하는 것도 아니다. 음악이나 미술 쪽으로 재능이 있는 것도 아니지만 언제나 타인의 마음을 배려할 줄 아는 다정함을 지니고 있다.

나에게는 자랑스러운 아들이다.

"좀 어때? 조금은 괜찮아졌어?"

진지한 얼굴로 '기'를 불어넣어준 신야가 나를 올려다보았다.

"응, 아픈 게 싸악 사라졌어."

"정말?"

나는 고개를 끄덕여주었다.

"신야 대단해, 꼭 아빠 같아. 고마워."

신야 얼굴에 어린아이다운 웃음이 피어났다.

내 손을 포개고 있던 작은 손이 천천히 멀어진다.

나도 안고 있던 신야 어깨에서 왼팔을 풀었다. 너무 오래 착달라붙어 있으면 이 아이는 분명 내 본심을 눈치 빠르게 알아챌 테니까.

그렇게 얼마간 우리 모자는 즐겁게 잡담 같은 대화를 나눴는데 문득 시계를 본 신야가 "아, 시간이 벌써 이렇게 됐네." 하고 말하자 따끈따끈했던 공기가 스르륵 하고 단숨에 흩어져버렸다.

"아, 오늘 축구 하는 날이지?"

신야는 작년에 동네 축구 클럽팀에 들어갔다.

"웅. 일단 집에 가서 밥 먹고, 바로 연습하러 가야 해."

"그렇구나. 열심히 해."

"웅."

끄덕인 뒤 신야는 침대에서 벌떡 일어났다. 그러고는 아디다스 숄더백을 어깨에 메고,

"내일은 아빠랑 같이 올게." 하고 말했다.

나는 웃는 얼굴을 만들며 고개를 끄덕였다.

"집에 갈 때 차 조심하고."

"알겠어."

"축구 하다 다치지 않게 조심해."

"웅. 그럼 내일 또 올게."

얼굴 옆에서 손을 자그맣게 흔든 신야는 빙글 돌더니 발길을 돌렸다.

사랑스러운 가냘픈 등.

나는 불러 세우고 싶은 마음을 온 힘을 다해 눌렀다.

그 등이 침대 공간을 나누는 커튼 너머로 사라지자 콧날이

시큰거렸다.

주책맞게 눈물이 나온담 하고 생각하는 순간, 막 닫힌 커튼이 다시 살짝 열리더니 신야가 얼굴만 빼꼼 내밀었다. 그리고 "바이바이." 하고 작은 목소리로 말했다.

어린아이다운 순진무구한 미소.

나는 뺨을 타고 흐른 물방울을 들키지 않기 위해 '아하하' 하고 밝게 웃고 손을 흔들었다.

"응, 바이바이."

신야 얼굴이 커튼 너머로 사라졌다.

발소리가 멀어지며 더는 들리지 않게 되었을 때, 다시 내 뺨을 타고 물방울이 흘렀다.

토옥.

물방울 하나가 오른쪽 손등의 멍 위로 떨어졌다.

뺨을 타고 흐르는 물방울은 뜨뜻무레했건만 손등에 떨어졌을 때는 이미 식어 있었다.

사람 몸도 이런 식으로 단숨에 식어버리는 걸까…….

나는 창가로 얼굴을 돌려 유리 너머의 하늘을 올려다보았다.

비야 제발 오지 마.

신야가 좋아하는 축구가 끝날 때까지만.

기도하듯 마음속으로 중얼거렸다.

흐릿한 회색 하늘이 너울너울 흔들렸다.

눈을 깜빡였더니 다시 뜨거운 물방울이 흘러 이번에는 허벅지 위에 작은 얼룩을 만들었다.

사랑스러움과 애절함.

지금 이 감정도 적어두자—.

나는 오른손을 뻗어 베개 밑에서 A5 크기의 링노트와 펜을 꺼냈다. 모서리가 조금씩 구겨진 이 노트에 지난달부터 일기를 쓰고 있었다.

노트 중간쯤에 끼워놓은 건 신야가 찾은 네잎클로버로 만든 책갈피다. 나는 노트를 펼치고 책갈피를 꺼내 베개 위에다 살포시 얹어두었다.

펼친 노트를 허벅지 위에 올렸다. 왼쪽 페이지는 어젯밤 눈물로 흐무러져 종이가 구깃구깃 주름이 졌다.

쓸 내용은 이미 정해져 있다.

멍이 맺힌 내 오른손을 부드럽게 감싸준 신야의 작은 손의 온기와 오늘도 가게를 운영하면서 신야를 키워주고 있는 남편에 대한 감사, 그리고 아마도 가지 못하게 될 참관 수업에 대한 심정.

나는 우선 '4월 8일'이라는 날짜를 적었다.

마치 자신의 것이 아닌 듯한, 힘없이 찌그러진 글자가 페이지 위로 늘어섰다.

글자가 어떻든 간에 본문을 쓰기 시작했다.

펜을 쥔 오른쪽 손등 위의 멍이 아주 조금 아렸다.

살아 있는 사람만이 느낄 수 있는 달콤한 통증이었다.

제1장

여름 잠자리

신야

학교 건물 2층에 있는 3학년 B반 교실.

활짝 열린 창에서 한여름 바람이 불어왔다.

베이지색 커튼이 들썩이며 바람을 머금었다가 천천히 원래 상태로 돌아갔다.

여름방학까지 남은 시간은 앞으로 일주일.

학원의 여름방학 특강과 동아리 마지막 대회를 앞둔 반 아이들은 종례 시간이 되었는데도 웅성웅성 잔뜩 들떠 있는 공기를 내뿜었다.

창가 자리인 나는 책상에 턱을 괸 채 하품을 억지로 참았다. 매미 소리가 사뭇 시끄럽다.

창밖을 보니 텅 빈 푸른 하늘과 소리도 없이 뭉게뭉게 솟아 오르는 적란운이 세상의 절반을 차지하고 있다.

최악인 여름이 되려나……

중학생으로서 맞이하는 마지막 여름이건만 꿈도 희망도 잃은 나는 마음속으로 중얼거렸다.

"그럼, 입후보자가 없으니 추천하는 걸로 하자."

매미 소리에 지지 않겠다는 듯 우리 반 담임인 야지마 선생님, 통칭 야지 샘이 더욱 목청을 틔워 외쳤다. 사십대 중반의 작고 호리호리한 아저씨지만 음악 교사답게 목소리는 쩌렁쩌렁하다. 하지만 무엇보다 폭발한 듯 넘실거리는 긴 머리가 가장 눈에 띈다.

"선생님, 그거 꼭 해야 해요?"

남자 배구부 쓰지무라의 목소리에 귀찮음이 깔렸다.

"전 학년 교직원 회의에서 정해진 거니까."

"우린 수험생이잖아요."

여자 농구부원이자 공부를 잘하는 에나미가 쓰지무라 편을 들고 나섰다.

"뭐, 어쩔 수 없잖아. 여름방학 동안 기분 전환하는 거라고 여기자."

"기분 전환이고 뭐고, 동아리 마지막 대회도 있고 진짜 그럴 시간 없는데요. 안 그래?"

야구부의 만년 후보인 니시다가 반 아이들을 향해 말하자 교실 안은 단박에 술렁이기 시작했다.

야지 샘이 뽑자고 한 것은 반마다 만드는 '학급 신문'의 편집 책임자였다. 시월에 지역 신문사가 주최하는 '학급 신문 콩쿠르'가 있는데 우리 학교 모든 반이 참가하게 된 모양이다.

그래서 야지 샘은 이 반을 대표하는 남녀 한 명씩을 편집 책임자로 정하고 싶어 했는데 그런 귀찮은 일을 자진해서 하려는 한가한 사람이 있을 리 없다.

"조용, 조용. 아무튼 해야 하는 일이니까, 누군가를 추천하지 않으면 종례도 안 끝날 거다."

야지 샘이 그렇게 말하자 소란스러움이 야유에 가까워졌다. 반 아이들 대부분은 한시바삐 동아리 활동을 하러 가야만 한다.

그러자 교실 뒤쪽에서 높고 날카로운 남자 목소리가 들려 왔다.

"그러면 우선 여자는 유카가 하면 되지 않나?"

목소리가 들려온 쪽을 향해 휙 돌아보니 축구부의 촉새, 아오이가 서 있었다.

반 아이들 시선이 아오이에게 쏠렸다가 곧바로 내 대각선 앞자리—아라이 유카에게 박혔다.

느닷없이 이름이 불린 유카는 어깨를 살짝 움츠리듯이 고개를 숙였다.

"왜냐하면 유카는 동아리도 없고, 성적도 좋으니까 여름방학 때 시간 만들 수 있지 않아?"

자기가 끝내주는 아이디어를 냈다는 듯, 아오이는 흡족해하는 얼굴로 반 아이들을 둘러보았다.

"오호라. 아라이, 어때? 맡아주겠니?"

야지 샘이 기대에 찬 얼굴로 유카를 보았다.

"아니……, 그래도."

"뭐 어때, 유카라면 할 수 있을 거야."

"맞아, 부탁해."

"동아리가 있는 다른 친구들이 불쌍하지도 않아?"

"서로 돕는 게 친구잖아."

"할 수 있어, 할 수 있어."

넉살스러운 여학생들이 잇따라 말을 퍼부었다. 맞는 말을 하는 듯 보여도 이는 분명 유카를 향한 괴롭힘이었다.

"유, 우, 카! 유, 우, 카! 유, 우, 카!"

짓궂은 여학생 중 한 명이 박자를 맞추면서 목소리를 높였다. 그러자 모두가 따라 하기 시작했고 눈 깜짝할 사이에 교실 전체가 유카 이름으로 가득 채워졌다.

내 대각선 앞에 앉아 있는 유카 등은 시들어가는 꽃처럼 점점 둥그렇게 말렸다.

"자자, 일단 조용!"

야지 샘이 양손을 올려 아이들의 말을 막았다.

"사정이 이러니까, 아라이, 어때?"

또 한 번 되묻는 야지 샘의 말은 더 이상 질문이 아니라 강요였다.

"그럼……네."

유카가 모기 같은 목소리로 대답하자 반 아이들 모두가 안심한 표정으로 박수를 짤깍짤깍 쳤다. 일부 여학생들은 소소한 괴롭힘에 성공해 만족한 듯 히죽거렸다.

"그래. 고마워. 그럼, 아라이, 잘 부탁한다. 자, 다음은 남학생인데……."

야지 샘이 무슨 영문인지 내 쪽을 보았다.

뭐?

진짜?

거짓말이지—.

그렇게 생각했으나 슬픈 예감은 대체로 틀리지 않는다.

"가자마도 지금은 동아리 활동 안 하지?"

얄팍한 미소를 지으면서 야지 샘이 말했다.

아 진짜, 장난하나.

마음속으로 나지막하게 중얼거린 뒤 반 아이들을 둘러보자, 잔꾀를 부리는 무수한 웃음이 나를 향하고 있었다.

대각선 앞의 유카는 아직도 등을 둥글게 만 채 고개를 숙이고 있다.

"신야, 부탁해."

조금 전의 짓궂은 여학생이 간드러진 목소리를 냈다.

"부탁이야."

하고 다른 여학생 목소리도 귀에 와닿았다.

"신야, 진심으로 부탁한다."

아오이의 목소리가 울렸을 때 교실 공기가 스윽 안 좋은 분위기로 바뀌고 있다는 것을 그제야 깨달았다. 당장이라도 내 이름을 외쳐대기 시작할 것만 같았다.

"아아, 알겠어, 진짜. 하면 되잖아."

마음속으로 혀를 찬 나는 툭 던지는 말투로 내뱉었다.

어차피 아이들이 내 이름을 외치기 시작하면 거절할 수 없는 분위기가 된다. 그렇다면 차라리 그전에 승낙하는 편이 낫다.

"오, 그래. 그럼 남학생은 가자마, 여학생은 아라이로 결정."

야지 샘의 선언에 아이들이 건성건성 손뼉을 치기 시작했다. '오예' 또는 '땡큐'라는 말을 하는 놈이 있는가 하면, 휘파람까지 불며 환호성을 내지르는 놈도 있다.

"모두 잘 들어. 미리 말해두는데 가자마랑 아라이는 어디까지나 리더일 뿐, 제작 담당은 아니니까. 이 두 사람을 중심으로 다 같이 힘을 모아 최고의 학급 신문을 만들도록. 입상하면 일요일 신문에 실리는 모양이야."

다시금 소란스러워진 교실에서 야지 샘의 이야기를 듣는 학생은 아무도 없었다.

창문에서 푸른 여름 바람이 날아들었다.

커튼이 부풀며 나부낀다.

유카는 양손을 책상 위에 올리고 등을 둥글게 만 채 가만히 있었다.

젠장, 이렇게나 최악인 여름을 보낼 줄이야……

속으로 그렇게 중얼거리자 매미 소리가 한층 더 시끄럽게 들리기 시작했다.

* * *

방과 후.

나와 유카는 어떤 신문을 만들지 정해야만 하기에 덩그러니 교실에 남겨졌다.

야지 샘은 "그럼 둘이 충분히 대화하면서 좋은 신문을 만들어주기를 바란다. 단, 너무 늦게까지 학교에 남아 있진 말고"라며 그야말로 무책임한 대사만 남기고 교실을 떠나 고문을 맡은 관현악부가 있는 음악실로 향했다.

"하아."

교실이 조용해지자 나도 모르게 한숨이 흘러나왔다.

"한숨이 깊네."

그렇게 말하면서 유카가 픽 웃었다.

우리는 각자 자기 자리에 앉아 있었다. 유카는 의자를 뒤로 돌려 대각선 뒤에 있는 나와 마주보았다.

"그야 한숨이 나올 만도 하잖아."

"왠지 억지로 맡게 된 느낌이니까?"

유카는 난처하다는 듯이 눈썹을 내렸으나 눈은 아직 조금 웃고 있다.

"진짜, 다들 무책임하고 비겁하지 않냐?"

유카는 내 말에 대꾸하지 않는 대신 고개를 살짝 갸웃했다.

"신야는 여름방학 동안 바빠?"

"응? 뭐, 나는……." 하고 말하면서 잠깐 앞날을 상상해보았다. 하지만 그럴싸한 일정은 전혀 없었다. "한가한데. 동아리 대회도 없고."

"그렇구나."

"유카는 바빠?"

"응?"

"학원이라든가."

그러자 유카는 옅은 미소를 지으며 고개를 옆으로 저었다. 단발로 자른 머리카락이 사락사락 흔들린다.

"나 학원 안 다녀."

그 대답을 들었을 때, 나는 내가 엄청나게 멍청한 질문을 했다는 사실을 깨달았다. 안 가는 게 아니라 못 간다는 사실이 떠올라서였다. 그래서 나는 다시 서둘러 말했다.

"아, 그야 유카는 성적이 좋으니까 명문 고등학교 진학을 목표 삼아 엄청나게 공부하고 있겠거니 생각했거든."

"그렇게 열심히는 안 해……."

유카는 눈꼬리가 약간 처진 눈을 가느스름히 뜬 채 살짝 고개를 저었다.

대화가 멈추었다.

맞은편 건물 틈새로 관현악부가 연주하는 악기 소리가 들려온다.

초등학생 때 같이 놀던 소꿉친구라고는 해도 아무래도 단둘이 있으면 미묘하게 서먹서먹한 공기가 감돈다.

"있잖아, 신야."

침묵을 깬 건 유카였다.

"응?"

"축구부는 다시 안 들어가?"

"뭐, 그렇지."

"다친 데 아직 안 나았어?"

나는 무심코 왼쪽 무릎에 손을 얹고, 깊은 한숨을 쉬었다.

"걷는 데는 문제가 없지만……. 그래도 무릎 관절 인대가 하나 끊어졌으니까."

"아……끊어진 상태로 걸어서 학교에 오는 거야?"

"응, 뭐. 아직 수술도 안 했고."

유카는 조금 놀란 듯한 얼굴로 입술을 다물었다. 어떤 말을 할지 고르는 거겠지. 유카가 묻고 싶은 게 뭔지 대강 짐작은 간다. 그래서 내가 먼저 말을 꺼냈다.

"수술할 수 있는 게 가을 무렵이고, 수술하면 재활치료하는 데 또 열 달 정도 걸린다더라고."

"그렇게나?"

"응. 진짜 최악이야."

"그러면……."

"내가 다시 축구를 한다 해도 빨라야 고등학교 1학년 중반 쯤 되겠지."

"그렇구나……."

유카가 눈에 띄게 아쉬워하는 표정을 지었다.

올 사월, 나는 축구부 공식전에 출전했다가 크게 다쳤다. 상대 수비수의 무모한 태클로 왼쪽 무릎의 전방십자인대가 파열된 것이다. 그뿐만 아니라 무릎 관절을 둘러싸고 있는 관절낭이라는 섬유조직도 찢어졌고, 반월연골판이라는 연골 일부도 손상되었다. 구급차에 실려온 내 무릎 MRI 사진을 보면서 "이야, 이건 제법 심각한데요……." 하고 담당 의사가 말했을 때는 꽤 절망적이었다.

부상 후 두 달 정도는 목발에 의지하는 생활을 했고, 석 달 정도가 지난 지금은 겨우 부기가 빠져서 보호대만 차고 있으면 거의 평범하게 걸을 수 있게 되었다. 그렇다고는 해도 인대가 하나 없어서 무릎은 늘 불안정하게 흔들렸고, 특히 계단을 내려갈 때는 정말이지 공포로 온몸이 떨린다. 자칫하다 무릎이 탈구되지는 않을까 걱정이 들어서였다. 당연히 가장 좋아하던 체육 수업은 모두 참관만 하고 있다.

이 부상을 치료하기 위해서는 '인대 재건술'이라는 내시경을 사용한 큰 수술을 받아야 하는데 그 수술을 하려면 먼저 무릎 내에 흐르는 혈액이 완전히 멈춘 상태여야 한다. 피가 계속 흐르면 내시경을 넣어도 관절 속 모습을 볼 수 없기 때문이다. 그리고 내 무릎 관절 속에서 완전히 피가 멈추는 것은 빨라도 가을 정도라, 요컨대 중학교 마지막 여름 대회에 참가하기는커녕 수술조차 할 수 없다는 게 현실이었다.

그래서 나는 미련 없이 오월에 동아리 탈퇴서를 제출했다.

이대로 동아리를 이어나간들 의미가 없을 뿐더러 주전 선수로 활약하던 나로서는 '참관'과 '응원'뿐인 시간을 견뎌내기가 괴로웠다.

축구부 동아리를 탈퇴한 뒤로는 내내 무기력한 나날을 보냈다. 방과 후, 모두가 웃으면서 운동장을 향하는 모습을 곁눈질로 흘끔거리며 나 혼자만 역방향에 있는 정문을 향해 왼쪽 무릎을 질질 끌며 비척비척 걸어갈 때 맛보는 참담한 기분은 집에 돌아온 후에도 이어졌다. 그래서 무릎을 다친 이후부터는 자연히 방에 틀어박혀 있는 시간이 늘게 됐다.

"신야, 그러면 여름방학은 한가하겠네."

직구로 날아온 유카의 말에 나는 쓴웃음을 지었다. 그리고 어렴풋이 쑤시는 왼쪽 무릎에 올려둔 손을 떼고 머리 뒤에서 깍지를 꼈다.

"한가한 놈이라……."

"나도 테니스부 그만두고 줄곧 한가하지만."

유카는 2학년일 때 테니스부를 그만두었다. 그만둔 이유를 물은 적은 없지만 대강 예상은 된다. 아마도 유카 집은 동아리 활동을 유지할 만한 금전적 여유가 없는 거겠지.

"나 말이야."

"응?"

"동아리를 안 하니까 뭐랄까, 음, 이상한 죄책감 같은 거 느끼는데. 유카는 그런 기분 안 들어?"

"나도 그래. 다른 애들은 동료들이랑 열심히 노력하는데 나만 모기장 밖에 나와 있는 그런 느낌이야."

"맞아, 진짜 그렇지."

유카 말에 맞장구친 순간, 유카 눈이 조금 커진 듯하다가 이내 초승달 모양으로 가늘어졌다.

"있지, 나 좋은 아이디어가 떠올랐어."

"응?"

"우리 둘이 동아리를 만드는 건 어떨까?"

"동아리?"

"그래."

"뭐야, 그게."

무슨 말인지 몰라 웃으면서 유카를 보자 유카는 살짝 부끄러운 듯 어깨를 움츠리고 모기처럼 작은 목소리로 말했다.

"한가부……."

일이 초나 지났을까, 나는 웃음이 터져나오고 말았다.

"아하하하. 한가부라니……, 뭐야 그게."

유카도 자기 말에 쿡쿡 웃었다.

"부원은 나랑 신야뿐이야."

"부원도 엄청 적잖아!"

"내가 테니스부를 그만두고 한가해진 게 작년 여름 전쯤이잖아?"

"그랬었나?"

"그래. 그러니까 내가 신야보다 선배야."

"먼저 한가해졌으니 선배라고?"

"맞아."

"같은 학년인데 선후배가 있냐?"

"응. 하지만 부장은 신야가 해."

말하면서 쿡쿡 웃는 유카 얼굴이 활짝 밝아졌다가 이내 원래대로 돌아왔다. 창가 쪽 커튼이 바람에 날려 아주 잠깐 창밖의 빛이 들어왔기 때문이다. 그리고 어째서일까, 그 순간만큼은 슬로 모션처럼 보였다. 게다가 내 심장은 한 박자 빨리 뛰기 시작한 듯, 가슴 안쪽이 답답해졌다.

"내가 후밴데 부장이라니……."

"상관없잖아."

"뭣보다 완장 찰 만한 타입이 아닌 거 너도 잘 알잖아."

"알지만, 괜찮아. 나보다는 나으니까."

"낫다니, 무례하네."

"그럼, 이건 선배가 가장 처음 내리는 명령이라고 치자."

유카는 즐거운 듯 눈을 가늘게 뜨고 내 얼굴을 똑바로 바라보았다.

"별안간 거만하게 명령이냐?"

말하면서 나는 코끝을 긁고 시선을 약간 떨어뜨렸다.

책상 위에 유카의 양손이 올려져 있었다. 여자다운 가냘픈 손이라고 생각했는데 왼손 검지에 반창고가 붙어 있었다.

"왜냐하면 내가 선배인걸."

나는 다시 얼굴을 들었다. 이렇게 밝은 얼굴을 하는 유카를 보는 건 꽤 오랜만이었다.

평소에 유카는 교실에 있을 때 되게 얌전하고, 어딘가 미안해하는 기색으로 지낸다. 이유는 간단하다. 드센 여학생 무리에게 따돌림당하고 있어서였다.

솔직히 유카에게 '따돌림당할 만한 요소'가 몇 개나 있다는 건 남자인 내가 보아도 알 수 있다. 그러니까 예를 들면 유카는 공부를 잘하는데 얼굴도, 목소리도 제법 귀여우니까 그게 질투의 원인이 되기도 하고, 성격이 몹시 솔직한 데다 평화주의자라서 싫은 소리를 들어도 되받아치는 법이 없다. 그러니까 상대는 안심하고 시비를 거는 것이다. 그리고 유카가 소꿉친구인 나만 편하게 대하는 것도 여학생들 눈에는 거슬리는 모양이었다.

무엇보다, 내가 무릎을 다치기 조금 전부터 유카의 집안 사정이 안 좋아졌다는 소문이 반 내에서 돌기 시작했다. 그게 사실인지 아닌지도 모를 뿐더러, 누가 먼저 말을 꺼냈는지도 모호하다. 그렇지만 그런 어두운 소문은 드센 여학생들에게 영양만점인 먹잇감이 되는 듯, 아이들은 유카를 괴롭히는 데 박차를 가한 듯이 보였다.

"동갑인데 무진장 으스대는 선배로군."

나는 팔짱을 끼며 말했다.

우후후, 하고 웃는 유카는 이미 내가 '부장'을 맡은 걸로 이해한 듯했다.

"그럼, 지금부터 '한가부' 결성한 거지?"

한가부, 결성.

뭔가 엄청 바보스러운 전갠데 이거…….

무심코 나는 쓴웃음을 흘렸다.

"근데 한가부 활동이란 게, 그냥 한가하게 있는 거냐? 그러면 전혀 활동이 아니잖아."

내가 그렇게 말하자 유카는 잠시 생각한 뒤 대답했다.

"음, 맞는 말이야. 한가하게 있는 건 활동이 아니니까."

"그렇지?"

그러자 유카는 '아' 하고 소리를 내고 가슴 앞에서 양손을 맞댔다. "그러면, 한가한 시간을 때우는 걸 활동으로 삼자."

"그렇게 되면 한가부가 아니라 시간 때우기부잖아."

"아하하. 그렇네."

"그렇지?"

"그럼, 정식 명칭은 '한가한 시간 때우기부'이고, 줄여서 '한가부'라고 부르자."

유카의 적당주의에 나는 또 웃음을 터트렸다.

"아하하. 웃긴다. 영화 감상부를 영화부로 줄여서 말하는 것처럼?"

"응응. 그래서 우리의 첫 활동을 신문 만들기로 하면 어떨까 싶은데."

그렇구나, '유카는 역시 똑똑해'라고 생각했다가 나는 퍼뜩 정신을 차렸다.

"뭐? 잠깐만. 설마 학급 신문을 우리 둘이 만들 작정이야?"

"응."

"뭐? 왜?"

"왜냐하면······, 누군가에게 부탁해봤자······."

"부탁해봤자?"

"뭐랄까······짜증 낼 것 같아서······."

유카는 말끝을 흐렸지만 그럼에도 여전히 웃음의 파편들이 약간 남아 있었다. 눈썹을 팔(八)자로 모은 난감해하는 웃음이었다.

"아아, 그런······." 하고 어중간한 말이 흘러나온 터라 나는 이어나갈 말을 찾지 못하고 결국 입을 다물었다.

하긴, 우리 반의 절반쯤 되는 여학생들에게 따돌림당하는 유카가 부탁한다고 한들 귀찮은 일을 넙죽 떠맡을 사람이 있을 것 같지도 않다. 특히나 여학생들은 대놓고 거절하겠지. 유카와 사이좋게 지낸다는 이유만으로 따돌림당할 수 있으니까.

그럼 내가 진지하게 부탁하면······.

그렇게 생각하고 입을 떼려는 차에 문득, 유카 목소리가 먼저 들려왔다. 다만 그 목소리는 드센 여학생들을 향해 말하는 듯한, 무척이나 힘없는 음색이었다.

"미안해, 왠지."

"어?"

"역시 단둘이서 하는 건 싫으려나⋯⋯."

펄럭, 하고 창에서 여름 바람이 날아들었다.

커튼이 마치 꿈속인 양 살랑거린다.

고개를 살짝 갸웃한 유카의 얼굴에 작은 미소가 떠올랐다. 그리고 그게 체념하는 미소라는 사실을 깨달았을 때, 나는 유카에게 들키지 않게끔 천천히 심호흡했다. 그리고 아까보다 더 세게 뛰는 심장을 느끼면서 일부러 한숨 섞인 목소리로 말했다.

"확인차 물어보는 건데."

"어? 아, 응."

"우리 둘이 신문을 만들자는 것도 선배가 내리는 명령인 거야?"

"어⋯⋯?"

유카가 어리둥절한 표정으로 나를 빤히 바라보았다.

유카의 초롱초롱한 눈동자가 검은색이 아니라 다갈색이라는 사실을 지금, 새삼 깨달았다.

나는 뜨겁게 뛰기 시작한 심장을 애써 무시하며 다시 한 번 말했다.

"선배가 하는 명령이라면 뭐, 어쩔 수 없으니까."

유카는 표정을 풀더니 입꼬리를 힘껏 올렸다.

초등학생 때부터 봐온 유카다운 미소가 피었다.

"응. 선배가 하는 명령이야."

근처에서 매미 한 마리가 또 울어대기 시작했다.

유카는 크게 들이쉰 숨을 안심한 듯한 한숨으로 바꾸어 내뱉었다.

멀리서 들려오던 관현악부 연주 소리가 그쳤다.

우리 외에 아무도 없는 교실에서 싱글싱글 웃는 유카와 서로 얼굴을 마주보고 있는 게 별안간 쑥스러워진 나는 시선을 돌려 창밖을 내다보았다.

하늘은 어느샌가 황혼이 지기 전 특유의 색바랜 희읍스름한 푸른색으로 물들어 있었다. 그런데도 아직 저 멀리에서는 커다란 적란운이 뭉게뭉게 피어올라 있다.

"그래. 뭐, 선배가 하는 명령이라면 별수 없지."

나는 적란운을 향해 나직이 말했다.

* * *

한가부를 결성한 날 가장 먼저 한 일은 바로 학급 신문 주제를 정하는 것이었다.

우리 지역의 장인들.

다소 진부하지만 앞으로 우리가 무얼 해야 하는지 구체적인 계획을 세울 수 있는 주제이기도 하다.

요컨대 우리 지역에 거주하는 여러 숙련공을 취재해서 어떤 일을 하는지, 어떨 때 보람을 느끼는지, 어려움은 무엇인지, 어떤 인생관을 가지고 사는지 등을 신문 기사로 쓰는 것이다.

실제로 누구를 취재할지 등, 구체적인 내용은 내일 정하기로 하고 우선은 하교하기로 했다.

우리는 분담해서 문단속을 끝내고 교실을 빠져나왔다.

무릎을 감싸고 차근차근 계단을 내려가는 나를 보더니 유카도 옆에서 내 속도에 맞춰주었다. 1층에 있는 신발장에 닿자 신발을 꺼내 갈아신었다. 그때 나는 깨달았다. 유카 신발장 문이 부자연스럽게 찌그러졌고 온전히 닫혀 있지 않다는 사실을. 분명 유카를 괴롭히는 누군가가 부순 거겠지.

어깨를 나란히 맞추고 걸으며 학교 본관 건물을 나와 인기척이 없는 체육관 옆을 지나 그대로 교문을 빠져나왔다. 그리고 국도로 이어지는 언덕길을 천천히 내려갔다.

"얼마 안 있으면 여름방학이네……."

유카가 파인애플 색으로 물든 하늘을 올려다보며 말했다.

그 말에 반응이라도 한 듯 언덕 아래에서 여름 바람이 타고 올라와 유카의 머리카락과 교복 치마를 나부끼게 했다.

"바람에서 약간 바다 냄새가 나는데."

"정말이네?"

하늘을 올려다본 채 유카는 눈을 가늘게 떴다. 진지하게 냄새를 맡는 것이다.

"올해 방학 숙제는 제발 성가신 거 안 내주면 좋겠다."

내 입에서 무심코 본심이 흘러나왔다. 그렇지 않아도 귀찮은 신문 제작까지 억지로 떠맡게 되었으니 말이다.

유카는 내 말에는 답하지 않고 대뜸 밝은 목소리로 말했다.

"앗, 신야, 저기 좀 봐봐."

"응?"

"잠자리가 날고 있어."

유카가 가리키는 쪽을 올려다보았다.

"정말이네."

고추잠자리 두 마리가 여름 바람에 맞서며 같은 위치에 둥실둥실 떠 있었다.

"아직 여름방학도 되기 전인데."

"성격이 급한 놈들인가 봐."

폭이 좁은 인도에서 하늘을 올려다보며 걸은 탓인지 옆을 걷던 유카 팔이 아주 잠깐 내 팔꿈치에 닿았다.

반소매 블라우스로 뻗어 나온 새하얀 피부의 부드러움.

희미하게 땀이 배어 있는 듯한, 선뜩한 온도.

나는 허겁지겁 거리를 벌렸으나 유카는 아무 일도 없었다는 듯이 "앗, 잠자리 날아갔어." 하고 하늘을 향해 중얼거렸다.

얼마간 언덕을 내려가자 언덕 아래 사거리 모퉁이에 허름한 대중식당이 보였다. 그 목조 건물이 내가 사는 집이자 아빠가 운영하는 가게이기도 하다. 이렇게 말하는 건 좀 우습지만 솔직히 우리 집은 꽤 구닥다리 주택이다. 근래 이 거리에는 새 건물이 쑥쑥 들어서고 있어서 그런지 왠지 우리 집만 동떨어진 이질적인 분위기를 풍기고 있다. 그런 가게 2층에서 나는 아빠와 둘이 살고 있다.

식당 이름은 우리 성을 붙인 '대중식당 가자마'이다. 최근에 입구 미닫이문을 새로 교체했으나 여전히 빛이 바랜 낡아빠진 노렌(상점 입구에 치는 상호가 적힌 천-역주)이 걸려 있는 데다 가게 안도 '복고풍'이라는 단어가 절로 떠오르는 장식들로 꾸며져 있다.

"그러고 보니 신야네 집 벚나무 제법 커졌네."

언덕 아래에 있는 우리 집을 바라보면서 유카가 말했다.

"그런가?"

"응. 꽤 커."

우리 집 정원에는 어린 벚나무 한 그루가 있다. 내가 태어났을 때 엄마가 기념 목으로 심었다고 한다. 그 묘목을 심어준 엄마는 내가 초등학교 3학년일 때 병으로 돌아가셨다.

"벚나무가 나랑 동갑이니까 조금은 커졌으려나."

"동갑이구나. 그럼 벚나무도 열다섯 살이겠네."

"응."

"저 나무에서 버찌 따먹곤 했는데, 참 맛있었어."

유카가 추억에 잠긴 듯한 목소리로 말했다.

"몇 알만 겨우 영글었지만."

그러고 보니 엄마가 돌아가실 무렵인 초등학교 3학년 때까지, 유카는 우리 집에 자주 놀러 오곤 했다. 그리고 아직 어린 나뭇가지에 달린 버찌를 함께 찾으며 발견하는 대로 덥석덥석 따먹곤 했다. 그러나 초등학교 고학년이 되면서 점차 '남녀'를 의식하기 시작했고 자연스레 단둘이 노는 일도 줄어들었다. 그 이후로 버찌는 모두 새들의 만찬이 되었다.

"신야, 올해도 먹었어?"

"버찌?"

"응."

"안 먹었어."

"뭐? 하나도?"

"뭐, 그렇지. 올해뿐만 아니라 쭉 안 먹었는데."

돌이켜보면 엄마가 돌아가시고 아빠랑 둘이 살게 된 이후부터는 매일 허둥지둥 정신이 없기도 했고, 축구를 막 시작했던 터라 바쁘기도 했다. 그래서 버찌를 신경 쓸 여유 따위 없었는지도 모른다. 아마도 그랬던 것 같다.

"왜 안 먹어? 맛있는데."

유카가 이쪽을 돌아보았다. 또, 톡, 하고 팔과 팔이 닿았다.

"애당초 열매가 열렸는지 안 열렸는지조차 신경 안 쓰고 살았어."

"아까워."

"뭐, 상관없잖아. 어차피 새가 먹을 테고."

"새한테 양보할 거면 차라리 내가 먹고 싶어. 있잖아, 내년에 열매가 익으면 먹으러 가도 돼?"

"맘대로 해."

나는 약간 무뚝뚝한 말투로 대꾸했다.

"그럼 열매가 익으면 알려줘."

"그것도 선배 명령이야?"

"응."

고개를 끄덕인 뒤, 유카는 배시시 웃었다.

"그럼 뭐, 어쩔 수 없네."

언덕길을 내려와 가게 앞에 다다르자 나는 유카와 헤어졌다.

"잘 가라."

"응, 내일 또 봐."

유카 집은 조금 더 걸어가면 나오는 주택지 안쪽 후미진 장소에 있다.

나는 색이 바랜 노렌을 들추고 가게 안으로 들어갔다.

"다녀왔습니다."

손님용 의자가 놓여 있는 안쪽을 향해 나직이 말하자 언제나처럼 "잘 다녀왔어?" 하고 밝은 여성 목소리가 되돌아왔다.

엄마가 돌아가시고 난 뒤로 가게 서빙을 도맡아주는 게이코 씨였다. 머리를 뒤로 질끈 묶고 고급스러운 꽃무늬 앞치마를 두르고 있다. 몸은 작고 가늘어도 늘 등을 곧게 세우고 있어서 그런지 키가 작아 보이지는 않는다. 겉으로 보기에는 꽤세련되고 젊어 보이는데 정작 본인은 "낼모레 환갑이야"라는 말을 일삼는다. 남편을 사고로 잃고 나서는 우리 집에서 도보로 몇 분이면 도착하는 원룸 아파트에서 지금까지 혼자 살고 있다.

"오우, 신야. 학교 재밌었냐?"

주방에서 얼굴을 쑥 내민 아빠가 우렁찬 목소리로 매번 똑같은 대사를 내뱉었다. 그리고 씩 웃었다. 어렸을 때는 '응!'

하고 힘차게 외쳤던 대답이 중학생이 된 지금은 "뭐, 그럭저럭"으로 바뀌었다. 그렇게 대답하는 나를 보며 앞치마를 두른 게이코 씨가 흐뭇하다는 듯이 바라본다. 이 패턴도 매번 같다.

저녁을 먹기에는 조금 이른 시간이건만 이미 가게 안에는 몇몇 손님들이 정식을 먹고 있었다. 그 손님 중에 단골인 아저씨가 앉아 있어서 날 보고는 '오오' 하고 손을 들어 인사하기에 나는 아무 말 없이 고개만 숙여 인사했다.

주방과 마주보는 네 명이 앉을 수 있는 카운터 자리로 시선을 옮기자 초등학생쯤 되어 보이는 야윈 여자아이가 가장 안쪽 자리에 동그마니 앉아서 홀로 밥을 먹고 있었다. 이따금 보이는 붙임성 좋은 아이였다.

그 아이도 나를 슬쩍 봤다. 나는 일부러 못 본 척해주려고 했는데 고개를 꾸벅 숙여 인사를 했다. 그래서 나도 어쩔 수 없이 눈으로 인사를 건넸다.

"미키짱, 푹푹 떠서 먹어."

주방에 있는 아빠가 그 아이에게 말을 걸었다. 목소리가 우렁차서 그런지 혼내는 것처럼 들렸는데 웬걸, 아빠 얼굴에는 미소가 가득 떠 있다.

"네."

"밥 모자라면 더 줄까?"

"음⋯⋯."

어깨를 한껏 움츠린 미키짱을 향해 아빠는 더욱더 환한 미소를 지었다.

"아하하. 사양하지 않아도 되니까."

"그럼, 아주 조금만 더⋯⋯."

옆에 있던 게이코 씨가 미키짱이라 불리는 아이 밥그릇 쪽으로 손을 뻗었다.

"미키짱은 항상 밥도 깨끗이 먹고, 기특하네."

게이코 씨는 소녀 머리를 가볍게 쓰다듬고는 손에 든 밥그릇을 주방에 있는 아빠에게 건넸다.

이런 모습도 우리 가게의 일상적인 풍경이다.

나는 아무 말 없이 주방으로 들어가 바로 오른쪽에 있는 미닫이문을 열었다. 이 현관 바닥에서 신발을 벗고, 집으로 들어간다. 사실은 가게 안을 통과하지 않고 마당을 가로질러 뒷문으로 조용히 귀가할 수도 있으나, 안타깝게도 그 뒷문은 항상 잠겨 있다. 아빠는 도둑이 들지 않게끔 잠가두는 거라고 말하지만 그건 아무래도 거짓말인 것 같다. 왜냐하면 예전에 게이코 씨가 넌지시 일러준 적이 있기 때문이다.

"코헤이 씨 있잖아, 신야가 어떤 얼굴로 학교에서 돌아오는

지 항상 지켜보고 있어. 무뚝뚝해 보여도 아빠 나름대로 신야를 걱정하는 걸 거야."

코헤이 씨란, 우리 아빠 이름이다.

솔직히 말해 가게 손님들이 다 쳐다보는 와중에 귀가하는 건 참 부끄럽다. 하지만 뭐, 아빠랑 둘이 살고 있기도 하고 방범이라는 안전 요소도 포함해서 이것도 어쩔 수 없다고 체념하고 있다.

나는 현관 바닥에서 신발을 벗고 집 안으로 들어갔다.

그리고 등을 진 채 손만 뒤로 뻗어 문을 닫으려는 순간, 우렁찬 목소리가 등 너머로 들려왔다.

"앗, 야, 신야."

"어?" 하고 나는 뒤를 돌아봤다.

"너, 여름방학 언제부터냐?"

"일주일 뒤."

가족끼리 나누는 사사로운 대화를 손님들이 듣는 게 싫어서 나는 냉큼 집 안으로 도망치듯 들어갔다. 하지만 아빠는 전혀 개의치 않는다는 듯이 "여기 있어, 미키짱. 천천히 꼭꼭 씹어 먹으렴." 하고 카운터 너머로 밥이 소복이 담긴 밥그릇을 건넨 뒤, 다시 내 쪽을 보았다.

"여름방학 동안은 한가하지?"

유카도 그렇고 대놓고 내가 한가하다고 멋대로 단정 짓고 말하면 아무리 그래도 조금은 저항하고 싶어진다. 하지만……,

"뭐, 응. 그렇지."

라고 말할 수밖에 없다.

유카와 한가부 활동을 한다고 한들, 그 일 외에는 거의 한가하게 하루하루를 보낼 것 같았다.

"그럼 올해도 적당할 때 엄마 산소 다녀오자."

우리 가족 산소는 시즈오카현의 한 바닷가에 있어서 자동차로 편도 네다섯 시간은 족히 걸린다. 그래도 뭐, 모처럼 여름방학이기도 하고 한 번 정도 멀리 다녀오는 것도 나쁘지 않을 것 같았다.

"알겠어."

고분고분 고개를 끄덕인 나는 "그럼, 이제 올라갈게." 하고 말하며 주방과 자택을 구분짓는 미닫이문을 딸깍 닫았다. 그리고 경사가 급한 계단을 무릎을 감싸면서 올라가 내 방으로 들어갔다. 다다미가 깔려 있던 곳을 마룻바닥으로 바꾼 열 평 남짓한 내 방은 애초에 물건을 두지 않아서인지 그럭저럭 정돈되어 있다.

가장 먼저 에어컨을 켰다. 창문을 닫아둔 채 등교한 터라 방 곳곳에 후텁지근한 열기가 가득 차 있었기 때문이다.

가방을 책상 위에 올려두고 '후우' 하고 의미 없는 한숨을 내쉬고 침대에 몸을 내던졌다. 그대로 드러누워 색이 조금 바랜 희뿌연 천장을 올려다보았다.

어쩐지 유카의 웃는 얼굴이 어른거렸다.

한가부라니ㅡ.

마음속으로 자신을 향해 그렇게 중얼거렸을 때 계단 아래서 아빠의 우렁찬 웃음소리가 들려왔다. 분명 단골손님과 농담을 주고받는 거겠지.

그 순간, 나는 카운터에서 밥을 먹던 야윈 여자아이를 떠올렸다. 미키짱이라 불리는 그 꼬마는 우리 가게에서 제공하는 '어린이 밥'을 간간이 먹으러 오는 애였다. '어린이 밥'이란 쉽게 말해 밥을 충분히 먹을 수 없는 빈곤가정 아이들에게 무료로 한 끼를 제공하는 서비스로, 아빠는 이 일을 삼 년 전부터 시작했다. 이른바 자선사업이다. 처음에는 누구의 도움도 없이 아빠 혼자서 비용을 부담하며 이어갔으나, 시간이 흐르면서 소문을 들은 이웃 농가 사람들이 삼삼오오 모여 상품 가치가 떨어지는 작물을 나누어주게 되었고, 그 덕에 아빠도 조금은 경영하기 수월해졌다고 한다.

지금 우리 가게에 '어린이 밥'을 먹으러 오는 아이들 수는 근처에 사는 초등학생, 중학생 모두 합쳐 스무 명쯤 된다. 매일 오는 건 아니고 배가 고파서 도저히 참을 수 없을 때 몰래 가게에 전화를 걸어 예약한 뒤, 약속 시간에 맞춰 먹으러 온다.

'어린이 밥'을 먹을 수 있는 사람은 기본적으로 '초·중학생'만 가능하다는 규칙이 있긴 하지만, 정말 피치 못할 사정이 있을 때는 그 아이와 엄마까지 모두 예약을 받아주기도 한다.

참고로 이 서비스를 시작하고 얼마 지나지 않았을 때, 아빠는 서툰 솜씨지만 직접 카운터 자리를 만들었다. 가게에 밥을 먹으러 오는 아이들이 다른 손님들에게 등을 지고(그러니까 얼굴이 안 보이게) 먹을 수 있게끔 배려한 것이다.

하지만 그 카운터 자리조차 불편해하면서 다른 사람 눈에 띄지 않게 밥을 먹고 싶어 하는 아이도 있다. 대체로 남들 눈을 신경 쓰기 시작하는 중학생들이 그러한데, 그럴 때는 영업시간 전에 몰래 받아주기도 한다. 다만 아무리 다른 사람 눈을 피하려 노력한들 손님이라면 모를까, 이 집에 사는 나까지는 피할 수 없다 보니 더러 마주치는 일도 생기게 마련이다. 그리고 그 순간이 퍽 괴롭다. 아무도 없는 줄 알고 몰래 먹으러 온 동급생과 우연히 마주쳤을 때 짓는 그 멋쩍어하는 얼굴……. 그들은 하나같이 나까지 단박에 풀이 죽게 되는 눈을 한다. 솔직하게 말하면 나도 동급생의 그런 모습은 보고 싶지 않고, 다음 날 개와 학교에서 마주쳤을 때 우리를 감싸는 그 거북한 공기란, 넌더리가 날 만큼 싫다.

나와 우연히 마주쳤을 때 가장 민망해하며 죽상을 짓던 사람은 옆 반의 문제아인 이시무라 렌지였다.

이시무라는 수업 중에 교실을 빠져나가 화장실에서 담배를 피우는가 하면 물건을 훔치다 경찰에 붙잡히거나 사람을 때려 가정 법원에 간 적도 있는 남다른 불량아로, 야쿠자 밑에서 톨루엔(시너 냄새가 나는 무색의 휘발성 액체로, 흡입하면 환각을 일으킨다-역주)을 판매한다는 소문을 들은 적도 있다. 특별히 몸집이 큰 편도 아닌데 깡다구 하나는 세서 싸움을 잘한다든가, 사실은 가라테(손과 발을 이용해서 타격하는 일본의 대표적 무술-역주) 달인이라든가, 동급생들이 이러쿵저러쿵 멋대로 떠들어대는 걸 들었을 뿐 이시무라랑 제대로 대화한 적은 거의 없다. 그러니까 실제로 이시무라가 어떤 놈인지는 잘 모른다. 그저 몇몇 동료를 거느리며 어깨로 바람을 가르듯이 교내를 활보하는 모습을 보는 정도다.

이시무라 패거리가 걸어오면 대부분은 불똥이 튀지 않게끔 길을 비켜준다. 조금이라도 마음에 들지 않는 애가 있으면 이시무라는 정면으로 째려보며 상대를 위협하곤 하는데, 그때 우연히 내가 지나가게 되면 상황이 묘하게 바뀐다. 이시무라는 불현듯 부루퉁해진 얼굴로(때로는 혀를 차며) 어딘가로 걸어가 버린다.

이시무라는 '어린이 밥'을 먹는다는 사실을 내가 우연히 알게 되어 '약점'이 잡혔다고 멋대로 생각하는 모양이었다.

그런 이시무라와는 정반대로 '어린이 밥'을 먹고 있을 때 만나도 서로 어색하지 않은 동급생이 있다.

한가부의 선배—유카다.

유카는 애당초 소꿉친구라 어렸을 때부터 곧잘 우리 가게에서 밥을 먹곤 했다. 그리고 그 연장선상이라는 느낌으로 '어린이 밥'을 먹으러 오기 때문에 나도 거의 껄끄럽지 않다. 그래서 카운터 자리에 있는 유카를 발견하면 나는 일단 "왔냐." 하고 간단히 인사는 해둔다. 내가 생각해도 쌀쌀맞은 인사처럼 느껴지지만 유카는 "덕분에 잘 먹고 있어"라는 식으로 말하면서 어깨를 작게 움츠리며 나를 향해 생긋 웃는다. 유카가 어깨를 움츠리면 곧바로 주방에서 우렁찬 목소리가 날아온다. 사양하지 말라는 투로 아빠가 농담을 던지며 유카를 방긋 웃게 만든다.

그런 분위기니까 분명 유카도 주눅 들지 않고 '어린이 밥'을 먹고 있을 거라고 생각한다. 다만 유카 옆자리에는 항상 굉장한 위화감을 불러일으키는 존재가 있다.

유카의 남동생, 초등학교 4학년인 코타다.

코타는 유카와 달리, 지극히 평범한 얼굴이다. 쌍꺼풀이 없는 작은 눈, 자그맣고 낮은 코, 얇고 색이 없는 입술. 얼굴 피부는 전체적으로 밀가루를 뿌린 것처럼 건조하고 하얗지만, 목 주위는 아토피성 피부염으로 울긋불긋하다. 머리카락은 박박 밀었으나, 뒤통수와 옆머리 쪽에 동전 크기 정도로 구멍이 나 있었다. 아마도 원형탈모일 테다.

무엇보다 인상적인 건 코타 얼굴에 거의라고 말해도 될 정도로 표정이 없다는 점이다. 주방에 있는 아빠가 혼신의 개그를 날려도 코타는 거의 웃지 않는다. 단지 아주 살짝, 눈썹을 팔자 모양으로 해 난처한 듯한 얼굴을 만들 뿐이다. 그리고 조용히 '어린이 밥'을 다 먹으면 야윈 등을 아주 살짝 둥글게 굽히고 유카 등 뒤에 찰싹 붙어 집으로 돌아간다. 참고로 아빠에게 "잘 먹었습니다"라고 모기 같은 소리로 인사를 건네기는 한다.

코타가 자아내는 위화감은 두 사람이 돌아간 후에도 가게에 여운처럼 남아 있다. 코타가 먹고 난 뒤의 카운터 자리는 그릇 주위로 음식물 부스러기가 우수수 떨어져 있어서 그 광경이 이루 말할 수 없는 쓸쓸함을 자아낸다.

유카와 코타.

의붓남매…….

나는 침대에 벌렁 드러누워 천장을 바라보며 조금도 닮지 않은 두 사람의 얼굴을 떠올렸다.

여름방학이 시작되면 오랜 기간, 학교급식을 먹을 수 없다. 빈

곤가정에서 생활하는 아이들에게는 이 방학 기간이 가장 큰 시련임을 예전에 게이코 씨가 알려준 적이 있다. 실제로 매년 여름 방학 동안은 '어린이 밥'에 의지하는 아이 수가 단박 늘어난다.

방은 에어컨 바람으로 제법 시원해졌다.

나는 상반신을 일으켜 침대 끄트머리에 걸터앉았다.

발치에 있던 축구공을 왼쪽 다리로 끌어당겨 앉은 상태에서 가볍게 공을 차올렸다. 그 공을 오른발, 왼발 순서대로 툭툭, 가볍게 차며 리프팅을 하며 놀았다.

이런 단순한 동작에도 연골이 파열된 왼쪽 무릎에는 반응이 느껴진다. 욱신대고 아픈 정도까지는 아니었으나 뼈 위치가 뒤틀린 상태로 무릎 관절이 움직이는 듯한 무척 불쾌한 느낌이다.

그래도 애써 무시한 채 나는 앉은 채로 리프팅을 이어갔다.

그리고 멍하니 생각했다.

조금 전에 내 팔꿈치에 닿은 유카의 부드럽고 서늘했던 팔……, 거기에 지름 10센티 정도 시퍼렇게 멍이 든 자국을.

유카

번번이 신세를 지는 '대중식당 가자마' 앞에서 신야에게 "바이바이." 하고 말하며 손을 흔들었다.

감색 노렌을 들추고 신야가 가게 안으로 모습을 감춘다. 그 등을 가만히 지켜본 후 다시 걷기 시작해 신호가 있는 교차로를 건너 원룸 아파트가 있는 주택지로 향했다.

이미 푸른빛을 잃은 여름 하늘을 올려다보며 문득 생각했다.

그러고 보니 내가 학교에서 그렇게 웃어본 게 대체 얼마 만이지…….

잠깐 기억을 되돌려보았으나 도통 생각이 나지 않았다. 아무래도 아득히 먼 과거의 일인가 보다.

괜히 슬퍼질 것만 같아서 나는 얼른 심호흡했다.

의식적으로 숨을 들이쉬고 천천히 내쉰다─.

부정적으로 기울 듯한 마음을 멈추기 위해 가장 효과적인 것은 바로 심호흡이다. 그리고 마음이 정지해 있을 때 나는 내 머릿속을 '즐거운 일'로 바꾸어놓는다. 사소하건, 하찮건, 즐거우면 뭐든 상관없다. 사고가 긍정적으로만 된다면 나중에 따라오는 마음도 자연스레 긍정적으로 바뀌게 되니까.

우울해지기 전에 심호흡. 그리고 사고의 전환.

이건 중학생이 되고 나서 내가 익힌, 외톨이로 살아가기 위한 비법이다.

지금, 내 머릿속에 반짝 떠오른 긍정적인 말은 조금 전에 나를 즐겁게 만든 '한가부'였다.

한가부.

그건 그렇고 신야가 용케 수락해줬다고 생각한다. 내가 말
하는 것도 그렇지만, 결국은 그냥 신문을 만드는 것일 뿐이고,
애당초 부 이름도 촌스럽다.

"한가부……."

걸으면서 작게 중얼거려봤더니 그 울림이 참 바보스러워서
하마터면 쓴웃음을 지을 뻔했다.

역시 센스가 없다. 티끌만큼도 없다.

하지만……, 나는 아주 살짝 나 자신을 칭찬해줘야겠다고
생각했다.

왜냐하면 '여름방학'이라는 단어를 듣기만 해도 잿빛의 음
울한 느낌이 퍼지면서 가슴이 조여온 과거와 달리 지금은 조금
이나마 달라졌으니까. 잿빛 속에 몇 갈래 밝은 색채가 보이는
듯한, 그런 느낌이 든다.

조금 전까지 무엇 하나 예정이 없던 나의 여름방학에 '일'이
생겼다. 게다가 혼자서 하는 '일'이 아니다. 불편한 사람과 함께
하는 것도 아니다. 학교에서 가장……이랄까 유일한, '내가 나
로 있을 수 있는 상대'와 함께다. 그러니까 분명 한가부 활동을
하는 동안은 조금 전처럼 미소 지을 수 있을 테고, 내 마음에도

여유가 생기는 시간을 보낼 수 있겠지. 나의 여름방학에 그런 미래가 약속되어 있다. 그리고 그 약속을 나는 내 머릿속에서 나온 문장으로 설득해서 얻어냈다.

나 자신을 칭찬해도 되는 건 바로 그 부분이다.

솔직히 반 아이들이 신문을 만들게끔 억지로 밀어붙였을 때는 언제나처럼 가슴속이 시커멓게 칠해져 심호흡을 하는 것조차도 잊었다. 다만 이내 신야가 뽑혔을 때, 조금 미안하지만 나는 남몰래 행운을 느꼈다. 만약 신야가 아닌 다른 사람이 뽑혔더라면, 분명 '나와 같은 담당'이라는 것만으로 상대는 기분이 나빴을 테고, 신문을 만드는 일 또한 분명 나 혼자 하게 됐을 것이다.

신야를 지명해준 야지마 선생님과 쐐기를 박아준 아오이에게 조금이나마 고마운 마음이 든다.

나는 한가부, 한가부, 하고 마음속으로 외치면서 큰 도로 모퉁이에서 꺾어 집들이 다닥다닥 붙은 좁다란 골목으로 들어섰다.

그러자 조붓한 하늘에 다시 잠자리가 나타났다.

이번에는 한 마리뿐이었는데 아까보다 조금 더 높은 곳에서 날고 있었다.

소리도 없이 떠다니는 잠자리는 자그마한 실루엣이었으나, 투명한 날개만큼은 햇빛이 통과해서 그런지 반짝반짝 빛이 났다.

"너는 자유롭네……."

아무도 듣지 못할 법한 작은 목소리로 한숨과 함께 중얼거렸다.

그때, 정면에서 바람이 불어왔다. 나는 바다 냄새를 머금은 부드러운 공기 덩어리에 둘러싸였다. 앞머리가 사락사락 흔들려 조금 간지러웠다. 자유로운 잠자리는 미지근한 여름 바람에 실려가듯 날아갔다.

나는 잠자리가 사라진 쪽을 뒤돌아보지 않고 그대로 앞을 향해 걸었다.

내가 사는 원룸 아파트까지 이제 몇 걸음 안 남았다.

얼마 안 남았다고 생각하니 보폭이 좁아졌다.

맞다. 한가부. 한가부. 한가부…….

마음속으로 주문처럼 외면서 나는 필사적으로 보폭을 넓혀 무거워지는 몸을 앞으로, 앞으로, 옮겼다.

반 아이들이 '누더기 집', '귀신이 나온대' 하며 비웃는 이 원룸 아파트는 나도 그만 그렇네……, 하고 말하고 싶어질 정도로 허름한 건물이다. 지어진 지 몇 십 년이나 지난 2층 건물은 외벽 여기저기에 금이 갔고 계단을 오르내리면 캉캉캉 하고 얄팍한 금속음이 난다. 더구나 손잡이는 다 녹이 슬어서 얼핏 스치기만 해도 손이 적갈색으로 더럽혀진다. 빗물받이도 군데군데 부서져서 비가 줄기차게 쏟아지는 날에는 2층 지붕에서 철퍽철퍽 굵직한 빗물이 떨어져내리기 때문에 우산을 쓰고 있어도 빗물이 튀어 발이 젖는다. 내가 사는 곳은 그중에서도 유독해가 잘 안 드는 어스레한 1층 가장 구석진 집이다.

집 문 앞에 선 나는 낡은 손잡이를 쥐고 살짝 비틀었다. 달칵, 하고 초라한 소리가 났다. 문은 잠겨 있지 않았다. 나는 한번 심호흡하고 마음을 진정시킨 뒤, 천천히 문을 열었다.

곧장 발아래를 내려다봤다.

낡아빠진 싸구려 갈색 샌들은 보이지 않았다.

의붓아버지는 외출한 모양이다.

'후우.'

작은 숨을 흘린 나는 현관에 들어서며 "다녀왔습니다." 하고 안쪽을 향해 말을 걸어보았다. 대답은 없었다.

신발을 벗고 집 안으로 발을 내디뎠다.

닳고 까슬까슬한 마룻바닥을 끼익끼익 울리면서 부엌을 지나 나무틀 유리문을 당겨 거실로 들어갔다. 겨울철에는 고타쓰(난방 기구를 아래에 넣고 이불로 덮은 좌식 온열 기구-역주)로 사용하는 작은 좌식 테이블. 그 위에는 빈 캔맥주가 세 캔, 마시다 만

청주 한됫병이 널브러져 있었다. 유리 재떨이에는 담배꽁초가 한가득 쌓여 있고 담뱃재가 바닥에도 떨어져 여기저기 흩어져 있다.

나는 무기력한 생활 냄새로 가득 차 있는 거실을 지나 더 안쪽으로 이어지는 종이를 바른 미닫이문을 살짝 열었다.

"다녀왔습니다."

나는 그렇게 말하면서 작게 웃음을 지었다.

그러자 얄팍한 이불을 덮고 누워 있던 잠옷 차림의 할머니가 약간 잠긴 목소리로 말했다.

"유카, 어서 오렴."

눈가 주름을 더 깊게 만들며 웃는 할머니 머리맡에는 남동생 코타가 오도카니 무릎을 꿇고 앉아 있다.

"잘 다녀왔어?"

코타는 나를 올려다보며 말하고는 아토피로 발개진 목덜미를 박박 긁었다. 이마에는 송송 땀이 나 있다. 에어컨이 없는 이 일본식 방은 몹시 후텁지근했다.

두 사람 곁에는 낡은 선풍기가 터덜터덜 소리를 내며 가라앉은 공기를 휘젓고 있었다. 그 바람을 쐬며 두 사람 다 생글생글 웃고 있다.

"어라, 뭔가 즐거워 보이네. 둘이 무슨 얘기 했어?"

나는 책가방을 다다미 위에 내려놓으며 코타 옆에 무릎을 꿇고 앉았다.

"누나 얘기했어."

"뭐? 내 얘기?"

고개를 갸웃하는 나를 향해 할머니가 대신 대답했다.

"유카가 어렸을 때, 나무에 올라갔다가 못 내려왔잖아……."

"아, 알겠다." 하고 나는 무릎을 쳤다. "할머니랑 둘이서 동식물원에 갔다가 내가 매화나무에 올라간 그 사건 말하는 거지?"

"그래그래. 기억하고 있구나."

할머니는 그리워하는 듯한 눈을 하고서는 그렇게 말했다.

"당연히 기억하고 있지. 그때 엄청 절박했으니까."

그때 나는 나무에 오른 것까지는 좋았으나 얼핏 아래를 본 순간, 생각보다 너무 높아서 다리가 굳어 꼼짝달싹 못하게 된 데다 급기야 화장실까지 가고 싶어져서 그만 울어버렸다. 당황한 할머니는 근처 아이스크림 가게 오빠에게 도움을 요청했는데…….

"그 오빠가 유카를 안고 내려왔지 뭐니."

"나랑 할머니는 곧바로 화장실까지 돌진."

"무사히 도착했어?"

코타는 안 그래도 작은 눈을 더 작게 뜨며 나를 올려다보았다.

"응. 아슬아슬했지만."

할머니도 이불을 덮고 누운 채로 주름진 얼굴을 우리 쪽으로 돌렸다.

방충망 너머로 습기를 머금은 옅은 바람이 불어왔다.

근처에서 유지매미가 울기 시작했다.

나는 내가 마음을 놓고 있다는 사실을 깨달았다.

의붓아버지는 외출 중이었고 엄마는 늦은 밤까지 일하고 있다. 남겨진 우리 세 사람끼리 실없는 이야기를 하며 웃고 있다……, 어쩌면 이게 우리 집에서 가장 행복한 순간일지도 모른다. 나는 문득 그런 생각을 하며 입꼬리를 더욱 올려 두 사람을 향해 미소 지었다.

할머니가 자리보전하고 눕게 된 건 2년 전의 사고 때문이다. 할머니 혼자 슈퍼마켓에 장을 보러 나갔다가 그만 인도에서 발을 헛디뎌 넘어지는 바람에 고관절 뼈가 부러지고 말았다. 다행히 근처에 있던 사람이 구급차를 불러주었고 인근 종합병원으로 옮겨진 할머니는 곧바로 볼트로 뼈를 잇는 수술을 받은 후 한 달가량 입원했었다. 퇴원한 후에도 제법 오래 휠체어를 탈 수밖에 없었고, 그러다 보니 언젠가부터 근육이 약해졌는지 다리가 얇아져서 걷는 게 불안해졌다. 그렇게 거의 누운 채 생활하게 된 할머니는 지금은 화장실에 갈 때만 겨우 일어서는 정도다.

만약 이 '겨우'조차 못하게 된다면…….

그렇게 생각했더니 오싹해졌다. 왜냐하면 우리 집에는 할머니를 간호해줄 사람이 없기 때문이다.

코타와 나는 학교에 가야 하고 엄마는 낮에는 계약직 일을 하면서 '밤에 하는 일'도 하고 있다.

그러나 의붓아버지만큼은 아무것도 하지 않는다. 일정한 직업도 없으면서 집안일도 하지 않는다. 고작 하는 일이라고는 신문을 권유하거나 NHK 수신료를 수금하러 오는 사람을 쫓아내는 것 정도. 그런 사람이었다. 이 집에 왔을 때부터 쭉.

거실에서 빈둥대는 날도 허다하고, 대낮부터 술을 마시고 취할 때도 있다. 게다가 얄따란 미닫이문을 사이에 두고 방에 누워 있는 할머니를 최대한 '없는 사람' 취급한다.

"왜 내가 피도 안 섞인 저놈의 할망구 뒷바라지를 해야 하는 건데?"

술에 취해 기분이 안 좋아진 야밤에 엄마한테 그렇게 말하면서 달려든 적도 있다. 우리 방에서 자고 있던 나와 코타가 깰 만큼 큰 목소리였으니 당연히 할머니 귀에도 닿았을 테다. 그날 밤은 엄마의 울음소리와 작은 비명, 의붓아버지의 노기

서린 목소리가 언제까지고 이어졌다. 나와 코타는 다다미 넉 장 반(한 장이 약 0.5평으로 넉 장 반은 2평쯤 된다-역주) 크기인 캄캄한 방의 이불 안에서 숨을 죽이고 폭풍이 지나가기만을 기다렸다.

그리고 그때 코타가 나를 불렀다.

"누나……."

어둠 속에서 나는 베개를 벤 채 머리를 돌려 코타 쪽을 보았다. 코타는 희끄무레한 실루엣이었으나 나를 등지고 가로누워 있다는 것만큼은 알 수 있었다.

"왜?"

내가 속삭이는 목소리로 대답하자,

"미안……해……."

코타 목소리는 파들파들 떨렸다.

어?

"미안하다니, 뭐가?"

"그러니까……나랑 아빠가……."

코타는 소리 죽여 흐느꼈다.

"어……? 코타 왜 그래?"

나의 속삭이는 목소리 위로 코타가 떨리는 쉰 목소리를 포갰다.

"여기에……이 집에 와버렸으니까……그러니까……."

"코타."

내 말에 코타는 대답하지 않았다.

대답할 수 없었을지도 모르겠다.

그리고 코타는 모로 누운 채 이불을 머리까지 뒤집어쓰고 하염없이 울먹였다.

미닫이문 너머로 들려오는 의붓아버지의 고함질. 엄마의 흐느낌과 작은 비명. 할머니의 침묵. 코타의 울먹임.

내 머릿속에는 학교에서 나를 괴롭히는 아이들의 얼굴이 어른거렸다.

"미안……해……."

이불 안에서 흐릿한 코타 목소리가 번지듯이 퍼졌다.

나는 반듯하게 누워 양손으로 가슴을 누르며, 될 수 있는 한 천천히 심호흡했다. 평소처럼 마음을 정지시키고 무언가 즐거운 일을 생각하려 했다.

하지만 이때만큼은 무리였다.

새카만 천장을 올려다보면서 나는 내 마음이 천천히 죽어가는 것을 느꼈다. 서늘한 방의 어둠이 내가 호흡할 때마다 가슴속으로 침입해서는 내 마음을 좀먹는 듯한, 그래서 점점 '새카만 공허함'으로 가득 차는 듯한 기분이 들었다.

엄마가 불쑥 높고 날카로운 목소리를 냈다.

곧장 의붓아버지의 고함치는 소리가 나고 무언가 물건이 부딪히는 둔탁한 소리가 울렸다.

짧은 엄마의 비명…….

코타의 울먹이는 소리가 커졌다.

할머니의 침묵도 깊어졌다.

반듯이 누운 내 눈가에서 물방울이 흘러 귀로 들어갔다.

'나……도망칠 곳이 없네.'

그런 생각이 들자 나도 머리까지 이불을 뒤집어쓰지 않고는 견딜 수 없었다.

코타에게 등을 진 채 몸을 새우처럼 둥글게 말고 양손으로 입을 틀어막으며 울었다. 해진 이불을 뒤집어썼더니 먼지가 누릇하게 일어난 데다 비좁고 어두워 숨이 컥 막혔다.

적어도 코타에게만큼은 들키지 말자, 하고 애쓰며 울었다. 하지만 언제까지고 그런 허울 좋은 모습을 유지하기에는 나는 아직 누나로서의 '심지'가 단단하지 않은 모양이다.

코타는 아무 잘못이 없다.

그건 알고 있다.

분명 머리로는 충분히 이해하고 있을 터였다.

하지만,

만약,

의붓아버지와 코타가 우리 집에 오지 않았더라면…….

그렇게 생각하자 '새카만 공허함'이 순식간에 가슴속에서 넘쳐 오열이 되어 목구멍에서 새어나오고 말았다.

울면 울수록 나는 나 자신이 점점 더 싫어졌다.

코타는 잘못한 게 없어. 신경 쓰지 마.

바로 옆 이부자리에서 울고 있는 코타에게 나는 그 말을 건네지 못했다. 손을 잡아주지도 않았다. 나는 그저 태아처럼 이불 안에서 움츠린 채 치솟는 감정 그대로 울음을 토해내기만 했다.

그날 밤, 결국 나와 코타는 한 마디도 대화를 나누지 않았다.

어느샌가 울다 지친 코타는 잠이 들었으나 나는 한숨도 자지 못한 채 아침을 맞이했다.

영원 같은, 정말 정말 무서운 밤이었다.

의붓아버지가 코타를 데리고 우리 집에 나타난 건 내가 중학교에 입학한 해의 봄이었다.

그 이후 의붓아버지는 단 한 번도 취직한 적이 없다. 한 달에 한 번인가 두 번, 혹은 세 번 정도 마음이 내키면 일용직으로 공사 현장에 나가기는 한다. 그러나 전혀 일하지 않는 달이 더

수두룩하다.

반면 엄마는 옆에서 지켜보는 내가 불안해질 만큼 몸이 가루가 되도록 일을 했다. 매일 밤, 밤에 하는 일을 끝내고 돌아오는 건 날짜가 바뀌고 나서다. 어쩌면 의붓아버지와 재혼한 것에 책임을 느끼고 있을지도 모르겠으나 굳이 물어본 적은 없다. 대신 나는 가만히 이렇게 물었다.

"밤늦게까지 무슨 일을 하는 거야?"

하지만 그때 엄마는 말을 흐리며 얼버무렸다.

"유카는 몰라도 돼."

얼버무리는 엄마 모습을 보고 내가 품고 있던 예상이 되레 확신으로 바뀌었다. 밤늦게 집에 돌아왔을 때, 엄마가 내뿜는 숨에서는 늘 술 냄새가 났다.

선풍기가 터덜터덜 소리를 내며 돌아가고 있다.

유지매미도 가까이에서 울어댄다.

할머니는 여전히 누워 있고, 그 옆에 코타가 오도카니 무릎을 꿇고 앉아 있다.

두 사람은 온화하게 미소 짓고 있다.

"아, 맞다, 오늘 학교에서 있지……."

내가 한가부 이야기를 꺼내려는 순간 덜컹덜컹 하고 현관문을 여는 금속음이 귀에 꽂혔다.

움찔 놀란 나는 숨이 멎을 뻔했다.

할머니 얼굴에서 웃음이 사라지고, 코타는 긴장해서 목을 움츠렸다.

의붓아버지가 돌아왔다.

문이 열리는 소리가 나고 머지않아 쾅 하고 닫히는 소리가 크게 울렸다.

"돌아왔네."

나는 두 사람에게 그렇게 말했다. 되도록 밝은 목소리로 말하려고 했건만 얼굴이 조금 굳어졌다.

의붓아버지가 부엌을 가로지르고 바로 옆 거실에 들어왔다는 것을 소리로 알 수 있었다. 걸을 때마다 끼익 하고 우는 마루의 삐걱거림은 의붓아버지의 큰 몸을 여실히 전해준다.

바스락바스락 마른 소리도 들렸다. 그건 의붓아버지가 든 봉투 소리, 그러니까 파친코 경품으로 가득 채워진 종이가방 소리일 게 분명했다.

이어서 쿵 하고 다다미가 꺼질 듯한 낮은 소리가 울렸다.

좌식 테이블 앞에 책상다리를 하고 앉은 것이리라.

'지금……미닫이문을 사이에 두고 건너편에 의붓아버지가 있다.'

이대로 할머니 방에서 숨을 죽이고 있으면 분명 이상하게 여길 것이다. 그것만큼은 반드시 피해야 한다. 게다가 오늘은 파친코에서 이겨서 기분도 나쁘지 않을 테다. 그러니까 지금은 이 방에서 나갈 기회다.

나는 그렇게 꾸역꾸역 결심하고 코타에게 말을 걸었다.

"다녀오셨어요, 하고 인사하러 가자."

"응······."

옆에 둔 책가방을 손에 든 나는 할머니에게 아무 말 없이 손을 흔들었다. 할머니는 조금 불안해 보이는 얼굴로 희미하게 끄덕였다. 그리고 나와 코타는 미닫이문을 열고 의붓아버지가 있는 거실로 들어갔다.

"다녀오셨어요?"

하고 나는 말했다.

"어라? 뭐야, 너희 집에 있었냐."

"응."

"오, 그래. 이거 먹어도 돼. 오늘은 좋은 자리에 앉아서 왕창 땄으니까."

흰 수염이 드문드문 섞인 다박수염과 아무렇게나 길러 뒤로 질끈 묶은 헙수룩한 머리카락. 의붓아버지는 노르스름한 탁한 눈으로 히죽 웃더니 두 개 있는 종이가방 중 하나를 나에게 내밀었다. "자, 여기."

"아, 고맙습니다."

건네받은 나는 의붓아버지에게 예의상 웃음을 지은 후, 코타를 돌아보았다.

"코타, 좋겠네. 이것 봐, 맛있어 보이는 과자가 엄청 많아."

"응……."

고개를 끄덕인 후 짓는 코타의 웃음은 부자연스럽기 짝이 없다.

"그럼 우리는 방에 가서 공부할까?"

"그래, 그렇게 해. 똑똑해져서 돈 많이 벌고 효도나 해라."

의붓아버지가 비죽거리며 말하더니 벌떡 일어서서 텔레비전을 켰다. 화면에는 일기예보가 흘러나왔다. 젊고 예쁜 아나운서가 태풍 대비에 관해 진지한 얼굴로 말하고 있다. 아무래도 모레쯤 초강력 태풍이 상륙하는 모양이다.

"태풍 따위 관심 없다고."

의붓아버지는 심드렁하게 혼잣말을 하며 채널을 바꾸었다. 화면은 예능 프로그램으로 바뀌었다. 음량을 갑자기 올린 탓에 거실이 불현듯 떠들썩한 공간이 되었다.

"자, 가자."

코타에게만 들릴 법한 작은 목소리로 말하고는 우리 방으로 도망쳐 미닫이문을 바짝 닫았다.

거실에서 새어 들어오는 텔레비전 소리에 섞여 푸슉, 하는 소리가 났다. 의붓아버지가 캔맥주 마개를 연 것이다. 이 시간부터 마시기 시작한다면 밤에는 만취해서 술주정을 부릴지도 모른다. 될 수 있는 한 그전에 목욕을 끝내고 언제든 이불 속으로 도망칠 수 있는 만반의 준비만큼은 해두고 싶다.

"한 시간 정도 공부하고 차례로 목욕하자."

내 의도를 눈치챈 듯, 코타는 별다른 말 없이 고개를 끄덕였다.

우리 방에 책상 따위는 없다. 그래서 나는 다리를 접어 보관하는 작은 테이블을 꺼내 방 한가운데에 폈다. 우리는 여기서 서로 마주보고 앉아서 공부한다.

각자 교과서와 노트를 펼쳤을 때, 코타가 미안해하는 표정으로 얇은 입술을 열었다.

"누나……."

"응?"

"나 배고파."

"어?"

"그거 먹어도 돼?"

코타 눈은 내 옆에 둔 종이가방에 고정되어 있었다.

"아, 응. 당연하지."

나는 의붓아버지한테 받은 종이가방을 가까이 끌어당겨 안에서 단과자빵과 과자, 주스를 꺼내 테이블 위에 펼쳤다.

"자. 먹고 싶은 거 먹어도 돼."

"응."

코타는 굶주린 들개처럼 기운 없이 끄덕였다. 그리고 망설임 없이 가장 큰 빵을 손에 들더니 약간 난폭하게 비닐봉지를 뜯고 안에 든 빵을 아귀아귀 베어 먹기 시작했다.

모처럼 받았으니 나도 먹기로 했다. 설탕을 잔뜩 넣은, 가슴이 쓰릴 정도로 다디단 빵이었다.

종이가방 안에는 그 외에도 인스턴트 봉지라면과 여러 통조림이 들어 있었다.

이 정도라면 적어도 이번 주는 '대중식당 가자마'에 신세를 지지 않아도 된다.

그렇게 생각했더니 조금 전 할머니에게 꺼내려던 말이 문득 떠올랐다.

한가부에 대해 말하려고 생각했었다.

나는 코타를 보았다.

의붓남동생은 그야말로 일심불란한 느낌으로 빵을 물어뜯고 있었다. 언제나 그렇듯 보슬보슬 빵가루를 흘리면서…….

솔직히 나는 코타의 식습관이 불편했다. 더럽다든가 예절이 없다든가 그런 게 아니라, 보고 있으면 공연히 서글퍼지니까.

나는 한숨과 함께 목에 걸려 있던 한가부 이야기도 삼켜버렸다.

내일이면 만날 수 있다.

동급생이면서 후배이자 부장인 신야를.

소꿉친구의 웃는 얼굴을 떠올렸더니 집으로 오는 길에 발견한 잠자리가 머릿속에 어른거렸다.

반짝반짝 빛나던 투명한 날개―.

내 마음 한구석에서 '자유'라는 단어가 대구루루 뒹굴었다. 그건 살짝 간지러운 듯한 감각이기도 하고, 어딘가 한가부 이미지와 닮은 것 같다는 생각도 들었다.

먹다 만 빵을 한 입 더 먹었다.

가슴이 쓰릴 정도로 단, 딱 그 정도의 빵이건만 몸이 기뻐하는 듯한, 그런 이상한 느낌이었다.

먹을 수 있는 거라면 뭐든 상관없는 걸까…….

걸신들린 듯 먹는 코타를 바라보면서 나는 손에 든 빵에 시선을 떨구었다.

푸슉.

옆 방에서 불길한 소리가 났다.

의붓아버지가 두 번째 캔맥주를 땄다.

파친코에서 이기고 의기양양해졌는지 평소보다 마시는 속도가 빠르다.

모레쯤에 일본 열도에 태풍이 몰려온다는데 우리 집은 한발 앞서 바로 오늘 밤에 태풍이 발생할 모양이다.

문득 코타를 봤더니 코타도 나를 보고 있다. 먹다 만 빵을 손에 든 채, 불안한 듯 눈을 연신 끔벅였다.

괜찮을 거야, 분명.

아무런 근거도 없으나 나는 코타에게 그렇게 전하고 싶어서 미소를 띠고 살짝 고개를 끄덕였다.

코타도 응, 하고 고개를 끄덕이며 미소로 답해주었다.

하지만 그 미소에는 절반 정도 '체념'의 성분이 포함된 것처럼 보였다.

어쩌면 내 웃음도 지금의 코타처럼 약간 일그러져 있으려나…….

나는 억지웃음을 지은 채, 마음의 무게를 간신히 버텼다.

코타가 흘린 빵부스러기가 평소보다 많은 느낌이 들었다.

만약, 모레 북상하는 태풍이 이 세상 모든 것을 몽땅 다 날려버려준다면…….

하염없이 그렇게 생각하면서 달기만 한 빵을 물어뜯었다.

의붓아버지가 준 빵은 맛은 없었으나, 필요한 맛이 났다.

유리코

"이거 참, 큰일이네. 모레 태풍이 관통한다는데?"

커피 향이 감도는 손님 자리 가장 안쪽, 카운터 자리와 가까운 4인용 테이블석에 앉아 있는 나이토 씨가 누구에게랄 것도 없이 그렇게 말했다. 스마트폰을 한 손에 들고 뉴스를 보는 듯했다.

"나이토 씨, 또 어디 취재하러 가는 거예요?"

두 잔째인 아이스커피를 나이토 씨 앞에 살며시 내려놓으면서 물었다.

"응. 잡지 특별기획으로 가볍게 등산한 뒤, 산 정상에서 후지산을 바라보며 야외 다도회를 즐기는 구상 취재인데 말이지. 태풍이 관통한다면 아무래도 연기되겠는걸."

나이토 씨는 스마트폰 화면에서 얼굴을 들고 눈썹을 팔(八)자로 모았다. 햇볕에 그을려 피부가 초콜릿 색인 이 사람은 우리 가게 '카페 레스토랑·미나미'의 단골손님이다. 자연 관련 기사를 쓰는 프리랜서로, 저서도 두세 권 있다. 항상 박박 민 머리에 화려한 밴대너(머리에 두르는 손수건 같은 액세서리-역주)를 두르고 그야말로 아웃도어 느낌이 물씬 나는 옷을 입지만 나이는 이미 쉰둘이다. 나와 마스터와 동갑이어서 손님이라기보다는 서로 친구처럼 지내고 있다.

"뭐? 태풍 싫은데……."

카운터 자리에 앉아 있던 초등학교 2학년생인 미유짱이 잔뜩 슬픈 표정을 지으며 나와 나이토 씨가 있는 쪽으로 몸을 획 돌려 다리를 흔들며 말했다.

"미유짱도 모레 무슨 일 있어?"

부드러운 목소리로 말한 사람은 나의 남편이자 이 가게 주인이기도 한 '마스터'다. 카운터 자리 너머에 있는 주방에서 다정한 눈으로 미유짱을 내려다보고 있다.

"응. 학교에서 수영 수업이 있거든."

"그렇구나. 근데 아무래도 태풍이라면 취소되겠네."

스테인리스 쟁반을 껴안은 채, 나는 미유짱 옆자리에 앉았다.

"아 정말, 수영하는 거 기대하고 있었는데……."

어깨를 늘어뜨린 미유짱을 보고 있는데 불현듯 좋은 생각이 났다. 나는 미유짱의 작은 귀에 살며시 입을 가까이 대고 속삭였다.

"있지, 미유짱, 오늘은 특별히 맛있는 아이스크림을 사두었는데."

"앗."

"미유짱, 먹을래?"

'와아' 하고 눈을 휘둥그렇게 뜬 미유짱 얼굴에 어린아이다운 미소가 활짝 피었다. "먹을래, 먹을래!"

"그럼 마스터, 식후에 특제 아이스크림 하나, 미유짱에게 부탁합니다."

두 갈래로 묶은 귀여운 머리를 가볍게 쓰다듬으며 나는 일어섰다. 그러자 마스터는 "오케이. 그럼 미유짱, 우선은 밥을 다 먹어야겠지?" 하고 말하고는 카운터 너머에서 눈을 가늘게 떴다.

"웅!"

젓가락을 손에 든 미유짱은 태풍과 수영은 까맣게 잊어버린 양 그릇을 자기 쪽으로 당겼다. 그 그릇에는 버터 간장 맛의 볶음우동이 절반 정도 남아 있었다. 고기와 채소와 마늘이 듬뿍 들어간, 아이들에게 인기가 많은 영양 만점 메뉴다.

"그 특제 아이스크림, 나도 먹고 싶은데."

아이스커피를 한 손에 들고 나이토 씨가 그렇게 요청해서 나는 장난스럽게 웃으면서 말했다.

"줄 수는 있지만, 어른은 공짜가 아니에요."

"뭐어어어? 유리짱, 요즘 나한테 너무 깐깐한 거 아냐?"

"아닌데요. 저는 그저 어린아이한테 다정할 뿐이에요."

카운터 자리에 앉아 있는 미유짱이 어른들 대화에 키득거리며 웃어서 나는 동의를 구하는 듯이 "그치?" 하고 말하며 고개를 살짝 기울였다. 그러자 거침없이 미유짱도 "그치!" 하고 같은 몸짓으로 대답해주었다.

"우아, 여자들이란 어째서 그런 식으로 동맹을 맺고 연약한 남자를 괴롭히는 걸까."

나이토 씨가 일부러 금방이라도 울 것만 같은 표정을 지었다.

"딱히 괴롭히는 건 아닌데, 그치?"

"그치?"

나와 미유짱의 '그치'를 보고 있던 마스터는 팔짱을 끼고 쓴웃음을 지었다.

"네네, 알겠습니다. 그럼 제대로 돈을 낼 테니까 여기에 아이스크림을 올려서 커피 플로트로 해줘."

나이토 씨가 아이스커피가 든 유리컵을 나에게 내밀었다.

"네. 매번 감사합니다."

나는 나이토 씨에게서 유리컵을 건네받고 주방에 있는 마스터에게 건넸다.

나이토 씨가 마시던 커피의 정식 명칭은 '아이스 미나미 블렌드'이다. 따뜻한 커피는 '미나미 블렌드'. 가게 이름을 붙인 이 두 가지 커피는 가격 안에 백 엔어치 기부금이 포함된 특제 메뉴다. 그리고 오래된 단골손님들 대부분은 이 기부금이 포함된 메뉴를 일부러 주문해준다. 왜냐하면 마스터와 내가 이 가게에서 '어린이 식당' 서비스를 제공하고 있다는 사실을 알고 있기 때문이다. 더 자세히 말하자면 큰돈을 버는 것도 아닌 이 작은 가게가 약간 무리를 하면서까지 이 서비스를 이어가고 있다는 사정까지 알고 있다……아니, 분명 그럴 거라고 배려해주고 있다.

"나이토 씨, 아이스크림 많이 먹을 거야?"

마스터가 카운터 너머로 물었다.

"으음……사실은 요즘에 말이야, 살이 좀 찐 것 같다고 마누라가 잔소리를 퍼붓거든."

"그럼 조금만 올릴까?"

"아니, 역시 보통으로."

나이토 씨의 강경한 태도에 마스터가 가볍게 웃음을 터트렸다.

"뭐 어때. 나도 아이스크림 엄청나게 좋아하는걸요?"

일부러 여성스럽게 말한 그 말투가 웃겨서 나도 미유짱도 '아하하' 하고 웃었다.

천장에 단 스피커에서 여름 느낌이 물씬 나는 '비치 보이스'(1961년에 결성된, 경쾌한 서프 음악을 대중화한 미국 밴드—역주) 노래가 흘러나오기 시작했다.

어쩐지 평화롭고 안온한 오후네—.

나는 웃음의 파편들을 입매에 남긴 채, 무심코 창밖으로 시선을 던졌다. 이제 곧 저녁이 될 시간이건만 칠월 말의 태양은 눈 안쪽이 따끔따끔해질 정도로 밝았다. 인도를 오가는 여성들은 양산을 쓰고 있고 무수한 매미들의 연가가 가게 안까지 침투하고 있다.

근처에 있는 중학교 교복을 입은 남녀가 다정스레 대화하며 지나갔다. 그 둘은 여름 하늘을 올려다보며 걸었다. 그들을 보고 아아, 청춘이네……하고 생각하는 건 그만큼 내가 나이를 많이 먹었다는 증거겠지.

"자, 아이스크림, 보통 크기."

카운터 너머에서 마스터가 유리컵을 내밀었다. 나는 그 유리컵을 건네받고 나이토 씨가 앉아 있는 테이블 위에 내려놓았다. 유리컵에는 기다란 티스푼이 꽂혀 있다.

"와아, 맛있겠다……."

곧바로 아이스크림을 먹기 시작한 나이토 씨가 '음' 하고 눈을 가늘게 떴을 때, 미유짱이 "잘 먹었습니다." 하고 손을 모았다.

"네. 맛있게 먹어줘서 고마워요. 그럼, 미유짱한테도 아이스 크림 내줄게."

그렇게 말하고 마스터는 작은 접시에 아이스크림을 담기 시작했다. 나는 미유짱이 다 먹은 볶음우동 그릇을 정리했다. 늘 그렇지만 면도 채소도 하나도 남기지 않고 싹 비워주었다.

미유짱이 행복한 얼굴로 아이스크림을 먹기 시작하자 나이토 씨가 일부러 카운터 자리로 걸어와서 미유짱을 향해 "이 아이스크림 참 맛있다, 그치?" 하고 말했다. 미유짱은 웃으면서 "그치?" 하고 대답했다.

"야호! 아저씨도 그치 그치 전투를 해냈어."

나이토 씨가 과장되게 승리 포즈를 취하는 바람에 가게 안은 단숨에 웃음소리로 가득 찼다.

"아, 그러고 보니까." 아이스크림을 먹으면서 나이토 씨가 마스터와 나를 번갈아 보았다. "가게 외부 간판이 살짝 비뚤어진 것 같던데, 알고 있었어?"

"응? 간판?" 하고 내가 말했다.

"응. 가게 입구 위에 카페 레스토랑·미나미를 새긴 나무 간판이 걸려 있잖아. 그거 말이야."

"혹시 어제 분 돌풍 때문이려나?"

그렇게 말하면서 마스터가 주방에서 나왔다.

그러고 보니 어제저녁은 별안간 바람이 세게 불더니 곧바로 집중 호우가 쏟아졌다.

"잠깐 보고 와야겠네."

마스터는 가게 밖으로 나갔다.

"그럼 나도 잠깐 보고 올게."

나이토 씨와 미유짱에게 말을 건네고 나도 마스터 뒤를 따랐다.

가게 밖으로 나온 나는 무심코 눈을 가늘게 떴다. 여름 햇살에 눈이 부셨고 한증막처럼 공기가 무더워 무심코 얼굴을 찡그리고 말았다.

"너무 덥다."

거의 반사적으로 흘러나온 말에 마스터도 "지독하네, 올여름 더위." 하고 대꾸해주었다. 그리고 이어서 말했다.

"유리코, 미안한데 좀 멀리 가서 봐줄래?"

"어?"

"간판 기울기를 확인해줬으면 해서. 한쪽으로 기울었으면 내가 조절할 테니까, 지시해줄래?"

"아, 응."

나는 가게 앞을 지나는 차로를 향해 몇 걸음 걸어가 차로 거의 앞에 섰다. 그리고 그곳에서 간판을 올려다보았다.

"어때? 한쪽으로 기울어졌어?" 하고 마스터가 물었다.

"으음……." 솔직히 내 눈에는 한쪽으로 기울어진 것처럼 보이지 않았다. "굳이 말하자면 아주 약간 오른쪽으로 기울어 있는 것 같기도 하고. 근데 별 차이는 없어."

"오케이." 마스터가 발돋움하며 간판 아래쪽을 향해 손을 뻗었다. "어라, 꼼짝도 안 하는데."

"전에 간판 달 때 고정한 거 아냐?"

"그런 것 같아. 그렇다면 돌풍 정도로는 끄떡없겠는데. 나이토 씨 기분 탓인가 봐."

그렇게 말하면서 마스터가 간판으로 뻗은 손을 도로 내렸다. 그리고 이쪽으로 돌아보았을 때…….

부우우웅쾅!

등지고 있던 도로 왼쪽에서 강렬한 충돌음이 울려 퍼졌다.

나는 반사적으로 소리가 난 쪽을 돌아보았다.

그리고 그 이후부터는 슬로 모션이었다.

차체 일부가 찌그러진 흰색 미니밴이 도로 직각 방향으로 날아가더니 민가 담벼락에 세차게 부딪혔다. 그와 동시에 검은색 덤프트럭 한 대가 맹렬한 속도로 이쪽을 향해 달려왔다.

미니밴과 덤프트럭이 접촉 사고가 나서 두 대 모두 제어 능력을 잃은 것이다.

'거짓말이지?'

내 머릿속은 정지된 채 새하얘졌다.

온몸이 경직되어 꼼짝도 할 수 없었다.

'이대로 죽는 걸까.'

단순히 그렇게 생각했다.

덤프트럭 운전석이 눈에 들어왔다. 커다란 앞 유리 너머에는 삼십대쯤으로 보이는 젊은 운전자가 앉아 있다. 그는 눈과 입을 커다랗게 벌린 채 핸들을 꽉 붙잡고 있었다.

'아, 이 사람도 무서운 거구나.'

이 절체절명 위기에 나의 뇌는 어째서일까, 그런 것을 생각하고 있었다.

아아, 이제 어쩔 수 없어— 하고 생각한 그 순간, 이제까지 나를 향해 일직선으로 달려오던 덤프트럭의 진행 방향이 아주 살짝 틀어졌다. 운전자가 어떻게든 핸들을 억지로 돌린 것이다. 덤프트럭은 균형을 잃고 휘청이면서도 각도가 왼쪽으로 바뀌었다.

나는 살 수 있어!

하지만 이대로 돌진하면…….

누군가가 커다란 손으로 내 목을 꽉 옥죄는 것만 같았다.

목소리가 나오지 않았다.

그러나 마음속으로 외쳤다.

'마스터!'

새까맣고 거대한 철 덩어리가 사나운 속도로 돌진했다.

똑바로. 마스터를 겨냥하며.

마스터는 늘 그랬던 것처럼 데님 앞치마를 두르고 있다. 다가오는 덤프트럭을 쳐다보면서 가게 문에 등을 딱 붙인 채로 얼어 있었다.

'으앗, 어쩔 수 없어 이제……'

나는 무의식적으로 목을 움츠리고 눈을 질끈 감았다.

다음 순간, 너무나도 끔찍한 소리가 나의 위벽을 파들파들 떨게 했다.

나는 숨을 쉬는 것조차 잊어버렸다.

덤프트럭 엔진음이 멈추었다.

세상에서 모든 소리가 사라진 듯한 기분이다.

조심조심 눈을 떴다.

"힉……."

여성의 신음 내뱉는 소리가 들렸다.

그게 내 목에서 나온 외마디였음을 깨달은 건 3초가량 흐른 후였다.

새까만 덤프트럭은 정면으로 가게를 들이박았다.

나와 덤프트럭 사이에는 뿌리째 꺾인 수목 한 그루가 쓰러져 있었다. 그 나무는 우리 가게의 상징이기도 한 벚나무였다.

덤프트럭은 가게 벽을 완전히 무너뜨렸다.

문 앞에 있던 마스터는—.

엉덩방아를 찧은 채 멍하게 덤프트럭을 보고 있다.

살아 있다.

마스터가.

나는 거의 무의식적으로 입을 틀어막았다.

멈춰 있던 뇌가 겨우 움직이기 시작해 마스터가 목숨을 건진 이유를 이해했다.

그러니까 덤프트럭은 가게를 들이박기 직전에 벚나무에 부딪혀 방향을 간신히 바꾼 것이다.

엉덩방아를 찧은 마스터가 이쪽을 보았다.

우리의 시선이 마주쳤다.

"유리코."

온화한, 평소와 같은 마스터 목소리였다.

그 목소리를 듣자 왠지 척추에서 스르륵 힘이 빠져버려 그대로 무릎부터 무너지듯이 쓰러졌다. 나는 땅바닥에 털썩 엉덩이를 찧은 채 무릎을 꿇은 자세가 되고 말았다. 게다가 양손은 입을 막은 상태 그대로였다.

소리를 잃었던 세상에서 매미가 울기 시작했다.

"유리코."

마스터가 다시 내 이름을 불렀다.

그 목소리가 눈물샘 버튼이 되어 울음이 터져버렸다.

그저 물방울이 주르르 뺨을 타고 방울져 떨어졌다.

우는 이유를 나 자신도 알 수 없었다.

그때, 머리 위에서 무언가가 움직인 듯한 느낌이 들었다.

나는 그 움직임에 이끌리듯이 아주 조금 얼굴을 들었다.

여름 저녁 하늘에 고추잠자리 두 마리가 둥실둥실 떠 있다.

잠자리는 실루엣이 자그마했지만 투명한 날개만큼은 마치
꿈이라도 꾸는 것처럼 반짝반짝 빛이 났다.

"괜찮아요?"

말을 걸어준 한 아저씨 얼굴 때문에 잠자리가 가려졌다.

"네⋯⋯."

나는 대답하고 작게 끄덕였다.

"유리코."

마스터의 목소리. 이번에는 바로 옆에서 들렸다.

"가게가⋯⋯."

나는 갈라진 작은 목소리를 내며 마스터를 보았다.

"응."

창백한 얼굴을 한 마스터가 천천히 웅크리고 앉아 내 어깨를 옆에서 살짝 안아주었다.

이봐, 빨리 경찰 불러! 지금 부르고 있어요! 덤프트럭 운전자는 살아 있어? 심각한데요, 경찰보다 구급차를 불러주세요! 지금 전화할게요!

사람들의 여러 목소리가 얼기설기 뒤섞였다.

그 목소리가 유난히 멀리서 들려오는 것처럼 느껴져서 어쩐지 모두 남 일처럼 여겨졌다.

마스터 손이 내 어깨에서 등으로 내려갔다. 그리고 천천히 어루만져주었다.

아아, 따뜻하네, 마스터 손은…….

멍하니 그런 것을 생각하고 있는데, 가게 문이 안쪽으로 열리더니 안에서 나이토 씨가 뛰쳐나왔다. 팔에는 미유짱이 안겨 있었다. 두 사람은 곧바로 우리를 발견하고 달려왔다.

"유리짱, 괜찮아?"

나이토 씨가 털썩 주저앉아 있는 나를 내려다보았다. 나이토 씨에게 안긴 미유짱의 불안한 얼굴을 봤을 때, 내 안에서 끊겨 있던 무언가가 다시 이어진 느낌이 들었다.

"아, 네. 괜찮아요."

입을 틀어막고 있던 양손을 내리고 일어섰다.

"미유짱, 괜찮았어?"

내가 묻자 미유짱은 아무 말 없이 작게 끄덕였다.

"무서웠지?"

"응……."

"이리 와."

양손을 내밀자 미유짱이 나에게 폭 안겼다.

"이제 괜찮아."

꼭 끌어안은 채 미유짱 등을 어루만지는데 귓가에서 소녀의
가녀린 목소리가 들려왔다.

"미나미 엄마, 우는 거야?"

나는 콧물을 훌쩍이며 되도록 밝은 목소리로 대답했다.

"아니. 안 우는데."

드높은 여름 하늘이 구급차 사이렌 소리로 떨렸다.

눅진한 여름 바람이 불어와 뿌리째 쓰러진 벚나무 잎을 산
들산들 흔들었다.

이 나무가 없었더라면 마스터는──.

그렇게 생각했더니 한여름 뙤약볕 아래에 있는데도 오한이
들어 등에 소름이 돋았다.

미유짱이 얄따란 팔로 내 목에 매달렸다.

사이렌 소리는 점점 가까워지고 있다.

마스터 얼굴은 창백해졌고, 나이토 씨도 걱정하는 표정으로 서 있다.

나는 천천히 얼굴을 들었다.

눈부신 여름 하늘에 고추잠자리 모습은 없었다.

제2장

태풍이 온다

신야

한가부라는 우스꽝스러운 그룹을 결성한 이튿날, 나는 점심 시간에 급식을 먹고 농구부인 다카야마 무리 세 명과 같이 교실에서 트럼프 카드로 포커를 하며 놀고 있었다.

"오, 됐다. 플러시(포커에서 다섯 장 카드가 모두 같은 무늬인 패- 역주)로 나의 승리."

내가 씨익 웃고는 우쭐거리며 카드를 책상 위에 펼쳐놓았을 때, 조금 전까지만 해도 왁자지껄했던 교실이 불현듯 조용해졌다.

갑자기 긴장된 공기가 감돌기 시작한 탓에 나는 같이 트럼프를 하는 친구들 얼굴을 쳐다보았다. 그랬더니 세 명 모두 내 등 뒤를 올려다본 채 굳어 있었다.

엥?

나도 친구들 시선에 이끌려 뒤쪽으로 고개를 돌렸다.

거기에는 팔짱을 낀 남자가 서 있었다.

금발, 곱슬머리, 가늘게 다듬은 눈썹, 그리고 이상하리만치 살벌한 눈.

옆 반의 문제아, 이시무라 렌지였다.

반 친구들은 느닷없이 이시무라가 우리 교실에 들어와서 어안이 벙벙해져 있었다.

"가자마."

이시무라 입술이 가시 돋친 낮은 목소리로 내 이름을 불렀다.

"어?"

나는 뒤돌아본 채 한 글자로 대답했다.

"따라와."

반 친구들의 모든 시선이 나와 이시무라에게 꽂혔다. 여기서 한심하게 반응한다는 건 내 자존심이 허락하지 않는다.

"왜 그러는데?"

꽤 위험한 흐름인데……, 하고 속으로 생각하면서도 나는 되도록 낮은 목소리로 대꾸했다.

"잔말 말고, 따라 나와."

"그러니까 이유를 말하라고."

조금 전보다 목소리를 키워 말했더니 이시무라가 입을 다물었다. 물론, 그냥 다문 건 아니다. 말 대신 사나운 시선으로 나를 몰아붙이기 시작했다.

나는 그 압박을 견뎌냈다. 심장이 쿵쾅쿵쾅 날뛰어서 고막 안쪽까지 울리기 시작했다. 그래도 가까스로 시선은 피하지 않았다. 그러나 언제까지고 이 상태로 있을 수 없다는 것도 잘 알고 있다. 그래서 나는 '후우' 하고 숨을 내쉬고 천천히 일어섰다.

덜컹…….

내가 뺀 의자 소리가 쥐 죽은 듯 조용한 교실에 울려 퍼졌다.

이시무라와 정면으로 마주보았다. 눈과 눈의 거리는 30센티도 안 되었다. 실제로 이시무라는 나보다 아주 조금 더 키가 클 뿐인데 어째서일까, 훨씬 더 크게 느껴졌다.

"야, 가자마……."

트럼프를 같이 하던 농구부 다카야마가 걱정하는 듯한 목소리로 말했다.

"미안, 잠깐 셋이 하고 있어."

나는 다카야마 무리에게 그렇게 말하고는 이시무라 쪽으로 몸을 다시 획 돌려 턱으로 교실 문을 가리켰다.

갈 거면 가자고—.

아무 말도 하지 않은 채, 그렇게 전했다.

이시무라는 적의를 그대로 드러내는 시선으로 내 발끝부터 정수리까지 핥듯이 째려보더니 천천히 등을 돌렸다. 그리고 양손을 주머니에 찔러넣고 교실 문을 향해 팔자걸음으로 걷기 시작했다. 나도 양손을 주머니에 찔러넣고 이시무라 뒤를 따랐다. 나에게로 쏠린 반 아이들의 무수한 시선을 등 뒤로 느끼면서.

우리가 교실을 빠져나가자 조용했던 교실은 단박에 소란스러워졌다.

"야, 선생님께 말해야 하지 않을까?"

한 여학생의 목소리가 들렸다.

솔직한 심정으로는 당장이라도 그렇게 해주길 바랐고, 무엇보다 이시무라가 나에게 등을 보인 지금이야말로 얼른 도망치고 싶었다. 다만 안타깝게도 두 방법 모두 도움이 될 것 같지는 않았다. 왜냐하면 누군가가 선생님에게 이른다 한들 지금부터 내가 끌려가게 될 구체적인 장소까지는 모를 테고, 빈틈을 노려 도망치는 것도 흔들리는 내 무릎 사정으로는 어림도 없다.

애당초 달릴 수도 없다. 그러니까 식은땀을 줄줄 흘리면서도 죽이 되든 밥이 되든 계속 센 척할 수밖에 없다.

팔자걸음으로 유유히 계단을 내려가는 이시무라의 등은 흔들림 없는 '자신감'이라는 글자를 짊어지고 있는 것처럼 보였다. 그러나 동시에 조금 굽어 있기도 했다.

우리와 반대로 계단 아래에서 올라오는 학생들은 모두 이시무라를 보고는 잽싸게 길을 터주었다. 이시무라는 그런 무리를 전혀 신경 쓰지 않는 듯이 그저 자기 페이스대로 계단을 내려갔다.

동급생들이 '알아서' 피하는 이시무라를 보고 있자니 문득 지난주 텔레비전에서 본 동물 프로그램 영상이 떠올랐다. 그건 무리에서 쫓겨난 수컷 사자 한 마리가 초식동물들 사이를 터벅터벅 걸어가는 장면이었다. 동료와 함께 있는 초식동물들은 가까이 다가오는 사자를 먼발치에서 에워싸고 동태를 살피면서 늘 일정한 거리를 유지한 채 길을 터주었다. 모래가 뒤섞인 사바나의 뿌연 바람에 갈기를 흩날리며 걷는 사자는 애처로우리만치 지친 모습이었는데 날카로운 이빨이 드러난 입도 반쯤 열려 있었다. 밀림의 왕은 여기저기 따끔따끔 박히는 초식동물들의 시선을 가까스로 견뎌내고 있는 것처럼 보였다. 아니, 어쩌면 시선의 따가움보다도 '거리'를 견디고 있을지도 모른다. 적어도 내 눈에는 그렇게 비쳤다.

이시무라의 굽은 등이 성큼성큼 계단을 내려간다.

나는 난간을 붙잡고 불안정한 왼쪽 무릎에 주의하면서 몇 걸음 앞서 걷는 이시무라 등을 아등바등 쫓아갔다.

층계참에 다다랐을 때, 다시 머리를 굴리기 시작했다. 지금 이시무라가 나를 데려가려고 하는 곳에는 틀림없이 이시무라의 '동료들'이 잔뜩 모여 있을 테다. 가만, 그렇다면 무릎이 멀쩡했다고 해도 애당초 내가 이길 승산 따위 없는 건가.

도망칠 수도 없고, 싸운들 이길 승산이 없다.

무릎이라도 꿇어야 하는 걸까?

아니, 애당초 어째서 내가?

그렇게 생각하니 구역질이 날 정도로 우울해졌다. 나는 소리가 나지 않게끔 주의하면서 깊은 한숨을 내쉬었다.

그리고 물었다.

"야, 어디 가는 건데?"

그러나 이시무라는 대답하지 않았다. 이쪽을 뒤돌아보지도 않는다.

"내가 너한테 뭐 잘못한 거라도 있냐?"

밑져야 본전이다 싶어 던진 질문도 예상대로 굽은 등에 튕겨 나왔다.

그렇게 우리는 1층까지 내려가 신발장에서 신발을 꺼내 갈아신었다.

밖으로 나온 나는 무심코 눈을 반쯤 감았다.

단단한 한여름 햇살이 눈을 찔렀기 때문이다.

반쯤 감은 눈으로 동쪽 하늘을 올려다보니 어제와 거의 같은 곳에 적란운이 뭉게뭉게 피어 있었다.

어제 유카와 둘이 한가부가 어쩌고저쩌고 하잘것없는 일로 말다툼하면서 웃었던 순간이 얼마나 평화로웠던가…….

궁지에 몰린 착잡한 마음으로 돌이켜보니 억지로 떠맡게 된 신문 만들기 따위, 너무 사사로운 일이라 정말 아무렇지도 않게 여겨졌다.

대각선 방향으로 몇 걸음 앞서 걷던 이시무라가 자꾸 뒤늦게 따라붙는 나를 힐끔 쳐다보았다. 그리고 다시 앞을 향했다……고 생각했는데 이내 위압감 있는 낮은 목소리로 말했다.

"다리 다쳤냐?"

"뭐, 어쩌다 보니."

하고 대답하고 나는 얼마간 입을 다물었다. 하지만 이시무라는 아무 말도 하지 않고 그저 걷기만 했다. 그래서 나는 말을 덧붙였다.

"별거 아니지만."

말을 내뱉자마자 나는 자문했다.

방금 허세를 부릴 필요가 있었을까?

대수롭지 않은 상처라고 하면 놈들은 그야말로 거리낌 없이 나를 몰매질하는 거 아닐까······? 내 머릿속에 생각하고 싶지도 않은 영상이 아른거리기 시작했다. 위 언저리가 열이 나고 확 묵직해졌다.

"뭐, 무릎 인대가 끊어져서 걷는 게 힘들긴 해도."

일단, 그것만큼은 말해놓기로 했다.

내 말을 듣고 있는지 아닌지, 이시무라는 발걸음 속도를 늦추는 일도 없이 거침없이 체육관 쪽으로 향했다.

아무래도 이시무라는 나를 체육관 뒤쪽으로 데려갈 모양이다. 그곳은 초목이 무성해서 한낮에도 어스름하고 남들 눈에 잘 띄지 않아 주로 수업을 땡땡이친 불량한 애들이 모여서 담배를 피우는 곳이다.

우리는 체육관 출입문을 지나쳐 안쪽으로 돌아 들어갔다.

무수히 많은 매미 울음소리가 샤워 물줄기처럼 왈칵 쏟아졌다. 더 안쪽으로 걸어가자 쑤욱 기온이 낮아진 것 같은 느낌이 들었다. 농밀한 나무들 잎이 한여름의 뙤약볕을 차단해준 것이다.

여기저기에 매미, 매미, 매미······.

매미들은 이시무라가 오건 말건 신경도 쓰지 않고 큰소리로 울부짖었다.

커다란 녹나무 근처에 다다르자 이시무라는 걸음을 멈췄다. 그리고 천천히 이쪽으로 돌아보고, 날카로운 삼백안으로 쏘아보았다. 나는 아무 말 없이 애써 태연한 척 가장하고 이시무라를 뚫어져라 쳐다보았다. 절대로 째려보지는 않되, 그래도 내가 겁먹고 있다는 사실은 들키지 않을, 내 딴에는 그런 미묘한 시선을 보낼 요량이었다.

우리 발치에는 수많은 담배꽁초가 널브러져 있었다. 그리고 감사하게도 이 담배를 피웠을 무리의 모습은 그 어디에도 없었다. 이시무라는 동료를 부르지 않았다.

"너 이 자식."

미간을 잔뜩 찌푸린 채 내뱉은 이시무라의 낮은 목소리는 매미 울음소리에 지워져버릴 듯했다.

"어?"

나는 은근슬쩍 주머니에서 두 손을 뺐다. 여차하면 적어도 얼굴 정도는 막을 작정이었다.

이시무라가 나를 향해 쑤욱 다가오더니 오른손으로 와이셔츠 가슴 언저리를 움켜잡았다. 그리고 그대로 있는 힘껏 몸을 빙글 돌려 녹나무의 굵은 줄기에 내 등을 강하게 밀어붙였다.

"왜, 왜 그래······."

목이 졸린 나는 가까스로 목소리를 짜냈다. 와이셔츠 천 너머로 단단하고 서늘한 녹나무의 나무껍질이 등으로 느껴졌다.

"내가 너희 집에서 밥 먹고 있는 거······."

이를 악무는 듯한 표정을 한 이시무라 얼굴이 거의 닿을 만큼 가까이 왔다. 1센티만 더 가까이 오면 이마와 이마가 닿을 거리다.

내 가슴 언저리를 훔켜쥔 이시무라의 오른손이 목 부분을 꽉 조여왔다. 목소리조차 낼 수 없는 상태에서 이시무라의 다음 대사를 기다렸다.

"누구한테 말했냐?"

뭐?

"누구한테 말했는지 불라고, 임마."

대답하려고 해도 목이 답답해서 대답할 수가 없다. 나는 양손으로 이시무라의 오른손을 붙잡고 전력을 다해 멱살을 풀었다.

"모, 모른다고."

가까스로 목소리를 내며 숨을 깊이 들이마셨다. 와이셔츠의 가슴 언저리를 다시 움켜잡으려는 이시무라에게 저항하며 나는 서둘러 뒷말을 이었다.

"왜 이래. 갑자기. 무슨 소린지 하나도 모르겠네."

그러고 나서 얼마간 이시무라의 오른손과 내 두 손의 힘겨루기가 벌어졌다. 그리고 둘 다 말을 하지 않았다.

분명, 이시무라도 무언가를 생각하고 있는 거겠지.

그렇게 생각했을 때 문득, 이시무라의 오른손 힘이 약해졌다. 그리고 가까이 닿아 있던 얼굴이 멀어졌다. 이시무라의 삼백안에 번쩍이는 강한 의지가 깃든 듯했다.

얻어맞는 걸까.

나는 순식간에 그렇게 깨닫고, 양손을 움켜쥐고 얼굴 앞으로 올렸다. 무의식적으로 전투 자세를 취한 것이다.

이시무라의 시선이 더욱더 매섭게 변했다.

세상을 가득 메우는 매미들의 절규가 내 귓구멍에서 두개골 안쪽까지 파고들어 저르렁저르렁 메아리를 일으켰다. 어쩐지 현기증이 날 것만 같았다.

이게, 현실적인 공포구나…….

새하얗게 변하는 뇌의 어느 한쪽 냉정한 곳에서 나는 그런 것을 생각했다.

그러자 그때 이시무라 등 뒤에서 무언가가 움직였다. 나는 힐끗 그쪽으로 시선을 던졌다. 그리고 깨달았다.

아아, 다 소용없다. 끝났다―.

이시무라 동료 몇 명이 다가오고 있었다.

그 무리는 대치하고 있는 나와 이시무라를 보고 히쭉히쭉 웃기 시작했다. 그 발소리를 알아차린 이시무라가 획 뒤돌아보았다. 그리고 다시 내 쪽으로 몸을 돌렸다.

"가봐."

"어……?"

"이제 됐어."

"어?"

"얼른 꺼지라고, 멍청한 놈아."

이시무라는 양손을 주머니에 찔러넣고는 나에게 등을 보이고 동료들이 있는 쪽을 바라보았다. 약간 굽은 이시무라의 등에는 살짝 땀이 배어 와이셔츠가 찰싹 붙어 있었다.

나는 최대한 왼쪽 무릎을 끌지 않도록 무진 애를 쓰면서 걷기 시작했다. 맞은편에서 불량한 애들이 다가오고 있다. 나는 그 무리를 피해 체육관 벽에 거의 스칠 정도로 걸어갔다.

"이야, 누군가 했더니 가자마네."

온종일 이시무라와 붙어 다니는 가와다가 살짝 의외라는 듯한 얼굴을 했다.

"어."

나는 쌀쌀맞게 대꾸하고 그 일당들과 스쳐 지나가려고 했다.

"어쭈, 위선자라는 게 이놈이야?"

가와다 옆에 있던 교활해 보이는 남자가 그렇게 말했을 때, 내 등에 낮은 목소리가 닿았다.

"야, 너네, 벌써 밥 다 먹었냐?"

이시무라 목소리였다.

나는 일당들이 이시무라에게 정신이 쏠렸을 때를 틈타 성큼성큼 저들 옆을 지나 체육관 모퉁이를 겨우 돌아나올 수 있었다.

'후우⋯⋯.'

살았―나?

깊게, 깊게, 숨을 내쉰 뒤 나는 더욱더 발걸음 속도를 높였다.

어쨌건 일 초라도 빨리 안전한 교실로 돌아가야만 한다.

힐끗 뒤를 돌아보았다. 일당들 모습은 없었다.

한 번 더 체육관 모퉁이를 돌자 시야가 확 트여 여름 햇살을 한껏 받은 학교 건물이 눈에 들어왔다.

나는 우리 반이 있는 2층 교실을 올려다보았다.

교실 밖 베란다에 한 여학생 모습이 보였다. 팔짱을 낀 팔을 난간에 기대 그 위에 턱을 괸 채 오도카니 밖을 내다보고 있었다.

그 여학생⋯⋯유카가, 나를 알아보았다.

깜짝 놀란 얼굴을 한 유카는 마치 용수철 장난감처럼 등을 곧게 세우며 난간에서 팔과 얼굴을 떼어놓았다. 그러고는 등 뒤를 돌아보고 교실 안을 확인하더니 나를 향해 자그맣게 손을 흔들었다. 나도 가볍게 손을 들어 브이 자를 만들었다.

나는 괜찮아.

그렇게 전할 의도였다. 하지만 유카는 무언가 말하고 싶어 하는 느낌으로 계속 이쪽을 내려다보고 있었다.

한여름의 직사광선이 바로 위에서 유카의 검은 머리카락을 비추었다.

진짜 덥네…….

나는 문득 그렇게 생각했다. 지금 이때까지 나는 공포심과 긴장감에 휩싸여 더위조차 잊었던 모양이다. 하지만 한가부의 '선배' 얼굴을 보고 나자 현실로 돌아올 수 있었다.

"후우, 덥네."

작게 소리를 내보았다. 그리고 혹시 몰라 한 번 더 뒤를 돌아보았다. 체육관 앞에 사람 그림자는 없었다.

괜찮아. 완전히.

그렇게 생각했을 때, 교활해 보이던 남자가 내던진 목소리가 되살아났다.

'어쭈, 위선자라는 게 이놈이야?'

나는 교실로 다가갔다. 베란다 난간에서 얼굴을 내밀고 있던 유카가 나를 내려다보며 살짝 미소 지었다. 나도 똑같이 미소 지으려 했다. 다만 실제로는 볼이 살짝 움직였을 뿐이었다.

위선자.

지금껏 귀에 딱지가 앉도록 들어온 세 글자 단어.

"멋대로 지껄이라지……."

발밑에 드리운 나의 짙은 그림자를 향해 툭 내뱉고는 그대로 신발장이 있는 중앙현관 입구로 쑥 들어갔다.

유카

방과 후, 눈부시게 푸르렀던 하늘이 급격히 어두워졌다.

활짝 열린 교실 창문에서 서늘한 바람이 불어오더니 이내 세찬 장대비가 내리기 시작했다.

소나기다.

수천만 개의 은빛 실이 쏟아져 창밖 풍경 윤곽이 흐릿해졌다.

나는 어렸을 때부터 비가 싫지 않았다.

빗소리도, 물 냄새도, 부드럽게 번지는 세상의 색채도 보풀이 인 마음을 차분히 가다듬어주니까.

"으악, 비 오잖아. 유카, 우산 챙겨 왔어?"

창밖을 본 신야가 눈썹을 찌푸렸다.

"아니."

나는 고개를 저었다.

아무도 없는 교실에는 오늘도 한가부인 우리 둘만 남았다. 여름방학이 시작되기 전에 대강 정리한 학급 신문 내용을 야지마 선생님에게 제출해야 하기 때문이다.

옆으로 들이치는 비가 교실 안까지 들어와 우리는 서둘러 창문을 닫았다.

쏴아, 하고 내리던 빗소리가 유리로 가로막히자 듣기 좋은 솨아, 로 바뀐다.

"있잖아, 신야."

말하면서 나는 신야 책상 쪽으로 돌린 내 의자에 앉았다.

"응?"

고개를 살짝 기울인 신야도 자기 의자에 앉았고, 우리는 책상을 사이에 두고 서로 마주보았다.

"아까 점심시간 때 일……."

"아아……그거는 뭐 별거 아니야."

신야는 희미하게 쓴웃음을 지으며 얼버무렸으나 벌어진 와이셔츠 사이로 가슴팍에 붉은 상처가 생긴 것을 나는 알고 있었다.

"와이셔츠 단추가 떨어졌는데?"

"아, 응, 알고 있어."

약간 귀찮다는 듯 대답한 건 단추가 떨어진 이유를 말하고 싶지 않아서일 테다.

"떨어진 단추 가지고 있어?"

"어?"

"가지고 있으면 달아줄게. 오늘 가정 수업이 있어서 바느질 도구도 있으니까."

"어, 진짜?"

"응."

신야는 엄마가 일찍 돌아가셨으니 분명 단추도 스스로 달아야 할 것이다. 늘 코타와 둘이서 '어린이 밥'을 얻어먹고 있으니 적어도 이럴 때만이라도 보답하고 싶다.

"달아주면 나야 고맙긴 한데, 단추를 밖에서 떨어뜨렸거든."

말하면서 신야는 창밖, 체육관 쪽을 힐끗 보았다.

역시 이시무라랑 무슨 일이 벌어졌고 그때 단추가 떨어진 모양이다.

"그렇구나. 그럼, 비슷한 걸로 달아줄게."

"여기에 딱 맞는 단추가 있어?"

"응. 살짝 색이 다를 수도 있는데 크기는 똑같은 게 있을 거야."

"근데, 하나만 색이 다르면 이상하지 않냐?"

"괜찮아. 맨 아래에 있는 단추를 떼서 그걸 위에 달고, 단추를 뗀 맨 아랫부분에는 색이 다른 단추를 달면 되니까."

"……."

내 설명이 어설펐는지 신야는 잘 이해가 안 된다는 표정을 지었다.

"그러니까, 색이 다른 새 단추는 교복 바지 속에 집어넣어 가리는 위치에 달 거니까 괜찮아. 그리고 원래 거기에 달려 있던 단추를 목 부분에 달면 감쪽같을 거야."

"아아, 그렇구나, 그런 거구나."

겨우 이해가 된 모양이다.

나는 이내 책상 서랍에서 가정 시간 때 사용하는 반짇고리를 꺼낸 뒤, 바늘에 실을 꿰고 신야의 와이셔츠 단추와 가장 비슷한 흰색 단추를 골라냈다.

"이 단추로 하면 되겠지?"

"좋네. 거의 같은 색이잖아."

신야는 와이셔츠 옷자락을 교복 바지 밖으로 꺼낸 모습 그대로 우두커니 서 있었다.

"나는 이대로 있으면 돼?"

천진난만하게 물어서 나는 약간 당황했다.

"음, 아무래도 이 상태로는……."

신야와의 거리가 너무 가까워서…….

"그럼, 벗을까?"

"뭐?"

"와이셔츠."

무슨 문제 있어? 라는 얼굴로 신야가 나를 내려다보았다. 나는 까닭도 없이 부끄러워졌다. 귀까지 빨개졌을지도 모른다.

"아, 그러니까, 응. 그럼, 그렇게 해줄래?"

"오케이."

신야는 곧바로 와이셔츠를 훌렁 벗어 나에게 내밀었다. 와이셔츠를 받은 나는 책상 위에 살며시 올려두고 괜스레 신야를 보았다.

"응, 왜?"

상반신에 아무것도 안 걸친 남자가 내 눈앞에 있다. 더구나 교실에는 우리 둘뿐이다.

신야는 아무렇지도 않은 걸까.

나는 혼자서 어찌할 바를 몰라 서둘러 와이셔츠로 시선을 돌렸다.

"진짜 고마워."

나는 가장 아래쪽 단추가 달린 실을 가위로 잘랐다. 그리고
거기에 비슷한 색의 새 단추를 달기 시작했다.

"역시 여자는 손이 꼼꼼하네."

머리 위에서 신야 목소리가 들려왔다.

"이 정도는 누구나 해."

나는 단추를 다는 내 손에 시선을 둔 채 대답했다.

"우리 집은 엄마가 없어서 그런지 이런 거 보고 있으니까 뭔
가 신선한 느낌이 드네."

색이 다른 단추는 금세 달았다. 나는 신야 말에 답하지 않은
채 계속해서 위쪽 단추를 달기 시작했다.

상반신이 나체인 신야가 바로 앞 의자에 앉았다. 그리고 약
간 몸을 앞쪽으로 내밀면서 바느질하는 내 손을 내려다보았다.

와이셔츠에 단추를 다는 것쯤, 아무것도 아닌데 말끄러미
쳐다보니 괜히 긴장해서 손이 꼬일 것만 같다. 나는 신중히, 정
확히, 바늘을 움직였다. 되도록 정성스레, 두 번 다시 떨어지지
않도록 단단하게.

유리창 너머로 쏴아, 하고 부드러운 빗소리가 침투하고 있
다. 형광등을 끈 교실은 어슴푸레하고 정지된 공기가 유난히
미적지근했다.

신야의 일정한 숨소리.

아무런 불안도 없는, 평온함에 가득 찬 교실.

집에서도 학교에서도 흠칫흠칫 눈치 보며 생활하는 나로서는 지금, 이 순간이 폭신폭신 꿈같은 시간이었다.

바늘을 와이셔츠 안쪽으로 통과시켜 마지막으로 바늘허리에 실을 돌돌 감은 뒤 쭉 잡아당겨 끝매듭을 짓고 가위로 실을 잘랐다.

"자, 완성."

나는 책상 너머로 와이셔츠를 건넸다.

"땡큐. 진짜 고마워."

신야가 눈을 가늘게 뜨며 와이셔츠를 건네받았을 때, 손끝이 아주 살짝 닿았다. 내 손끝에는 찌릿찌릿 달콤한 전기가 흐른 듯한 느낌이 들었는데 신야도 그랬을까……?

나는 그런 생각을 하며 반짇고리를 서둘러 정리하기 시작했다.

그 순간, 어슴푸레하던 교실에 흰 섬광이 번쩍였다.

깜짝 놀란 우리는 창밖을 보았다.

이내 압박감 있는 중저음이 우렁우렁 울려 퍼졌다.

"우아, 소나기가 아니라 천둥이잖아."

"의외로 가까운 것 같네."

"그러네. 그보다 비 그치긴 하려나."

와이셔츠에 팔을 넣으며 신야가 혼잣말처럼 중얼거렸다.

"비가 그쳤으면 좋겠어?"

"어?"

의아하다는 듯한 얼굴로 신야가 이쪽을 뒤돌아보았다.

묵직하게 까매지는 하늘.

그 하늘과 비례해 어둑해진 교실.

점점 더 거세지는 비와 빗소리.

그치지 않아도 괜찮아.

계속, 이대로.

나는 그런 생각을 했다.

어렸을 때부터 비를 좋아했으니까. 분명.

"안 그치면 집에 못 가잖아. 유카도 우산 없지 않아?"

그렇게 말하며 신야가 쓴웃음을 지었다.

돌아가고 싶은 집이 있는 사람의 말은 언제나 다정하다…….

나는 한숨 대신에 "없어." 하고 중얼거렸다.

소나기가 퍼붓는 세상에 다시 섬광이 번쩍이더니 뒤따라 천둥이 쳤다.

이 비가 그칠 거라면 적어도 무지개가 뜨면 좋겠네.

멍하게 밖을 보고 있는데 신야가 쿡 하고 웃었다.

"유카 혹시 너, 천둥소리에 겁먹었냐?"

"어?"

"불안해서 금방이라도 죽을 것 같은 표정이잖아."

"아니, 그런 건 아닌데……."

"괜찮아, 건물 안에 있으면."

내 의도와 다른 엉뚱한 이야기를 하는 신야는 "잽싸게 끝내 버리자고, 한가부 일." 하고 웃었다.

한가부 일, 끝내고 싶어?

이번에는 마음속으로 그렇게 질문했으나 내 입은 "응, 그러자." 하고 평소와 같은 목소리로 말했다.

신야

유카가 단추를 달아준 이튿날은 아침부터 뻥 뚫린 새파란 하늘이 펼쳐진 데다 동쪽 하늘에 근육질 남자 같은 적란운이 드높이 솟아 있었다. 매미들도 쓸데없이 건강해서 등교 시간의 기온은 이미 삼십도를 훌쩍 넘겼다. 하지만 오늘 아침 텔레비전 일기예보에 따르면, 지금부터 점점 날씨가 바뀌다 오후가 되면 태풍 영향권 안에 든다고 한다.

한여름의 눈부신 아침햇살 속, 나는 등하굣길인 언덕길을 올라 교문을 통과했다. 땀이 난 등에 와이셔츠가 찰싹 달라붙는다. 체육관 앞을 지나 어제 유카가 나를 내려다본 교실 베란다를 올려다보았다. 거기에는 목청을 돋워 장난치는 우리 반 남학생 세 명의 모습이 보였다.

중앙현관으로 들어서자 마음이 놓였다. 강렬한 햇살이 내리쬐는 곳에서 도망쳤기 때문이다. 운동화에서 실내화로 갈아신을 때, 나는 유카의 신발장을 힐끗 보았다. 단 하나만 문이 찌그러져 있어서 쉽게 발견할 수 있는 신발장이다.

실내화로 갈아신은 나는 계단을 올라 늘 그랬던 것처럼 교실로 들어갔다.

그 '이변'을 깨달은 건 친한 친구들에게 "일찍 왔네." 하고 손을 들어 인사하며 내 자리로 걸어갈 때였다. 어째서인지 내 자리 주변에 반 아이들이 삼삼오오 모여 책상을 내려다보고 있었다.

유카는 그 무리에는 끼지 않은 채, 대각선 앞인 자기 자리에서 조용히 책을 읽고 있었다. 뒤를 돌아보았다가 자칫 말실수라도 하게 되면 그게 또 괴롭힘을 당하는 불씨가 된다는 사실을 유카는 잘 알고 있다.

나는 불길한 예감에 사로잡히며 내 자리를 둥그렇게 둘러싸고 있는 무리에게 다가갔다.

"아……."

가장 처음 내가 온 것을 알아차린 사람은 축구부의 촉새, 아오이였다. 그 아오이 모습을 알아차린 다른 반 아이들이 일제히 뒤돌아 나를 보았다.

미묘한 긴장감과 호기심이 뒤섞인 여러 얼굴.

"너네, 뭐하냐?"

평정심을 유지하는 척하며 나는 모두가 내려다보던 내 책상을 보았다.

불길한 예감은 빗나갔다. 그보다 더 나쁜 쪽으로.

내 책상 위에 굵은 유성펜으로 낙서가 휘갈겨 있었다.

위선자 아들

머리가 나쁜 사람이 썼을 법한 지저분한 글씨로 그렇게 큼지막하게 적혀 있었다.

"……."

순간 할 말을 잃은 나를 근처에 있던 반 아이들이 말없이 쳐다보았다.

내 머릿속에는 이시무라와 그 측근 얼굴이 어른거렸다. 분노인지, 억울함인지, 계면쩍음인지, 나 자신도 잘 모르겠으나 아무튼 검고 끈적끈적한 감정이 순식간에 내 가슴속에서 소용돌이를 만들고 있다는 것만큼은 자각했다.

동요하는 나를 감추고픈 마음에 나는 손끝으로 살짝 낙서를 문지르면서 입을 뗐다.

"장난치냐. 이거 유성이잖아."

기껏 밝은 목소리로 말했건만, 반 아이들은 저마다 서로 얼굴을 바라보면서 입을 꾹 다물었다.

묵직한 침묵을 깨준 것은 성격이 시원시원한 여자 농구부의 수재, 에나미였다.

"그거 낙서한 범인 얼굴은 아무도 못 봤는데, 하지만 다들 이 시무라가 한 거 아니겠냐면서……."

뭐, 보통은 그렇게 생각하겠지…….

나는 그 말에는 대답하지 않은 채 '후우' 하고 커다란 한숨을 흘리고는 어깨에 메고 있던 가방을 교실 바닥 위에 내려놓고 의자에 앉았다. 그리고 필통에서 지우개를 꺼내 있는 힘껏 낙서를 지워보았다. 그러나 유성펜으로 적은 글자는 색이 약간 옅어질 뿐, 거의 지워지지 않았다.

"지우개로는 안 지워져, 유성이니까." 에나미가 옆에서 참견했다. "있잖아, 가자마, 교무실에 가서 야지 샘한테 시너랑 걸레 빌려오는 게 어때?"

"오, 좋은 아이디어네. 내가 같이 따라가줄까?"

호기심에 가득 찬 눈빛으로 아오이가 말했다.

"괜찮아. 나 혼자 갔다 올게."

나는 지우개를 다시 필통에 넣고 천천히 일어서서 구경꾼들을 밀어내듯 밖으로 빠져나왔다.

교무실에 가려면 1층까지 계단으로 내려간 다음, 지붕 달린 연결 복도를 건너 옆 건물 2층까지 또 올라가야 한다.

나는 후들거리는 무릎에 주의하면서 난간을 붙잡고 계단을 내려가기 시작했다. 내려가면서 문득 어제 본 이시무라의 약간 굽은 등이 떠올랐다.

"젠장."

또 위선자 취급이냐.

내 인생 속에 '위선자'라는 세 글자가 굴러들어오게 된 건 아빠가 '어린이 밥' 서비스를 시작한 3년 전부터다. 그렇다고는 해도 그 세 글자의 공격 대상은 내가 아니라 대부분 '대중식당 가자마'이거나 그 가게 주인인 아빠였다.

가게에 걸려온 전화를 어쩌다 내가 받은 적이 있었는데 누군가 별안간 "이 위선자 놈아!" 하고 소리치며 전화를 끊어버린 적도 있었고, 어떨 때는 우편함에 들어 있는 종잇조각을 꺼냈는데 거기에 볼펜으로 '위선자!'라고 적혀 있던 적도 있었다.

이제 막 중학교 1학년이 되었을 때, 반에서 가장 먼저 친해진 친구가 "너희 집, 위선자 가게라고 불리는 모양이야. 알고 있었어?" 하고 말했을 때는 아무리 그래도 괴로웠다.

아빠도 게이코 씨도 '어린이 밥' 서비스가 익명의 사람들에게 비난의 대상이 되고 있다는 사실을 나에게 들키고 싶지 않았던 것 같았으나, 소문은 멋대로 내 귀에까지 알아서 들어오는 데다, 가게 전화가 눈앞에서 울리면 받는 게 당연하고, 신문을 챙기다 보면 우편함 속 내용물도 확인하기 마련이다. 애초에 나에게 숨기겠다니, 얼토당토않은 이야기다.

우편함에 들어 있던 두 번째 '위선자' 글자와 마주했을 때, 참다못한 나는 아빠와 게이코 씨에게 다그쳐 물었다.

"어린이 밥, 이대로 계속해도 괜찮은 거야?"

입 밖으로 꺼낸 말은 의문형이었으나, 나는 평정심을 유지한 목소리 톤으로 '이제, 그만두자'라고 말할 요량이었다. 기껏 세상과 남을 위해 본인을 희생하면서까지 일하고 있건만 어디 사는지도 모르는 아무개한테 욕을 들어야 한다니, 무얼 위한 고생이란 말인가.

그러자 게이코 씨는 여느 날처럼 나를 향해 경쾌한 미소를 지었다.

"신야는 걱정하지 않아도 돼. 괜찮으니까. 그치?"

끝의 '그치?'는 아빠를 향한 말이었다.

그 말을 건네받은 아빠는 역시 아빠답게 주방에서 장난꾸러기처럼 씨익 웃었다.

"물론 괜찮고말고. 익명에 숨어 시비나 거는 쩨쩨한 놈들한테 내 인생을 이리저리 휘둘릴까 보냐."

이런 식으로 어른들은 '괜찮다'고 우겨댔다.

하지만 '위선자'라는 세 글자에는 일종의 '독'이 포함되어 있다. '독'이니까 그 말을 들을 때마다 내 마음은 진물을 내며 곪아 염증이 생겼고, 더구나 그 '독'은 시간이 흐를수록 옅어는 져도 절대 사라지지는 않았다. 항상 마음 한구석에 남아 있었다. 특히 이번 낙서의 '독'은 강렬했다. 왜냐하면 반 아이들 모두가 보았기 때문이다. 지금껏 전화나 편지로 몰래 개인적으로 공격당하는 것과는 차원이 다르다.

교무실을 향해 걸으면서 나는 안절부절못하는 내 모습을 또렷이 자각했다. 나 자신도 뜻밖일 정도로 동요하는 것 같다.

연결 복도를 지나 옆 건물 계단을 올랐다.

교무실 미닫이문은 열려 있었다.

안을 빼꼼 들여다보자 안쪽 창가 자리에 야지 샘이 앉아서 무언가 서류를 훑어보는 듯했다.

"어라, 가자마, 무슨 일이야?"

문 근처에 있던 체육 과목인 오카다 선생님이 내가 온 걸 눈치채고 말을 걸어주었다.

"아, 그러니까, 야지마 선생님한테 부탁할 게 있어서요……."

"그래? 저기요, 야지마 선생님."

오카다 선생님이 내지르는 굵은 목소리에 야지 샘이 서류에서 얼굴을 들었다. 그리고 곧바로 내 존재를 알아차렸다.

"가자마가 용건이 있나 본데요."

"오, 무슨 일이야? 들어와도 돼."

나는 가볍게 인사를 하고 교무실 안으로 들어갔다. 그리고 야지 샘 자리에 도착하자마자 "샘, 시너 빌려갈 수 있어요?" 하고 물었다.

"뭐? 시너?"

"네."

"너, 시너 같은 걸 어디에 쓰려고?"

의심스러워하는 야지 샘 얼굴을 보고 나는 약간 당황했다.

"네? 아니에요. 피우려는 게 아니라……."

"바보야. 안 피울 거라는 것 정도는 알고 있어."

야지 샘은 복받치는 웃음을 내뿜으며 말했다.

"아……네."

"그래서, 어디에 쓸 건데?"

"아, 사실은……."

나는 책상 낙서에 관해 있는 그대로 말했다. 여기서 야지 샘에게 거짓말을 한다고 한들 달리 변명거리도 떠오르지 않을 뿐더러 사실대로 말하는 게 시너를 빌릴 확률도 높아진다고 생각했기 때문이다.

내 설명을 다 들은 야지 샘은 눈썹을 팔자로 모으며 한숨을 내쉬었다.

"위선자라……. 하긴. 뭐, 그래, 너도 고생이 많네."

하긴……이라니, 그게 무슨 뜻이지?

그 순간, 내가 이제껏 야지 샘에게 품었던 '호감'의 절대량이 한순간에 절반으로 주는 것을 느꼈다.

나는 아무 말 없이 야지 샘을 내려다보았다. 내 시선에는 조바심이 담겨버렸을 수도 있다. 하지만 야지 샘은 신경도 쓰지 않고 의자를 빙글 돌려 나에게 등을 보이더니 대각선 앞자리에 앉아 있는 미술 과목 온다 히토미 선생님에게 말을 걸어 유리병에 든 시너를 빌렸다.

"걸레는 없지만, 대신 이거 써도 돼."

야지 샘은 책상 서랍에서 휴대용 휴지를 꺼내더니 시너가든 병과 함께 나에게 내밀었다.

"감사합니다."

그다지 진심을 담지 못한 채로 가볍게 머리를 숙인 나는 얼른 교무실을 빠져나왔다.

다시 교실로 돌아오니 내 자리 주위에 모여 있던 무리가 흔적도 없이 사라졌다.

그렇다고는 해도 반 아이들은 나의 일거수일투족에 관심이 있는 듯, 내가 자리에 앉아 시너로 책상을 문지르자 호기심 어린 눈으로 지켜보기 시작했다. 그리고 다시 반 아이들이 구경하기 위해 하나둘 모여들었다.

시너 냄새는 온 교실에 가득 퍼졌다.

하지만 누구 하나 불평하지 않았다.

"시너란 거 엄청 대단하네. 감쪽같이 사라졌어."

어제 트럼프를 같이 했던 농구부 다카야마가 밝은 목소리로 말해주었다. 워낙 다정한 놈이라 내 마음을 헤아리고 교실 공기를 가볍게 만들어준 것이다.

"없어지긴 해도 시너 냄새가 진동하는 책상이 되겠어."

그렇게 말하면서 쓴웃음을 짓는 나를 보고 다카야마가 일부러 더 가벼운 투로 놀려댔다.

"아하하. 가자마, 수업 중에 혀가 막 꼬이는 거 아냐?"

다카야마는 혀를 쑥 내밀고는 눈을 희번덕거리며 시너에 취한 흉내를 냈다. 그 모습을 본 반 아이들이 소리 내어 웃었다. 나는 조금 마음이 놓여 표정을 풀면서 더욱 정성스레 책상을 문질렀다. 그리고 낙서가 점점 사라져가는 걸 내려다보며 머리로는 다른 것을 생각하기 시작했다.

가령 이 낙서가 사라진다 해도 이시무라와 그 무리가 사라지는 것은 아니다. 솔직히 성가신 일에 휘말렸다고 생각했다. 이시무라의 동료들을 모두 모으면 아마도 열 명쯤은 될 테지. 나 혼자 대적한다 한들 그야말로 한순간에 뭇매질당할 게 뻔하다. 친한 축구부 친구들에게 지원을 요청해 수에서 밀리지 않게 하고 싶어도 그건 현실적이지가 않다. 왜냐하면 친구들은 지금 중학교 마지막 여름 대회를 향해 필사적으로 연습하고 있기 때문이다. 이 시점에서 폭력 사태가 일어나기라도 한다면 출전 정지를 당할 것이다.

역시 나 혼자서 해결할 수밖에 없다.

내가 먼저 어떠한 행동을 취할 것인가. 아니면 아무 일 없었다는 듯이 행동하며 별수 없이 참아야 하는가.

그런 생각을 하는 사이에 낙서는 말끔히 지워졌다.

원래 상태로 돌아온 책상을 내려다보며 나는 무의식적으로 '후우' 하고 긴 숨을 내뱉었다.

"가자마가 내쉬는 한숨, 되게 깊네."

축구부 아오이가 장난스럽게 말했다.

"시끄러워."

하고 대답하고 나는 작게 웃었다.

독을 품은 세 글자가 책상 위에서 사라지자 무거웠던 공기도 조금은 가벼워진 느낌이 든다.

일단 지금은……, 평소처럼 지내자.

암울한 것은 좀 더 냉정해졌을 때 생각해도 되니까.

그렇게 정하자 마침 종이 울리고 교실에 야지 샘이 들어왔다. 반 아이들은 일제히 자기 자리로 돌아갔다.

교단에 선 야지 샘은 나를 내려다보고는 쓴웃음을 지었다.

"시너 냄새가 제법 나네. 깨끗하게 지워졌어?"

"네."

"그래. 그럼 나중에 온다 선생님께 시너 병 돌려드리고 와. 아마 오늘은 거의 미술실에 계실 거야."

"네."

나를 향해 작게 끄덕인 야지 샘은 교단에 양손을 짚고 반 전체를 휘둘러보았다.

"자아, 우선은 잊어버리기 전에 전달 사항부터. 오늘은 태풍이 오고 있어서 실내 동아리도 포함해 모든 활동을 금지한다. 학교 끝나면 재빨리 귀가하도록."

"네에."

맥이 빠진 대답이 드문드문 들려온다.

"전달 끝. 자, 이제 출석 부른다."

야지 샘이 늘 그랬던 것처럼 반 아이들 이름을 번호대로 부르기 시작했다. 본인도 자랑스러워하는 바리톤이 내 귀에는 불쾌한 소음으로 울렸다.

* * *

3교시 국어 시간이 시작되자 창밖이 별안간 어두워졌다. 하늘에는 낮게 떠 있는 먹구름이 꼭 빨리 감기 버튼이라도 누른 듯한 속도로 흐르고 있었다.

"오늘 밤에 제법 큰 태풍이 북상하나 봐."

판서를 끝낸 후지마키 사쓰키 국어 선생님이 힐끗 창밖을 보고 말했다. 대학교를 졸업한 지 2년밖에 안 되어서 젊기도 하고 성격도 밝아서 학생들이 친구처럼 대하고 따르는 선생님이다.

"폭풍 전야 같은 거, 괜히 신나더라."

뒤에서 아오이 목소리가 들려왔다. 누군가가 "나도!" 하고 말하자 교실이 웅성대기 시작했다.

나는 대각선 앞에 앉아 있는 가냘픈 등을 보았다.

유카는 책상을 감싸는 듯한 자세로 필기를 하고 있었다. 태풍 이야기로 떠들썩해진 반 아이들과 전혀 다른 세상에 있는 듯한 등이었다.

없는 사람처럼 지내자, 존재를 지우자, 아무에게도 들키지 않도록, 숨을 죽인 채 있자, 그런 쓸쓸한 비참함이 유카에게 언제나 덧씌워져 있었다. 우리 가게 카운터 자리에 앉아 행복하게 '어린이 밥'을 먹을 때와 완전히 다른 사람이 된 듯한 존재감이다.

문득 표정 변화가 거의 없는 코타의 옆얼굴이 머리를 스쳐 지나갔다.

먹고 있는 장면을 우연히 내가 보았을 때, 유난히도 분한 듯 볼을 일그러뜨린 이시무라의 얼굴도 떠올랐다.

'위선자 아들.'

독을 품은 단어.

책상 낙서를 떠올리자 내 위 속에서 불쾌한 열이 똬리를 틀기 시작했다.

이 느낌은 역시 '분노'겠지.

나는 확신했다. 확신이라기보다 인정했다.

인정했더니 어째서인지 '분노'가 치솟은 이유가 명확해졌다.

위선자 아들……, 이 아들이라는 두 글자에 유난히도 화가

130

발끈 난다는 사실을 깨달았다. 다시 말해 나는 그저 아들일 뿐이고, 위선자라는 욕을 들은 사람은 우리 아빠다.

아빠를 반 아이들 앞에서 욕보인 것이다.

나는 천천히 숨을 들이쉬었다가 불쾌한 열을 품은 숨을 내뱉었다.

낮은 하늘에 뒤덮여 있던 먹구름에서 투둑투둑 굵은 빗방울이 떨어지기 시작했다.

유리창을 타고 무더운 여름 바람이 훅 불어온다.

후텁지근한데도 내 등에는 움찔움찔 닭살이 돋았다.

한참 있다 3교시 수업 종료를 알리는 종이 울렸다.

나는 의자에서 훌쩍 몸을 일으켜 그 누구와도 눈을 마주치지 않은 채 교실을 나왔다.

그리고 마음속으로 굳은 결의를 품고 옆 반 문을 드르륵 열었다.

교실 문 근처에 축구부 요헤이 등이 있었다.

"요헤이."

"응?" 뒤돌아본 요헤이가 조금 의아하다는 듯한 얼굴을 했다. "왜 그래, 무서운 얼굴을 다 하고."

무서운 얼굴?

솔직히 지금 나는 엄청난 공포심과 사투를 벌이고 있는데.

"어, 이시무라는?"

나는 표정을 바꾸지 못한 채 요헤이에게 물었다.

"뭐……?"

"어디 있어?"

"그 녀석 오늘은……." 요헤이 시선이 맨 뒷자리로 향했다. "아침부터 안 보이던데. 어차피 결석이겠지."

"결석?"

"아마도."

이시무라는 없다.

그 사실을 알게 되자 잔뜩 긴장해 있던 몸에서 스르륵 힘이 빠져나가는 듯한 기분이 들었다.

"저기가 이시무라 자리야?"

물으면서 나는 무심코 그 자리로 다가갔다.

"맞는데……."

요헤이의 답을 듣던 나는 깜짝 놀라 발걸음을 멈추었다.

거지새끼

놀랍게도 이시무라 책상 위에도 유성펜으로 갈겨쓴 낙서가 있었다.

"이 낙서……."

말하면서 요헤이를 보았다.

"그거 말이야, 어제 아침에 학교 오니까 적혀 있었어."

요헤이는 낭패라는 듯한 얼굴로 대답했다.

"이시무라는 이 낙서 봤어?"

"그야 봤지."

"……."

"그 녀석, 어제는 점심시간이 다 돼서야 불쑥 등교해서는 말이야."

"뭐? 어제 점심시간에 봤다는 거야?"

"그래. 당사자가 이시무라니까 낙서를 보면 분명히 화낼 줄 알고 넌지시 지켜보고 있었는데 되레 웃더라고."

"웃었다고?"

"응. 아주 약간. 그러고는 자리에 앉지도 않고 그대로 교실을 빠져나갔지 뭐."

그렇다. 이시무라는 그길로 나를 찾아온 것이다.

"그래서?"

나는 요헤이에게 뒷말을 재촉했다.

"그게 끝인데."

"끝이라고?"

"응. 어제 점심시간에 나간 이후로 교실에는 한 번도 안 나타났어."

"그렇구나."

나는 팔짱을 끼고 다시 한 번 이시무라 책상을 내려다보았다. 그러자 요헤이가 한쪽 눈썹을 올리며 나를 보았다.

"근데 가자마 네가 왜 그런 걸 묻는 거야?"

"어……아니, 그냥."

"그냥이라는 게 뭐야. 애초에 우리 반에 뭐 하러 왔는데?"

"뭐, 좀 일이 있어서."

"설마, 가자마 너……."

요헤이가 깜짝 놀란 얼굴을 했다.

"뭐?"

"그 낙서, 네가 한 거……."

"바보야. 내가 왜 하냐."

"그렇지?"

요헤이가 안심한 듯 작게 웃었다.

요헤이와 대화를 주고받으며 알게 된 사실이 하나 있다. 누가 낙서를 했는지는 이 반 아이들도 모르는 상태라는 것이다.

"가자마."

"어?"

"이시무라 집, 진짜 가난하려나?"

"그런 걸 왜 나한테 묻는 건데?"

"어쩌면 이시무라, 너희 집 가게에서 밥 먹는가 싶어서."

요헤이는 기본적으로 좋은 놈이다. 단순하고 정직한 데다 성격도 시원시원하고 팀을 위해 몸을 날리는 골키퍼이기도 하다. 다만 요헤이의 조금 전 질문은 내 가슴 안쪽을 제법 따끔따끔 아프게 했다.

"우리 가게에선 본 적 없는데."

내 거짓말에 순진한 요헤이는 쉽사리 속아주었다.

"뭐야, 그렇구나."

"애초에 이시무라 집이 가난하건 말건 관심도 없지만."

"뭐, 하긴. 저런 놈이랑은 친구도 뭣도 아니니까."

그렇게 말하며 요헤이는 옅은 미소를 지었다.

"아……그럼 나 슬슬 우리 반으로 돌아갈게."

"어?"

"다음 수업 준비해야 하니까. 또 보자. 땡큐."

이 이상, 캐고 들지 못하도록 요헤이에게서 빙글 등을 돌리고 걷기 시작했다.

일단 복도로 나와 옆에 있는 우리 교실로 들어왔다. 그리고 자리에 앉았다.

유카는 가만히 책을 읽고 있었다. 무료한 듯한 등을 물끄러미 바라보면서 나는 머릿속을 정리했다.

우선 어제 아침, 이시무라 책상에 '거지새끼'라는 낙서가 있었다. 이시무라는 점심시간에 등교해서 그 낙서를 보고 말았다. 그리고 곧장 옆 교실에 있는 나를 찾아왔다. 이시무라는 '어린이 밥'을 이용한다는 사실을 내가 친구들에게 말하고 다닌다고 착각한 것이다. 그래서 나는 체육관 뒤쪽으로 끌려가서 잠깐 '대화'를 나누었다. 그러는 와중에 이시무라 측근들이 왔는데 어째서인지 나는 풀려났다. 하지만 측근과 스쳐 지날 때 '위선자'라는 세 글자에 부딪혔다. 그리고 이튿날(즉, 오늘 아침) 내 책상에도 '위선자 아들'이라는 낙서가 생겼다······.

그러니까 내 책상에 낙서를 한 놈은 이시무라가 아니다.

오히려 그놈도 피해자다.

요헤이 말에 따르면 낙서를 봤을 때, 이시무라는 작게 웃었다고 했다.

어떤 기분으로 웃었던 걸까······.

계단을 내려갈 때 봤던 이시무라의 작게 굽은 등.

저런 놈이랑은 친구도 뭣도 아니니까, 하고 말할 때 짓던 요헤이의 옅은 미소.

이러저러한 생각을 하자 어쩐지 유난히도 내 마음이 지쳐버린 느낌이었다.

'후우…….'

유카의 등을 바라본 채, 나도 모르게 소리 내어 한숨을 내쉬고 말았다. 그러자 유카는 주위를 살짝 확인한 뒤, 조심조심 겁내는 듯한 느낌으로 이쪽을 돌아보았다.

"한숨."

"지금은 심호흡이야."

내가 정색하고 말하자 유카가 쿡 하고 웃었다.

"오늘 방과 후에."

"응?"

"한가부, 할래?"

유카의 소곤거리는 목소리에 나는 작게 고개를 옆으로 저었다.

"미안. 오늘은 좀 볼일이 있어."

다시 한 번, 아빠에게 말해두고 싶은 게 있기 때문이다.

"볼일?"

"뭐, 응. 게다가 태풍까지 온다니까 집에 빨리 가야지."

"그래. 그렇네."

그렇게 말하고 유카는 생긋 미소를 지었다.

미소를 지었건만, 어쩐지 시들어가는 꽃처럼 보여서 나는 무의식적으로 같은 말을 반복하고 말았다.

"미안."

"아니야. 그럼, 시간이 있고 태풍이 안 오는 날에 하는 걸로."

"오케이."

유카는 얼굴에서 웃음기를 빼더니 그대로 앞을 향하고는 읽던 책을 다시 펼쳤다. 그 모습을 대각선 뒷자리에서 보고 있는데 문득 어떤 생각 하나가 화살처럼 내 머릿속을 꿰뚫고 지나갔다.

"아, 유카, 있잖아 역시……."

"응?"

펼친 책을 손에 든 채 뒤돌아본 유카를 향해 나는 말했다.

"방과 후에 잠깐만 한가부 하자."

"어? 근데 볼일은?"

"내가 착각했어. 오늘이 아니더라고."

"……."

유카는 소극적이었으나 나를 똑바로 바라보았다. 내가 거짓말을 하는지 의심하는 모양새다.

"대신 태풍도 오니까 일찌감치 끝내는 걸로 하고."

"볼일……정말 괜찮아?"

역시 의심하고 있다.

"그러니까 내가 착각했다고."

그러자 유카 얼굴에 어렴풋이 미소가 피었다.

"알겠어. 그럼, 방과 후에 봐."

"그래."

유카는 볼에 미소를 머금은 채 앞을 향하고는 이내 책 속 세상으로 돌아갔다.

꽉 닫은 교실 유리창에 쐐아, 하고 굵은 빗방울이 몰아쳤다. 비는 대뜸 거세졌다가 돌연 빗발이 약해지기를 수없이 반복했다.

어슴푸레한 오후의 교실.

태풍이 접근한 시꺼먼 하늘.

매미 울음소리가 없는 여름은 별로네, 하고 나는 생각했다.

책상 서랍에 손을 넣었다.

빌렸던 시너 병을 몰래 꺼냈다.

어쩌면 나란 놈은 참 한가한 놈일지도.

서늘한 유리병을 양손으로 감싸면서 나는 혼자 속으로 중얼거렸다.

* * *

방과 후가 되자 학교에 남아 있던 학생들이 한꺼번에 집으

로 돌아갔다. 모든 동아리 활동이 중지되었기 때문에 이 교실
은 물론이고 학교 건물 전체가 신기할 정도로 고요해졌다.

때때로 유리창을 때리는 굵은 빗방울 소리가 교실 안에서
유난히 크게 울렸다.

나와 유카는 학급 신문의 기초가 되는 디자인을 착실하게
만드는 중이었다. 작업을 시작한 지 한 시간쯤 지났을까, 나는
손에 쥐고 있던 샤프를 조용히 내려놓고 유카를 바라보았다.

"유카."

"응?"

책상 위에 펼쳐져 있는 디자인과 씨름하다 슬며시 얼굴을
든 유카를 나는 정면에서 똑바로 바라보았다. 그리고 서론도
없이 양손을 맞대고 사과하는 시늉을 했다.

"음, 미안."

"어……어, 왜, 왜 그래?"

"실은 있잖아, 오늘 한가부 하고 싶다고 말한 거, 거짓말이
야."

유카는 뜻밖이라는 얼굴로 고개를 살짝 갸웃했다.

"나 있잖아, 교실에 아무도 없는 시간대까지 그 누구에게도
어떠한 의심도 받지 않으면서 남고 싶었거든."

"……."

"그래서 말인데, 지금이 기회니까 나, 잠깐 옆 반에 다녀올게."

"어?"

"유카는 여기서 기다리고 있어."

"어, 뭐? 그게 무슨 말이야?"

나는 책상 서랍에서 시너 병과 쓰다 남은 휴대용 휴지를 손에 쥐고 일어섰다.

"금방 돌아올게."

"갈래."

"어?"

"나도 갈래."

유카는 대답을 하며 몸을 일으켰다.

"잠깐만 여기서 기다려줘. 금방 끝나니까."

"하지만 신야 너……대체 뭘 하려고 그래?"

불안한 듯 눈썹을 내린 유카를 보자 거짓말을 해서 이용했다는 것도 마음에 찔려서 왠지 미안한 기분이 들었다.

"별거 아니야. 딱히 나쁜 짓을 하려는 것도 아니고."

"그러면 더욱더 나도 갈래."

나는 한숨을 쉬었다. 유카가 이렇게나 자기주장이 강한 애였던가. 솔직히 유카는 데려가고 싶지 않다, 아니, 될 수 있는 한 유카에게 그걸 보여주고 싶지 않다.

어떻게 하지, 하고 잠시 주춤했으나 머뭇거릴 시간이 없다. 게다가 어차피 내가 안 된다고 한들, 유카는 따라올 것 같았으니까.

"그래 알겠어. 근데 절대로 비밀로 해줘."

"어?"

"나쁜 짓을 하는 건 아니지만, 비밀로 해줬으면 해. 그걸 지켜줄 수 있으면 따라와."

유카는 아주 잠깐 고심하는 듯한 눈치였으나, 결국은 "응, 비밀로 할게." 하고 고개를 끄덕였다.

우리는 교실을 나선 뒤 몰래 옆 교실로 들어갔다.

도둑이라도 된 듯한 묘한 긴장감이 느껴져 문득 뒤를 돌아보자 얼굴에 웃음꽃이 활짝 핀 유카가 나를 바라보고 있다.

"왠지 두근두근하네, 이런 거."

위기 상황에서는 여자가 더 배짱이 좋을 수도 있겠다는 생각을 하면서 나는 이시무라 책상 앞에 섰다.

"엇, 이거……."

예상대로 유카는 숨을 멈추고 나를 보았다.

'거지새끼'

될 수 있는 한 유카에게 보여주고 싶지 않았던 글자.

'위선자'라는 세 글자에서 내가 느끼는 '독'과 닮은 감정을 어쩌면 유카가 느낄지도 모르는 단어였다.

하지만 내 걱정은 아무래도 어긋난 모양이다.

유카 표정만 보면 자기 가슴을 멍들게 하는 '독'보다도 되레 낙서당한 이에 대한 동정심으로 마음 아파하는 듯이 보였기 때문이다.

"여기, 이시무라 자리야."

나는 작게 말했다.

"어째서……."

"그 이유는 나도 모르지만……. 아무튼 선생님이 둘러보러 오기 전에 서둘러 끝내야 해."

나는 오늘 아침, 내 책상에 있던 낙서를 지울 때처럼 먼저 휴지에 시너를 묻혔다. 그리고 이시무라 책상에 있는 낙서를 북북 문질렀다.

"어째서 신야가 지우는 거야?"

그 질문이 가장 대답하기 어렵다.

"나도 모르겠어."

"혹시 이 낙서……."

"내가 한 거 아니야."

유카가 말을 잇지 못하도록 나는 잽싸게 말을 덮어버리며 바쁘게 손을 움직였다.

"나 말이야, 쉬는 시간에 여기 왔었거든. 그랬는데 이 녀석 책상에도 낙서가 있는 걸 우연히 보게 됐어. 그래서 뭐, 하는 김에 겸사겸사."

내 대답이 유카는 조금도 이해가 되지 않는 모양이었다.

"그럼, 어째서 방과 후에 몰래 지우는 거야?"

"그야, 다른 애들이 다 있을 때 옆 반인 내가 지우고 있으면 마치 내가 낙서한 범인처럼 보이잖아."

"아, 그렇구나."

"그치? 됐다. 다 지워졌어."

낙서는 완벽하게 사라졌다.

"응."

"태풍 때문에 창문을 못 여니까 시너 냄새는 좀 남을지도 모르겠지만."

"그럼 교실 문을 양쪽 다 조금씩 열어둘까?"

"오, 좋은 생각이야."

우리는 발소리를 죽이며 교실을 빠져나왔다. 그때 문을 반쯤 열어두고 다른 쪽 문도 반쯤 열어두었다. 그리고 부리나케 우리 교실로 돌아왔다. 각자 자기 자리 앞에 서고, 시너와 휴지를 책상 위에 올렸다.

다행히 아무에게도 들키지 않고 지우는 일을 완수한 나는 '후우' 하고 숨을 내뱉고 "임무 완료." 하고 말하며 유카를 보았다.

"왠지 모험한 기분이야."

볼이 발그스름하게 상기된 유카가 양손을 나를 향해 들었다. 나는 그 손에 내 양손을 찰싹 맞췄다.

하이 파이브였다.

"해냈네."

"해냈어."

작게 웃으며 우리는 각자 자기 의자에 앉았다.

"있잖아, 신야."

"응?"

"선배 명령 발동시켜도 괜찮아?"

"뭐?"

유카가 해맑게 웃으며 눈을 가늘게 떴다.

"그래도 괜찮아?"

"그건 내용 나름이겠지."

"나, 아무래도 알고 싶어."

"뭘?"

"어제 점심시간에 이시무라가 온 이후의 일."

나는 아주 잠깐 생각했다. 말해도 괜찮을지, 아니면 말하지 말아야 할지.

"나, 같은 동아리 선배로서 제대로 알아두고 싶어."

"뭐야, 그게."

나는 풋 하고 내뿜고 말았다. 유카도 쿡 하고 웃었다. 둘이 웃었더니 긴장해 있던 어깨 힘이 스르륵 풀린 듯한 기분이 들었다. 뭐, 어쨌든 유카에게는 이미 조금 전의 행동도 들킨 상황이다. 어느 정도까지는 말해도 되겠거니 생각했다.

"그럼 알려주겠지만, 나도 부장으로서 명령할 게 있어."

"엇, 뭔데?"

"아까 낙서 지운 걸 포함해서 이제부터 말하는 것도 모두 비밀로 할 것."

"응. 알겠어."

고개를 끄덕인 유카의 볼에는 웃음의 파편들이 남아 있었다. 다만 그 눈은 우등생다운 성실한 빛을 내뿜었다.

그러고 나서 나는 어제 점심시간 이후부터 벌어진 일을 간략하게 이야기했다. 하지만 단 한 가지, 유카에게도 말하지 못한 부분이 있었다. 그건 이시무라가 우리 가게에서 '어린이 밥'을 종종 먹는다는 사실이다. 그래서 체육관 뒤에서 나와 이시무라가 나눈 대화 내용은 어쩔 수 없이 거짓말을 했다. 이유는 모르겠지만 이시무라는 낙서를 한 범인을 멋대로 나로 단정지었고 나는 딱 잘라 아니라고 주장했다. 그랬더니 오늘 아침에 내 책상에도 낙서가 있었다, 하고 옹색하게 둘러댔다.

"그렇구나. 그런 일이 있었구나."

유카는 일단 수긍하는 기색이었다.

그러나 이시무라 책상에는 '거지새끼', 내 책상에는 '위선자 아들'이라는 낙서가 있었다. 똑똑한 유카라면 이 두 가지 낙서로 나와 이시무라의 관계를 어느 정도는 예상할 게 분명하다.

"나로서는 얼토당토않은 누명을 썼지만."

"누명을 썼는데도 몰래 낙서를 지워준 거구나."

"……."

나는 유카 말에 어떻게 대답할지 생각했다. 솔직히 어째서 이시무라 책상에 있는 낙서를 지우자고 결심했는지 나조차도 잘 모르겠으니까. 알 수 있는 거라고는 내 머릿속에 계속 이시무라의 굽은 등이 어른거리면서 떠나지 않는다는 것……, 그저 그뿐이다.

"신야는 역시 다정해."

"어?"

역시, 라는 건 원래 그렇게 생각했다는 건가?

"역시 우리 부장이야."

"뭐, 우리는 한가부니까, 시간 때우기용으로 딱 좋았지?"

"우리, 가 아니라 신야 혼자서 하려고 했잖아."

"뭐, 그렇지만……."

유카는 쑥스러워하는 나를 슬쩍 놀리는 것처럼 보였다.

"있잖아, 신야."

"응?"

"다음에 또 모험 같은 거 할 때는 나도 불러줘."

"뭐? 기회가 그렇게 자주 올 것 같아?"

"아잇, 정말?"

"당연하지."

"괜히 아쉽네."

말과는 정반대로 유카가 작게 웃었을 때, 유리창에 비바람이 내리쳤다. 쏴아 하는 빗방울 소리와 창이 흔들리며 덜컹대는 소리가 조용한 교실에 한꺼번에 울려 퍼졌다.

"아, 태풍……." 하고 내가 말했다.

"집에 가야겠네." 하고 유카도 말했다.

우리는 서로 고개를 끄덕이고는 서둘러 자리에서 일어섰다.

학교 건물에서 나온 후에는 옆으로 들이치는 비바람에 휘청이며 우리는 각자 입고 있는 교복 바지와 치마를 흠뻑 적시면서 하굣길 언덕을 내려갔다.

돌풍이 불면 우리는 소리를 지르며 웃었다.

둘 다 머리카락이 엉망이 되고, 우산도 뒤집혔다. 소용없어
진 우산은 포기하고 도로 접어서 손에 들었다.

"꺄아, 샤워기를 튼 것만 같아."

"바로 모험하게 됐네."

큰 목소리로 내가 말하자 유카는 "아하하, 정말이네." 하고
웃었다. 입술 끝을 힘껏 좌우로 잡아당긴, 어금니까지 보일 정
도로 밝은 미소. 어렸을 때 자주 보았던 유카의 진정한 미소
였다.

"근데 말이야."

"응?"

"태풍이 오는 것도 나쁘지 않네."

"응. 태풍도 즐거워."

심상치 않은 새카만 하늘을 올려다보면서 마음껏 웃는 유
카. 흠뻑 젖은 옆모습을 보고 있자니 어째서인지 문득 울고 있
는 것처럼도 보여서 나는 엉겁결에 이름을 불렀다.

"유카?"

"응, 왜?"

이쪽을 바라본 유카는 웃고 있었다. 분명히. 여태 본 적이 없

을 정도로 상쾌해 보이는 미소가 얼굴에 떠올라 있었다.

"어, 그러니까, 기분 좋네."

"응. 최고야."

"그렇지?"

"이제 뭔가, 전부 어떻게 되든 상관없을 정도로."

유카 앞머리와 턱 끝에서 몽글몽글 물방울이 똑똑 떨어진다.

전부 어떻게 되든 상관없을 정도로—.

나는 유카가 내뱉은 말을 마음속으로 되뇌었다. 그리고 고개를 끄덕였다.

"진짜, 전부 다 어떻게 되든 상관없어."

"아하하하."

유카가 웃었다. 눈을 가늘게 뜬 모습이 흡사 울고 있는 것 같았다.

정면에서 강한 바람이 불어왔다. 굵은 빗방울이 나와 유카의 얼굴을 찰싹찰싹 때렸다.

"우아, 아파라."

"꺅."

우리는 그만 웃음보가 터지고 말았다.

양동이를 뒤집어엎은 듯 퍼붓는 이 비가 거지도, 위선자도 흔적도 없이 깨끗이 씻어내주면 좋을 텐데.

생각이 거기에 미치자 나는 그제야 깨달았다.

뭐야, 울고 싶은 건 나잖아.

* * *

유카와 헤어진 나는 흠뻑 젖은 채 가게 안으로 들어섰다.

"다녀왔습니다."

가게 안을 둘러보니 손님은 한 명도 없었다. 아무래도 날씨
가 이 모양이니 어쩔 수 없겠지. 자세히 보니 이미 안쪽에 있는
손님 테이블 위에 노렌이 올려져 있다.

"어, 왔냐? 드디어 태풍이 쏟아지기……, 것보다 너, 꼴이 그
게 뭐야?"

주방에서 얼굴을 빼꼼 내민 아빠가 머리까지 홀딱 젖은 나
를 보고 웃음을 터트렸다.

"우산 써도 소용없길래 그냥 왔지 뭐."

"아하하. 그렇군. 근데 이렇게나 장대비가 쏟아지면 차라리
홀딱 젖는 게 기분 좋지 않던?"

"응." 하고 순순히 수긍한 나는 다시 가게 안을 휘둘러보고
나서 물었다. "게이코 씨는?"

"태풍이 더 심해지기 전에 집으로 보냈어. 어차피 태풍이 불

면 손님도 안 올 테고."

"그렇구나." 아빠와 단둘이 있을 수 있다면 오히려 더 좋다.
"그럼 나, 옷 갈아입고 올게."

"어, 그렇게 해."

"아, 나 배가 좀 고픈데."

사실은 그렇게 배가 고프진 않았으나 그렇게 말했다.

"그래. 그럼, 뭐 좀 만들어놓을 테니까 옷 갈아입고 내려와."

"응."

"아, 근데 뭐 먹고 싶어?"

"흐음, 면이 좋을 것 같은데."

"오케이."

아빠가 엄지손가락을 치켜세웠을 때, 가게 유리창에 강풍이
부딪쳐 덜컹덜컹 소리를 냈다.

"신야도 왔겠다, 뭐 조금 이르지만 가게 문도 닫아야겠네."

그렇게 말한 아빠는 가게 출입문 쪽으로 향했다.

나는 주방 구석에 있는 현관 바닥에서 비에 젖은 운동화와
양말을 벗고 집으로 들어갔다. 그리고 2층에 있는 내 방으로 들
어가 젖은 몸과 가방을 수건으로 꼼꼼하게 닦고, 티셔츠와 반
바지로 갈아입었다.

비를 맞아 체온이 떨어진 몸은 옷을 갈아입은 후에도 조금

싸늘해서 우울한 마음과는 달리 산뜻했다.

어디 그럼—,

"후우."

나는 숨을 한차례 내뱉고 방을 나섰다.

다시 계단을 내려가 현관 바닥에서 샌들을 신고 주방으로 들어섰다. 그대로 손님 테이블을 돌아 조리하고 있는 아빠와 마주보는 카운터 자리에 걸터앉았다.

치익치익 맛있는 소리를 내며 아빠는 프라이팬을 흔들고 있었다.

"거의 다 됐어."

"응."

프라이팬을 쥔 손에 시선을 떨군 채 요리에 열중하는 아빠 얼굴은 눈가와 입가가 온화해서 싱긋 웃는 것처럼 보인다.

그러고 보니 내가 아직 유카와 둘이 놀던 시절, 그러니까 엄마가 살아 계셨을 때 조리 중인 아빠 얼굴을 보고 솔직하게 물은 적이 있다. "아빠는 밥 만드는 거 좋아해?"라고. 그러자 아빠는 한층 더 눈을 가늘게 뜨고 내 머리를 벅벅 쓰다듬으면서 이렇게 대답했었다. "좋아하고말고. 먹은 사람이 '맛있어' 하고 말해준다면 훨씬 더 좋아하게 되겠지."

그때보다도 아빠 눈가 주름은 깊어지고, 머리카락에는 드문

드문 흰머리가 섞이게 되었다. 체격이 다부졌던 몸도 한아름 작아져 보인다.

"으라차차."

일부러 밝은 목소리를 내면서 아빠가 프라이팬 가장자리에 간장을 빙 둘렀다.

식욕을 돋우는 간장 타는 냄새가 풍겨왔다.

생각해보면 매일 매일, 나는 아빠가 만든 밥을 먹고 자란 거구나……

아빠의 눈가 주름을 보고 있자니 문득 그런 생각이 머리를 스쳤다.

"좋아, 완성."

프라이팬에서 그릇으로 옮겨진 건 볶음우동이었다. '어린이 밥' 단골손님이 자주 주문하는 비밀 메뉴다.

"자."

"고마워."

주방에서 내민 그릇을 건네받았다. 마늘과 버터와 간장 냄새가 나면서 김이 폴폴 피어오르고, 듬뿍 올린 가다랑어포가 마치 살아 있는 듯 분주하게 움직였다.

"잘 먹겠습니다."

"오냐."

내가 볶음우동을 먹기 시작하자 아빠는 "자, 그럼." 하고 말하며 주방 냉장고에서 캔맥주를 꺼내 뚜껑을 땄다. 그리고 유리컵도 챙겨 손님 테이블이 있는 곳으로 나왔다.

아빠가 앉은 건 내가 앉은 카운터 옆자리가 아니라 등 뒤에 있는 4인용 테이블석이었다.

"크으, 대낮에 마시는 맥주는 역시 최고야. 태풍에 고마워해야겠네."

쾌활한 아빠 목소리를 등 뒤에서 들으면서 나는 말을 꺼낼 타이밍을 살폈다. 그러자 놀랍게도 아빠가 먼저 그 타이밍을 만들어주었다.

"그래서 신야 너, 나한테 뭐 말하고 싶은 거 있냐?"

"어?"

허를 찔려 당황한 나는 젓가락질을 멈추었다.

"학교에서 무슨 일이라도 있었어?"

"……"

직구로 던진 질문에 내가 말을 잇지 못하자 아빠는 꿀걱꿀걱 목젖을 울리며 맥주를 들이켜고 여전히 밝은 목소리로 다시 말을 이었다.

"대뜸 쫄딱 젖은 채로 그렇게나 심각한 얼굴을 하고 집에 오니 말이야. 게다가 돌아오자마자 배가 고프다고 말을 꺼내는 것도 드문 일이고. 아무리 눈치 없는 나라도 무슨 일이 있구나 하고 눈치채지."

"딱히 심각한 얼굴은……."

말하면서 등 뒤를 돌아보니,

"했어, 했어."

하고 아빠가 놀리듯이 웃었다.

내 표정이 그렇게나 심각했나―.

솔직히 나로서는 의외였으나, 그러고 보니 게이코 씨에게 들은 적이 있다. 아빠가 학교에서 온 내 얼굴을 날마다 관찰한 다고.

"뭐, 별로 심각한 건 아닌데."

나는 뒤를 돌아본 채 말했다.

"그래? 그럼 상관없지만."

아빠가 유리컵을 테이블 위에 올리자 탁, 하는 메마른 소리 가 가게 안에 울려 퍼졌다.

째깍, 째깍, 째깍, 째깍, 째깍…….

손님 테이블 쪽에 걸려 있는 벽걸이 시계는 초침 소리를 흘 려보내고, 창 틈새로는 빗소리가 새어 들어왔다.

우리 집에 엄마가 없어지고 나서부터는 한순간에 정적이 늘 어났다. 아빠가 쾌활한 사람이다 보니 어쩌다 입을 다물었을 때 생기는 정적이 더욱더 깊게 느껴지는 거겠지.

밖에서 돌풍이 불자 가게 셔터가 덜컹덜컹 큰소리를 냈다.

"신야."

아빠가 내 이름을 불렀다. 여느 날처럼 우렁차고 밝은 목소리로.

"어?"

"일단 우동, 식기 전에 얼른 먹어."

"아, 응."

나는 도로 등을 휙 돌려 멈췄던 젓가락을 움직였다. 그리고 먹으면서 문득 깨달았다.

아빠는 일부러 내 뒷자리에 앉아준 것이다.

조금이라도 내가 편하게 말할 수 있도록.

"맛있냐?"

"응."

그 뒤 아빠는 얼마간 입을 다문 채 맥주를 들이켰다.

나도 묵묵히 젓가락을 움직였다.

그리고 절반 정도 먹었을 때, 어쩐지 자연스러운 느낌으로 내 입이 움직여줬다.

"있잖아."

나는 볶음우동에 시선을 둔 채 입을 열었다.

"그래."

"우리 가게 '어린이 밥' 말인데."

"……."

등 뒤의 아빠는 대답하지 않았다. 하지만 제대로 귀를 기울이고 있다는 기척은 느껴졌다.

"슬슬 그만두지 않을래?"

아아, 말해버렸다―, 그렇게 생각하면서 볶음우동을 볼이 미어지도록 입에 넣자 어쩐지 아주 조금 맛이 희미해진 느낌이 들었다.

아빠는 한참 아무 대답도 하지 않았다. 하지만 다시 가게 셔터가 덜컹덜컹 소리를 냈을 때, 평소처럼 우렁차지만 평소보다 조금 더 다정한 목소리로 말했다.

"학교에서 무슨 말이라도 들은 거야?"

내 머릿속에 추레한 글자로 쓴 낙서가 어른거렸다.

"딱히, 무슨 말을 들은 건 아니고."

거짓말은 아니다. 들은 게 아니라 읽었으니까. 나는 마음속으로 자기 자신에게 변명을 늘어놓았다. 그러자,

"쿠쿠쿠쿠."

하고 아빠가 웃기 시작했다.

"왜 그래?"

나는 젓가락을 쥔 채 엉겁결에 뒤를 돌아보았다.

"너란 놈은 옛날부터 참 거짓말을 못하네."

"뭐? 딱히 거짓말은……."

"뭐, 상관없지만." 아빠는 맥주를 아주 맛있게 꿀꺽꿀꺽 들이켜고 "잠깐 상상해봐." 하고 말했다.

"상상?"

"어. '어린이 밥'을 그만둔 나와 그 후의 식당을 떠올려보라고."

"……."

"게다가 스스로 정해서 그만둔 게 아니라, 어디 사는 누군지도 모르는 외부인 말에 굴복해서 '어린이 밥' 서비스를 포기한 나와 어린이들이 더는 오지 않는 이 식당, 그렇게 변한 가게로 하교 후 돌아오는 너까지도 포함해서 말이야."

상상하려다 금세 그만두었다. 진지하게 상상할 필요도 없다. 무엇보다 이미 위 주변이 묵직해졌기 때문이다.

내가 아무 말도 하지 않자 대뜸 아빠는 부드러운 눈을 했다.

"있잖아, 신야. 엄마는 똑똑했잖아?"

"어?"

"그 똑똑하던 엄마가 말했거든."

"……."

"행복이란 건 학력이나 수입으로 정해지는 게 아니라, 오히려 '자기 의지로 판단하면서 살고 있는지 아닌지'에 좌우된다고 말이야."

"……."

"아, 너, 의심하는 그 눈은 뭐야?"

"아니, 딱히."

"방금은 내 말이 아니라, 정말로 엄마가 한 말이라고. 게다가 유엔인지 뭔지에서 제대로 찾아본 데이터랬어."

"알겠다고, 그건."

"그래. 그러니까 죽은 엄마의 교훈대로 나는 내 의지를 존중하면서 살 거야. 하고 싶은 대로 할 거라고."

아빠는 씨익 웃고는 남은 맥주를 단숨에 들이켰다.

"……."

그렇군, 역시 내 의견은 무시당하는 거구나.

그렇게 생각하자 형언할 수 없는 께름칙한 응어리가 가슴속에서 부풀기 시작했다. 나는 다시 아빠에게 등을 졌다. 그리고 아무 말 없이 볶음우동을 입으로 옮겼다. 식어버린 면은 조금 전보다 끈기가 생긴 데다 풍미도 떨어진 느낌이 들었다. 그래도 상관없이 계속 먹었다.

그러자 등 뒤에서 다시 탁, 하는 건조한 소리가 났다.

아빠가 맥주잔을 내려놓은 것이다.

"참고로 말하자면."

나는 따뜻한 아빠의 목소리를 등으로 튕겨내듯 애써 무시했다. 하지만 아빠는 신경 쓰지 않고 말을 이었다.

"신야가 불행해지면 나도 자동으로 불행해지니까."

"……."

"그러니까 신야가 불행해진다면 '어린이 밥'을 그만둘게."

"……."

"그게 하고 싶은 대로 할 거라고 정한 내가, 스스로 정한 의지야."

씹고 있던 볶음우동을 삼켰다.

가게 안이 다시 고요해진 가운데 시계 초침과 빗소리가 유난히 크게 들리기 시작했다.

뭐야. 진짜로 그만두는 건가.

나한테 위가 묵직해지는 미래를 상상하게 만들고서는 정작 자기는 그만두는 건가.

애초에 내가 그만두었으면 좋겠다고 말했건만, 막상 아빠가 찬성해주니 이번에는 그 의견에도 툴툴 불평하고 싶어져서 가슴 안쪽의 응어리가 오히려 단숨에 부풀어올랐다. 솔직히 약간 숨쉬기 답답할 정도였다. 그래도 나는 볶음우동을 입 안 가득

161

넣었다. 그리고 평소보다 꼭꼭 씹어 먹었다. 등 뒤에 있는 아빠의 존재를 의식하면 코 안이 시큰해질 것만 같아서 필사적으로 씹는 행위에 집중한 것이다.

이윽고 적막감이 감도는 가게 안에서 나는 볶음우동을 다 먹었다.

그릇 위에 조용히 젓가락을 얹고, 등진 채 말했다.

"잘 먹었습니다."

약간 목소리가 갈라지고 말았다.

"그래, 맛있었냐?"

엄마가 없어지고 아빠와 나 둘 사이에서 몇 번이고 몇 번이고 주고받는 짧은 대화.

다만 발끈 화가 났기에 오늘만큼은 변칙적인 대답을 해버리자, 하고 나는 생각했다.

"맛없었어."

불쑥 말했더니 등 뒤에서 아빠가 웃음을 내뿜었다.

"아하하하하. 신야, 너 이 자식……."

"……."

"정말이지 죽은 엄마랑 똑 닮았네."

나는 일부러 돌아보지 않은 채, 텅 빈 그릇을 내려다보았다.

그러자 아빠는 더욱더 유쾌하게 이렇게 덧붙였다.

"엄마도 너도 거짓말하면 너무 티가 나."

그 말에 어깨 힘이 탁 풀려 훗 하고 웃음이 날 뻔한 순간, 어째서인지 동시에 코 안이 뜨거워져서……, 그 이후부터 나는 얼마간 뒤를 돌아볼 수 없었다.

유리코

벽이 무너진 카페 주방에서 마스터가 계단을 올라오는 소리가 들렸다.

아무래도 지쳤는지 평소보다 발걸음이 느리다.

이윽고 거실 문이 달칵……하고 조용히 열리더니 마스터가 얼굴을 내밀었다.

"아이스커피 내려왔어."

"응, 고마워."

나는 주거 공간으로 쓰는 2층 거실에서 사고 뒷수습을 하고 있었다. 낮에 덤프트럭이 우리 가게를 들이박은 사고가 조금 전 저녁 뉴스 때 텔레비전에 나왔기 때문이다. 그 뉴스 이후로 쉴 새 없이 전화와 메일, 메시지가 날아와서 나는 스마트폰을 손에서 놓을 수 없는 처지가 되었다. 텔레비전 영향력은 상상을 뛰어넘을 정도였다.

마스터가 테이블 맞은편에 앉아 목에 두르고 있던 파란 타월로 이마에 난 땀을 닦았다.

"피곤할 것 같아서 커피 플로트로 했는데."

"응, 안 그래도 단 게 먹고 싶었어."

우리 둘은 서로 말없이 아이스커피에 입을 대고 조금씩 바닐라 아이스크림을 먹었다. 낮에 미유짱이 행복해하며 먹은 맛있는 아이스크림이다.

그리고 유리컵을 내려놓고,

'하아.'

'하아.'

하고, 둘이 한숨을 쉬었다.

그게 완전히 같은 타이밍이어서 우리는 무심코 얼굴을 마주보고는 쓴웃음을 짓고 말았다.

"전화 오는 건 조금 진정됐어?"

"응. 이제 좀 잦아들었어. 밑에 상황은 어때?"

"아직 좀 더 걸릴 것 같아."

마스터는 가게 안에 널브러진 잔해와 유리 파편을 혼자서 부지런히 정리했다.

"천장도 일부 내려앉았고, 계산대도 찌그러져서 다시 사용

164

하기는 어려울 듯싶어."

"그렇구나……. 손님 자리 쪽 조명은 아직도 안 들어오고?"

"응. 안 들어와. 조명기구는 꽤 괜찮은 건데 말이지."

"배선이 끊어진 걸까?"

"아무래도 그런 것 같아. 근데 일단 주방 주위는 전기가 들어오니까 한시름 덜었어."

대화를 하는 동안에도 띠링, 하고 스마트폰이 전자음을 울린다. 반사적으로 내가 단말기에 손을 뻗으려 하자 마스터가 말했다.

"됐어."

"어?"

"메일이나 메시지 답변은 오늘은 이제 그만하자고. 내일 이후에 정리가 좀 되면 답장하면 되니까. 어쨌든 유리코도 좀 쉬어."

"그것도 그렇네. 응. 그렇게 하자."

끄덕이는 나를 향해 마스터가 다정하게 웃어주었다.

나는 유리컵을 손에 쥐고 아이스커피를 마셨다.

아아, 맛있다, 하고 마음 깊은 곳에서 그렇게 생각했는데 목에서 나온 건 말이 아니라 '후우' 하는 깊은 한숨이었다. 마스터 말마따나 이미 나는 몸도 마음도 지친 건지도 모르겠다.

띠링. 띠링.

이번에는 두 번 연속해서 울었다.

친구, 지인, 친척, 그리고 손님들, 모두 저마다 걱정돼서 연락하는 거겠지만 아무래도 50건을 넘어서니 또 왔네……라는 기분이 든다. 개중에는 노골적으로 호기심을 드러내는 구경꾼 같은 사람도 있어서 그런 사람을 대처하는 게 가장 지치기도 하고 내 마음도 소모되었다.

불행 중 다행은 큰 사고였는데도 사망자가 나오지 않았다는 점이다. 덤프트럭 운전자는 크게 다쳐 의식을 잃었으나 생명에는 지장이 없다고 하고, 무엇보다도 나이토 씨와 미유짱이 무사해서 참 다행이었다.

그때 만약 창가 자리에 손님이 있었다면……, 하고 생각하면 등골이 오싹해진다.

사고 직후부터는 신기하게도 세상이 띄엄띄엄 움직이는 듯한 기분이 들었다. 어느샌가 경찰과 구급차가 달려왔고, 정신을 차리니 텔레비전과 신문 보도 관계자들 모습이 보였다. 행인들은 스마트폰을 한 손에 들고 동영상과 사진을 찍었는데, 개중에는 촬영하면서 시시덕거리는 사람도 있었다.

심하게 파손된 덤프트럭이 견인차에 끌려갈 때 나와 마스터에게 텔레비전 카메라가 다가왔다. 체구가 작은 여성 기자가 현재 상황을 묻는 바람에 마스터가 머뭇머뭇 대답했다. 그리고 그 모습이 뉴스 채널에 생방송으로 나간 모양이었다. 솔직히 나도 마스터도 오늘은 텔레비전을 켜지 않았으므로 그 뉴스는 보지 못했다. 그럼 어떻게 우리가 텔레비전에 나온 것을 알게 되었느냐면, 걸려온 전화 상대방 대부분이 "뉴스 봤어"를 첫인 사말로 하면서 멋대로 이것저것 알려주었기 때문이다.

나와 마스터는 조용히 대화를 나누면서 커피 플로트를 비웠다.

"하아, 맛있었어. 잘 먹었습니다. 역시 커피를 마시면 기분이 안정되네."

나는 우리 둘의 정신력이 우르르 무너지지 않도록 애써 밝은 목소리로 말했다.

"그래? 그럼, 응, 내리기를 잘했네."

마스터도 필사적으로 웃어주는 듯 보였다.

"아, 나 유리컵 정리하는 김에." 하고 말하면서 마스터는 유리컵 두 개를 손에 쥐며 일어났다. "잠깐 방수포가 어떻게 됐는지 좀 보고 올게. 뭔가 펄럭펄럭 시끄러우니까."

덤프트럭에 대책 없이 무너진 벽에는 응급처치로 방수포를 덮어두었는데 바람에 나부낄 때마다 펄럭펄럭 요란스러운 소리를 낸다. 그리고 그 소리는 그대로 2층 거실까지 닿았다.

"응. 그럼 나는 목욕물 데워둘게."

"잘 부탁해."

마스터가 거실에서 나간 후 가게 주방으로 이어지는 계단을 내려갔다.

"어디 그럼……."

욕조 청소를 하러 일어서려 했을 때, 다시 한 번 거실에 전자음이 울렸다.

이번에는 전화였다.

가정용 무선 전화기를 손에 들었더니 처음 보는 전화번호가 떠 있었다. 받을지 말지 잠깐 망설였으나 마스터가 내려준 맛있는 커피와 바닐라 아이스크림 덕분에 힘입어 이게 오늘 받는 마지막 한 통—, 이라는 생각으로 받아보자는 마음이 들었다.

"네, 여보세요."

"저, 갑자기 전화해서 죄송합니다. 거기가 카페 레스토랑·미나미 맞을까요?"

말투가 부드러운 젊은 여성 목소리가 들려왔다.

"네, 맞는데요."

"처음 뵙겠습니다. 저는 다카나시 공무점의 다카나시라고 합니다."

"네."

"실은 조금 전, 텔레비전 뉴스로 그곳 사고를 알게 되어서요, 그러니까 이번 일로 참 상심이 크시겠어요."

"아, 네⋯⋯저, 어떤 용건일까요?"

물어보면서 나는 전화를 받은 것을 후회하기 시작했다. 어차피 벽 수리라든가 리모델링 영업 전화가 틀림없다.

"아, 네. 그러니까 말이죠, 어쩌면 좀 주제넘으려나, 하고도 생각했는데요, 모레 태풍이 온다는 일기예보가 있어서요."

"네에⋯⋯."

"지금 무너진 벽 부분 말인데요, 어떻게 처리하셨을까요?"

"어⋯⋯어떻게라뇨?"

"어떤 방식으로든 응급처치를 해두었는지 좀 궁금해서요."

"일단 방수포를 덮어두긴 했는데요."

"아아, 역시, 그렇군요."

"네⋯⋯."

"저, 제안하고 싶은 게 있는데요."

"⋯⋯."

"지금처럼 방수포를 덮어둬봤자 모레 태풍이 북상하면 아무 소용이 없을 테니, 일단 베니어판이나 합판 같은 걸로 제대로 구멍을 막아서 태풍에 대비하고, 태풍이 지나가면 제대로 가게 수리를 하시는 게 어떨까, 생각해서요. 그래서 이렇게 실례를

무릅쓰고 전화를 드렸습니다."

"네에, 듣고 보니, 뭐, 맞는 말이네요."

나는 수긍할 수밖에 없었다. 이 다카나시라는 여성의 말마따나 지금 이 바람에도 펄럭펄럭 소리를 내며 쩔쩔매는 방수포만으로는 분명 태풍을 견딜 수 없을 것이다. 더군다나 일기예보에 따르면 태풍은 꽤 강한 세력을 유지한 채 이 부근을 직격한다고 했으니 말이다.

"만약 저희가 해도 괜찮다면 우선 급한 대로 내일이라도 찾아가서 벽 구멍을 막아드리고 싶은데, 어떠실까요?"

"아, 음, 그건, 정말 감사하지만……."

감사한 건 분명하다. 하지만 들은 적도 없는 회사에서 걸려온 느닷없는 전화 영업에 선뜻 '그럼, 잘 부탁드립니다.' 하고 말하는 것은 영 내키지 않았다. 그래서 나는 얼마간 어떻게 할지 망설였다. 그러자 다시 다카나시 씨가 말하기 시작했다.

"저희 측에서 멋대로 먼저 제안했으니, 이번 응급처치에 관해서는 무상으로 처리해드릴 생각입니다."

"어, 무상이라면……."

"네. 무료로 해드리겠다는 겁니다."

무료라니—.

그런 터무니없이 시의적절한 이야기를 과연 믿어도 될까?

하지만 정말 그렇게 해준다면 또 이렇게나 고마운 제안도 없다.

나는 수화기에 대고 "흐음……." 하고 말하면서 또 얼마간 생각했다. 다카나시 씨가 제안한 이야기를 곱씹으며 의심하기보다는 오히려 골치 아픈 우리 상황을 생각했다.

애초에……, 우리 가게는 크게 돈을 잘 버는 편도 아닌데 '어린이 식당' 서비스를 이어왔다. 금전적으로 빠듯해서 만일의 사태를 대비한 보험에는 가입하지 않았다. 구체적으로 말하자면 사고를 낸 덤프트럭 운전사는 놀랍게도 면허가 없었다. 그렇다는 것은 그 운전사가 가입한 자동차보험에서 우리에게 보험금이 지급될 일도 없다는 것이다. 만약 우리가 소송을 걸어 승소한다 한들 상대가 지불할 의지와 재산이 없는 경우, 돈을 받지 못하는 경우도 허다하다고 한다. 요컨대 파손된 가게 수리비용을 꼼짝없이 우리가 부담하게 될 거라는 얼토당토않은 일이 예상되었다.

파손된 건 벽뿐만 아니라 천장, 바닥, 기초 콘크리트 일부, 그리고 내부 인테리어와 수많은 가구류……. 이 모든 수리비용을 생각하면 앞날이 캄캄했다. 지금 있는 모든 돈을 싹싹 긁어모은들 턱없이 부족했고, 만일 은행에서 돈을 대출받는다고 한들 지금처럼 작은 가게의 변변찮은 수입으로는 제대로 갚아나갈 수 있을지도 의문이었다. 안타깝게도 친인척 중에 금전적으로 여유가 있는 사람도 없다.

최악의 경우, 이 가게는 포기하고 우리 부부가 각자 다른 일을 구할 수밖에 없을지도……

저녁에 마스터와 그런 이야기까지 했었다.

하지만……이랄까, 상황이 이러하기에 다카나시 씨 제안을 조금 더 들어보자고 생각했다.

"저, 어째서 무상으로?"

"음……이유가 하나만 있는 건 아닙니다만. 어쨌든 텔레비전으로 사고 소식을 접하고 태풍까지 온다고 하니 분명 난처하실 거라고 제가 멋대로 생각한 것도 있고, 그리고 응급처치를 할 때 가게 상황을 직접 보고 혹 괜찮으시다면 파손된 곳 수리와 리모델링도 저희가 맡을 수 있다면 좋겠다는 생각도 솔직한 심정으로 조금은 있습니다."

"그렇군요."

그런 거였구나.

"뭔가 죄송합니다. 선의를 가지고 접근하는 척했다가 급작스레 영업을 시작해서."

"아뇨. 괜찮습니다."

나로서는 오히려 마지막에 영업하는 듯한 말을 해주어서 되레 수긍이 갔다. 그저 듣기 좋은 대사만 늘어놓는 것보다는 오히려 솔직해서 시원시원했다.

"저, 이런 걸 저희가 말씀드리는 것도 이상하지만……, 결코 수상쩍은 회사는 아닙니다. 번거로우시겠지만 혹 시간이 되신다면 회사 홈페이지를 한번 봐주시겠어요?"

"아, 그렇네요."

"다시 제대로 인사드리자면, 회사명은 가타카나로 '다카나시'이며, 일반적인 '공무점'(건축공사 및 토목공사를 업으로 삼는 비교적 작은 규모의 회사-역주)입니다."

"알겠습니다. 그럼 나중에 검색해보겠습니다."

"네. 감사합니다."

전화기 너머에서 머리를 숙이는 모습이 절로 그려지는 말투에 나는 어느새 호감을 품게 된 것 같다.

"저기, 하나만 확인이랄까 여쭙고 싶은 부분이 있는데요."

"네, 말씀하세요."

"만약 그쪽 회사에 응급처치를 부탁하고 겸사겸사 가게 수리 견적을 받는다고 쳤을 때요."

"네."

"그 견적이 우리 예산과 맞지 않았을 때 말인데요……."

"아, 네. 그야 물론 예산과 맞지 않다면 거절하셔도 됩니다.

저희도 강요하는 건 아니고, 응급처치 대금도 일절 요구하지
않겠습니다."

다카나시 씨가 고맙게도 그런 대사를 내뱉어주었을 때, 조
용히 거실 문이 열리더니 마스터가 들어왔다.

높임말로 전화를 받는 나를 보고 마스터는 일부러 난처한
척하는 표정을 지었다. 이제 전화는 받지 않아도 된다고 말했
는데, 라는 얼굴이다.

나는 괜찮아, 라는 의미를 담아 고개를 깊이 끄덕인 후, 다카
나시 씨에게 말했다.

"그렇다면 부디 응급처치를 부탁드리고 싶어요."

"그렇군요. 다행이에요. 정말 감사합니다."

"아뇨. 감사 인사를 드리고 싶은 건 저예요. 도움을 주셔서
감사해요."

그 후, 나와 다카나시 씨는 내일 오전 중에 응급처치 작업을
시작하기로 약속하고 전화를 끊었다.

"응급처치라니, 지금 전화 누구야?"

수상쩍게 생각하는 마스터가 고개를 갸웃하며 말했다.

"그게, 다카나시 공무점이라는 곳에서 전화가 왔는데⋯⋯."

나는 다카나시 씨와 나눈 대화 내용을 그대로 마스터에게
전했다.

"오호라……. 근데 공짜라니, 좀 수상하지 않아?"

말하면서 마스터는 팔짱을 꼈다.

"괜찮을 거야. 여성분 느낌이 엄청 좋았거든."

"마지막에 바가지 쓴다거나."

"아, 맞다." 나는 마스터 말을 포개듯 말하며 가볍게 손뼉을 쳤다. "그 회사 홈페이지 검색해서 들어가보자."

"아아, 그렇구나."

하고 마스터는 가볍게 두 번, 고개를 끄덕였다.

나는 스마트폰으로 '다카나시 공무점'을 검색했다. 마스터가 옆에 와서 작은 화면을 함께 들여다보았다.

"제법 제대로 된 회사 같은데?"

"다행이야. 번듯해 보여서."

나는 화면을 스크롤해서 상위 페이지를 대강 살펴본 뒤, 사이트를 여기저기 확인했다.

"꽤 센스가 좋은 집을 지었네."

어느샌가 마스터가 나보다 더 얼굴을 내밀고 있다.

"그러게."

하고 나도 순순히 수긍했다.

다카나시 공무점 홈페이지에는 여태까지 지은 맞춤형 단독주택과 리모델링을 맡은 주택 및 점포 사진이 잔뜩 올려져 있었다. 가장 놀란 점은 '찾아오시는 길'을 소개한 페이지를 봤을 때였다. 나는 멋대로 근방에 있는 공무점이겠거니 생각했는데 다른 현에 있는 회사였다. 우리 가게에서 자동차로 한 시간은 족히 걸리는 거리였다.

"아니 근데, 어째서 다른 현에 있는 공무점이 우리 전화번호를 알고 있었을까?"

문득 떠오른 듯 마스터가 팔짱을 꼈다.

"뉴스를 봤다고 했으니까 아마도 인터넷으로 검색한 게 아닐까?"

"아, 그렇구나. 그야 그렇겠네."

"어쨌든." 하고 말하고 나는 스마트폰을 살포시 테이블 위에 올려두었다. "태풍 대비는 해야 하고, 다른 공무점에 부탁하면 응급처치만 한다고 해도 돈이 들잖아?"

"그렇겠지……."

"내일 다카나시 씨라는 사람을 실제로 만나보고 그 후에 이런저런 앞으로의 일을 생각해봐도 되지 않을까?"

내가 그렇게 말하자 마스터도 "응. 수상해 보이면 내일 바로 거절하면 그만이고." 하고 수긍했다.

"하늘이 무너져도 솟아날 구멍은 있다잖아."

내가 말하자,

"정말로 솟아날 구멍이 생긴다면 우리야 고맙지."

하고 마스터가 쓴웃음을 지었다.

"괜찮을 거야, 분명."

"오케이. 믿는 자에게 복이 있는 걸로."

마주보고 웃으면서 고개를 끄덕이자 되레 우리 둘 사이에 피로감이 감돌았다.

오늘 밤도 바람이 센 건지 아직도 계단 아래에서 방수포가 펄럭펄럭 나부끼는 소리가 들렸다.

벽 대신에 얇디얇은 시트가 한 장 덮고 있는 현재 상황.

그렇게 생각하자 별안간 불안한 기분이 들기 시작했다.

그런 나의 표정을 읽었는지, 마스터는 말했다.

"일단 방범을 위해 주방 조명은 켜두고 올라왔어."

"응, 그게 좋을 것 같아."

나는 대답하고 일어섰다.

"어디 가려고?"

"미안, 이제부터 욕조 청소. 계속 전화하고 있어서 아직 청소를 못했어."

그렇게 말하고 거실을 나왔다.

욕실과 탈의실은 계단 오른편에 있다.

나는 탈의실 조명 버튼을 눌렀다. 그리고,

"거짓말이지?"

무심코 중얼거리고 말았다.

훨씬 안쪽에 있는 욕실 조명 버튼도 눌러보았다.

역시 이쪽도 불은 켜지지 않았다.

"제발, 여기만큼은……."

나직이 말하면서 가스로 물을 데우는 온수기 버튼을 눌렀다. 하지만 예상대로 디지털 화면은 새카만 채 아무런 반응이 없다.

"하아……."

오늘 밤은 찬물로 샤워할 처지가 되었다.

뭐, 한여름이라 불행 중 다행으로 여겨야 하는 건가.

조금이라도 긍정적으로 생각하려고 모난 마음을 둥글게 깎아보려 무진 애를 썼으나, 나는 결국 어깨를 축 늘어뜨리고 거실로 향했다.

내일 다카나시 씨에게 전기 상담도 해볼까.

아무래도 그건 유료겠지만.

제3장

고독한 사자

신야

1학기 종업식날.

조례가 시작되기 직전에 담임인 야지 샘이 나를 불렀다.

"가자마, 잠깐 좀 보자."

"네? 네……."

이미 자리에 앉아 있는 반 아이들을 교실에 남겨둔 채, 야지 샘은 나를 복도로 불러냈다. 그리고 주위에 사람이 없는 걸 확인하자 낮게 억누른 목소리를 냈다.

"얼마 전, 네 책상 낙서 사건 말인데."

"······."

"범인, 찾았어."

"엇······."

"다만 누가 했는지는 너한테 안 알려주기로 결정 났어."

"아니 왜······."

"교직원 회의 때 선생님들이랑 이야기해서 그렇게 정해졌어. 어쨌든 그놈들은 이야마 선생님이 철저히 주의를 줬으니까, 앞으로는 너한테 시비 걸거나 하지는 않을 거다."

잘 됐지? 라고 말하고 싶어 하는 듯한 야지 샘 얼굴을 바라보며 나는 우선 "네." 하고 고개를 끄덕여두었다. 솔직히 누가 했을지는 대강 예상이 된다.

"저······."

"응?"

"범인이 누구인지 어떻게 알아낸 거예요?"

내가 궁금한 건 오히려 이 부분이었다. 하지만 야지 샘은 "흐음, 그것도 말할 수 없어"라고만 말하고는 내 어깨 뒤쪽을 손으로 툭 하고 쳤다.

"자, 이제 됐지? 1학기 마지막 조례하러 가자."

그대로 야지 샘에게 등을 떠밀리는 듯한 자세로 교실로 들어갔더니 반 아이들의 웅성대는 소리가 딱 멈췄다.

호기심을 적나라하게 드러내는 반 아이들 시선이 나에게 집중되었다.

그 누구와도 시선이 마주치지 않도록 주의하면서 나는 내 자리에 앉았다. 야지 샘은 평소와 똑같은 느낌으로 교단에 서서 교실을 빙 훑어보았다.

"그래, 오늘은 모두 다 출석한 모양이군. 좋아, 그럼 1학기 마지막 조례 시작한다."

야지 샘의 바리톤이 우렁우렁 울려 퍼지자 그제야 나에게 박혀 있던 시선이 조금씩 떠나갔다.

* * *

그날 종업식은 체육관에서 진행되었다.

종업식 내내 나는 딴생각을 했다.

낙서한 범인은 분명 이시무라 패거리이겠거니 생각했으나 다만 어쩌다 선생님에게 들켰는지……, 그 부분이 아무래도 신경 쓰여서 교장 선생님의 지루한 훈화도 학생회장의 형식적인 이야기도 한 귀로 흘려보냈다.

* * *

종례가 끝나자 반 아이들 절반 정도는 교실에 그대로 남아 수다 꽃을 피웠다.

내일부터는 기나긴 여름방학이 시작된다. 우리는 잠깐의 헤어짐을 앞에 두고 공연히 헤어지기 아쉬워했다. 특히 여학생들은 평소보다 더 부지런히 입을 움직였다.

그런 분위기 속에서 친구가 없는 유카는 되도록 주위 사람들이 눈치채지 않도록 조용히 교실에서 빠져나가려고 했다. 내 옆을 지나치던 유카가 작게 속삭였다.

"신야, 여름방학 동안 신문 만드는 거 말야. 나중에 연락할게."

"어. 알겠어."

무심코 나도 작은 소리로 대답했는데 그 행동이 작은 죄책감의 씨앗이 되어 가슴 얕은 곳에서 도르르 굴러가는 느낌이 들었다.

하지만 그것도 잠시, 유카가 돌아가고 얼마 지나지 않아 나는 축구부 아오이와 농구부 다카야마 등 반 친구들과 시시껄렁한 농담을 주고받으며 와하하 하고 호탕하게 웃어댔다.

"너네끼리 뭐가 그렇게 재밌어?"

얘기하고 있던 우리 무리에 네 명의 여학생들이 가담했다.

그러자 아오이가 히죽거리며 말하기 시작했다.

"우리 축구부에 이제 막 부고문이 된 도쓰카라는 샘 있잖아. 그 샘이 준비 운동한다고 쪼그려 앉았는데 아니 글쎄, 트레이닝 팬츠의 엉덩이 부분이 쩌억 하고 찢어져서 팬티가 그대로 드러난 거야. 근데 또 하필이면 입고 있던 팬티가 크림색이어서……."

말하면서 그때 광경이 떠올랐는지 웃어대기 시작한 아오이 대신 그 뒤부터는 다카야마가 이어갔다.

"그 팬티가 크림색이니까 얼핏 보면 꼭 팬티를 안 입은 것 같잖아? 그때 하필이면 여자 테니스부 1학년생들이 우연히 지나가다 그걸 보고는 어지간히도 충격이었는지 얼어붙어서……."

이야기하면서 아오이와 다카야마가 또 와하하 하고 웃었다.

나도 이끌리듯 헤실헤실 웃었다.

여학생들도 "최악이야." 하고 말하면서 유쾌한 듯 웃었다.

"근데, 그 후에 도쓰카 샘 어떻게 했는지 알아?"

아오이가 말했다.

"전혀 모르겠어."

여학생들이 이구동성으로 말했다.

"그 샘, 부끄러워서 동아리실로 꽁무니를 뺄 줄 알았는데 찢어진 엉덩이 부분에 테이프를 붙이고 나오는 거 있지? 그런데 또 그 테이프가 공교롭게도 크림색이어서 결국 엉덩이를 그대로 내놓고 있는 것처럼 보이는 거야."

우리는 손뼉을 치며 웃고, 여학생들도 웃음을 내뿜었다.

그러자 다음 순간,

그때까지 깔깔거리며 웃던 다카야마와 아오이 얼굴에서 스윽 웃음기가 사라졌다.

불안한 예감이 든 나는 설마, 하고 생각하면서 뒤를 돌아보았다. 이런 예감이란 건, 신기할 정도로 그대로 실현되는 법이다.

단박 불안한 공기에 잠식된 듯, 어느샌가 교실은 쥐 죽은 듯이 조용해졌다.

또다시 주목받는 처지가 된 나는 한숨을 억누르면서 일어섰다. 그리고 남자끼리치고는 너무 가까운 거리에 있는 사나운 얼굴을 보고,

순간 말을 잃었다.

"잠깐, 따라 나와."

낮은 목소리로 말한 이시무라 얼굴은 마치 경기를 끝낸 복서처럼 온통 멍이 들어 있었다. 왼쪽 눈꺼풀 위와 광대뼈 부근에는 반창고가 붙어 있고, 퉁퉁 부은 아랫입술에는 커다란 딱지가 졌다.

"야, 얼굴이……."

왜 그래? 라고 말할 틈도 주지 않은 채 이시무라는 "얼른." 하고 말한 뒤 뒤를 돌았다. 그러고는 바지 주머니에 양손을 찔러넣고 주위를 째려보며 팔자걸음으로 어기적어기적 걸어갔다.

나는 책가방을 손에 들고 아오이와 다카야마에게 "그럼 또 보자, 잠깐 얼굴 비췄다가 바로 집에 갈게." 하고 인사했다. 여학생들에게도 "2학기 때 보자"라고 말하며 가볍게 손을 올린 후, 이시무라를 뒤따랐다.

"어, 야, 가자마."

등 뒤에서 다카야마 목소리가 들렸다.

아무 말 없이 뒤돌아 걷는 나를 향해 다카야마는 "나중에 전화할게." 하고 말했다. 다정다감한 다카야마는 나를 걱정하는 것이다. 나는 '알겠어'와 '고마워'의 두 가지 의미를 담아 작게 고개를 끄덕였다.

이시무라와 내가 교실을 빠져나가자 지난번과 마찬가지로 조용했던 교실이 단박 소란스러워졌다. 그 소란스러움을 등 뒤로 느끼면서 나는 이시무라 등을 따라갔다. 다만 그 등은 어쩐지 지난번보다 훨씬 더 굽은 듯해서 한아름 작아 보였다. 나는 동료가 없는 외톨이 사자가 갑자기 떠올랐다.

1층으로 내려온 우리는 입을 꾹 다문 채 복도 막다른 데까지 걸어가 거기에서 유도나 검도 등을 하는 무도장으로 이어지는 연결 복도 중간쯤에서 밖으로 나왔다. 실내화를 신은 채 아스팔트 위를 걸었다.

지난번 '연행' 때와 비교하면 내 기분 탓인지 이시무라가 천천히 걸어가주는 듯한 느낌이 들었다. 어쩌면 왼쪽 무릎을 끌며 따라가는 나를 배려해주는 걸 수도 있고, 아니면 그냥 우연히 천천히 걷는 걸 수도 있고…….

이번에 이시무라가 향한 곳은 체육관 뒤편이 아닌 '별관'에 지어진 기술실 뒤편이었다. 그곳 기술실 건물벽과 학교 건물벽 사이에는 가느다란 통로가 있는데 만약 앞뒤로 적에게 막히면 더는 도망칠 곳이 없는, 다른 의미로 위험한 장소였다.

그 홀쭉하고 휑뎅그렁한 곳 거의 한가운데까지 걸어 들어가서야 이시무라는 겨우 걸음을 멈추었다. 그리고 천천히 이쪽을 돌아보았다.

나는 2미터 정도 거리를 두고 멈춰 섰다.

저 멀리에서 매미 소리가 들려왔다.

나는 살짝 머리 위를 올려다보았다. 양쪽 벽에 가로막힌 탓에 한여름의 푸른 하늘은 마치 연필처럼 가느다랗다. 이곳은 직사광선이 닿지 않아 그늘져 있긴 해도 바람이 전혀 통하지 않기 때문에 숨 쉬는 게 고역일 정도로 무더웠다.

"휴, 덥네……."

혼잣말처럼 말하면서 나는 와이셔츠 가슴 언저리를 잡고 퍼덕퍼덕 움직여 바깥 공기를 넣어보았다. 그리고 상처투성이인 이시무라 얼굴을 다시 관찰했다.

이시무라는 말없이 미간에 주름을 잔뜩 모으고 있었으나, 지난번 시선과 비교하면 무서운 가시는 박혀 있지 않았다.

"그래서, 용건은?"

나도 되도록 가시가 없는 목소리로 물었다.

그러자 이시무라는 주머니에 양손을 찔러넣은 채 '후우' 하고 숨을 내쉬었다. 그리고 아주 조금 시선을 떨어뜨렸다.

"뭐, 그러니까 일단 사과해두고 싶어서."

"어?"

사과? 이시무라가? 나한테?

예상 밖의 전개에 나는 할 말을 잃어버렸다.

"네가 아니었으니까."

"뭐가?"

"내가 너희 집에서 밥 먹는 거."

"아아."

그거였구나—.

이시무라는 떨군 시선을 올려 조금 부루퉁한 얼굴로 나를 보았다. 그대로 미안하다고 말하겠거니 생각했는데 몇 초나 별다른 말 없이 그냥 서 있기에 어쩔 수 없이 내가 먼저 입을 뗐다.

"나 정했거든."

"정했다고?"

"우리 집에 밥 먹으러 누가 오는지, 절대로 말 안 하기로."

"……."

"지금껏 아무한테도 말한 적 없고, 누가 물어봐도 대답한 적
없어."

멀리서 울고 있던 매미가 울음을 뚝 멈추었다.

그때, 이시무라 표정이 문득 긴장이 풀린 것처럼 보였다.

웃은 것이다. 아주 조금. 살짝 난처하다는 듯한 느낌으로.

뭐야, 이 녀석, 이렇게나 매력적인 표정을 지을 수 있잖아.

나는 가슴속이 시끌벅적해지는 듯한 감각을 애써 억누르며
뒷말을 이었다.

"그럼, 나 가도 돼?"

그러자 이시무라가 "어……." 하고 작게 말했다. 아직 더 할
말이 있는 듯했다.

"왜?"

나는 우두커니 선 채 다음 말을 기다렸다.

이시무라는 볼 근육은 풀었으나 살짝 째려보는 듯한 눈으로
적당한 말을 찾는 듯 보였다. 나는 또 와이셔츠의 가슴 언저리

를 잡고 퍼덕퍼덕 움직였다.

"안 가고……싶다고."

가까스로 이시무라가 입을 뗐다.

"뭐?"

"사실은 말이야. 너희 집 같은 가게에."

이번에는 내 볼 근육이 풀리고 말았다.

"뭐야, 그게."

이시무라는 대답하지 않은 채 조금 더 표정을 풀었다.

그건 이제 평범하게 '미소 짓는' 얼굴이었다.

쓸데없이 '좋은 놈'처럼 보이는 표정을 지은 이시무라를 보고 있자니 문득 나는 아빠의 '맛없는 볶음우동' 맛이 떠올랐다. 그랬더니 목구멍 안쪽에 불쾌한 열 덩어리가 생긴 느낌이 들었다.

나는 그 덩어리를 침과 함께 꿀꺽 삼키고 말했다.

"우리 가게에 안 오고 싶다니, 마침 잘됐네."

"……."

이시무라는 아무런 말도 하지 않은 채 눈썹을 팔자로 모으고 나를 보았다.

나는 이어 말하려다 아주 잠깐 입을 다물었다. 그러나 이내 한여름의 무더운 공기를 폐에 잔뜩 들이마시고는 그 공기와 함께 내뱉었다.

"8월 말까지만 하고 '어린이 밥'은 그만둘 거니까."

이시무라는 '좋은 놈'으로 보이는 얼굴을 한 채 다시 시선을 천천히 떨어뜨렸다.

"흐음. 그렇구나."

"……."

이시무라가 발치에 있던 돌멩이를 가볍게 찼다.

그 돌멩이가 내 앞으로 굴러오다 멈추었다.

다시 저 멀리서 매미가 울기 시작했고 연필 같은 하늘에 새하얀 구름이 천천히 통과했다.

방금 삼켰다고 생각한 불쾌한 열 덩어리가 아직 내 목 안쪽에 움트고 있었다.

"근데 이시무라 너."

"……."

이시무라는 침묵한 채 시선을 올려 곧바로 나를 보았다.

"얼굴에 있는 상처, 어떻게 된 거냐?"

아주 잠깐 침묵이 흐른 후, 이시무라는 뱉어버리듯 말했다.

"딱히 너 같은 놈한테 말할 필요는 없어."

"혹시 너네, 친구끼리 싸웠냐?"

확신을 가지고 나는 말했다.

역시 정곡을 찔렀는지 이시무라 눈에 평소와 같은 가시가 돌아오고 말았다.

"뭐? 무슨 소릴 지껄이는 거야. 아니라고 병신아. 죽여버린다?"

이 자식, 나보다 훨씬 더 거짓말을 못하네, 하고 생각하며 입을 다물자 그 거짓말에 대해 이시무라가 멋대로 폭로했다.

"친구 같은 거 처음부터 없었다고."

"……."

"그냥 짜증나서 손 좀 봐줬을 뿐이야."

"뭐?"

"나이가 몇인데 낙서 따위나 하며 실실 웃는 해충은 그 존재 자체가 눈에 거슬리니까."

역시 친구끼리 싸운 거잖아. 더군다나 그놈들이랑 싸운 거라면 더는 이 학교에 이시무라가 있을 곳은 없을 텐데—. 나는 그렇게 생각했으나 물론 입 밖으로는 꺼내지 않았다.

그러고 우리는 그저 입을 다문 채 멀리서 울어대는 매미 소리를 들으면서 말뚝처럼 우뚝 서 있었다.

그때 문득 이시무라가 바지 주머니에서 오른손을 뺐다. 그 손에는 학생수첩쯤 되는 크기로 접은 종잇조각이 들려 있었다. 2미터쯤 떨어져 있던 이시무라가 똑바로 이쪽을 향해 걸어왔다. 그리고 되게 성가시다는 듯한 태도로 그 종잇조각을 내밀었다.

어……?

나는 얼떨떨한 표정으로 건네받았다.

노트 한 장을 찢어 와이셔츠 모양이 되도록 접은 그 종잇조각은 아무래도 편지인 듯했다. 안쪽에 적힌 글자가 어렴풋이 비쳐 보였다.

"뭐야, 이거."

말하면서 종이를 펼치려고 하자 이시무라가 "기다려." 하고 말했다. "집에 들고 가서 혼자만 봐."

"어……?"

"뭘 움찔하는 거야, 바보야. 내가 너 같은 놈한테 러브레터라도 쓸 줄 알았냐?"

딱지가 앉은 이시무라 입술에서 농담 같은 대사가 흘러나왔다.

"아니, 설마……."

이시무라는 다시 '좋은 놈'으로 보이는 미소를 살짝 짓고는 내 옆을 지나며 어깨를 툭 하고 치고는 그대로 저벅저벅 걸어갔다.

연필 같은 하늘 아래, 홀로 남겨진 나는 정성껏 접힌 편지를 말끄러미 바라보았다. 그리고 다시 한 번 더 이시무라가 사라진 쪽을 보았다.

"미안하지만……."

집에 갈 때까지 참을 수 없을 것 같다.

나는 와이셔츠 모양으로 접힌 편지를 조심조심 펼쳐보았다.

거기에 적힌 문장은 단 세 줄로 3초 만에 읽어버릴 수 있을 만큼 짧았다.

뭐야, 이거—.

속으로 중얼거렸더니 작은 한숨이 쏟아져나왔다.

그 한숨과 함께 이번에는 소리를 내며 중얼거렸다.

"거짓말쟁이 같으니……."

그 후 나는 편지를 원래대로 접고 가방에 넣었다. 그리고 조금 복잡한 마음으로 이시무라가 사라진 쪽을 향해 걸음을 내디뎠다.

친구 같은 거 처음부터 없었다고.

조금 전 이시무라가 내뱉은 대사가 귀 안쪽에서 되살아났다.

외톨이 사자의 영상이 머릿속에 어른거렸다.

그러자 어째서인지 내 머릿속에는 표정 변화가 없는 코타 얼굴이 떠올랐다.

* * *

여름방학이 시작되고 사흘이 흘렀다.

학교 수업도 동아리도 없는 하루하루는 상상하던 것 이상으로 길게 느껴졌다. 어차피 아무것도 할 게 없으니까 평소보다 늦게 일어나 가게에서 느지막한 아침을 먹고 그 후에는 내 방에서 빈둥거리거나 만화책을 보거나 아주 잠깐 방학 숙제와 고등학교 입시 공부를 했다.

그렇다고는 해도 점심때쯤 되면 가게가 돌연 북적이기 때문에 "한가하면 일 좀 도와라"라는 아빠 말대로 순순히 가게 일을 도왔다. 내가 하는 일은 주로 설거지였다. 그 단순 노동을 척척 소화했더니 아빠는 근무 태도가 훌륭하다며 아르바이트비를 주었다. 손에 쥔 돈이야 쥐꼬리만 한 금액이었지만 그래도 방에서 빈둥대며 한가한 시간을 뭘 하며 보낼지 궁리하는 것보다는 훨씬 나았다.

오후 2시가 되면 일단 손님이 거의 다 빠져나가서 가게는 다시 안정을 되찾는다. 그제야 나와 게이코 씨는 카운터에서 점심을 먹을 수 있었다. 아빠는 주방에서 선 채로 엄청나게 빠른 속도로 먹어치운다. 거의 안 씹고 삼키는 것처럼 보여서 위에 이가 달려 있다고밖에 표현할 길이 없다.

"신야가 한가하니까 우리도 편해서 좋네. 뭐, 앞으로 쭉 여름 방학처럼 보내도 되는 거 아냐?"

아빠가 장난스럽게 말하더니 자기가 한 말에 '와하하' 하고 웃었다.

게이코 씨도 내 옆에서 점심을 먹으면서 쿡 하고 웃으며 말했다.

"신야는 여름 동안 정말 아무것도 할 게 없어?"

"흐음, 할 거라고는 방학 숙제 정도예요."

"오옷, 학교에서 가장 한가한 놈!"

주방에서 실없는 소리를 하는 짓궂은 목소리가 날아왔으나 나는 아랑곳없이 젓가락을 움직였다.

내가 가게를 도우면 아빠는 공연히 기분이 좋아진다. 하지만 기분 좋아하는 아빠를 보고 있노라면 내 기분은 오히려 무거워진다. '어린이 밥'을 그만둔다는 게 떠올라서다.

아빠는 진심으로 그만두어도 된다고 생각하는 걸까?

사실은 일부러 기분 좋은 척하는 건 아닐까?

내가 신경 쓰지 않도록.

나도 모르게 그만 그런 생각에 잠기곤 했다.

솔직히 말해 아빠가 '어린이 밥'을 그만두면 내가 후회하는 거 아닐까……. 내가 먼저 그만두자고 말했는데 솔직히 그런 불안도 느끼기 시작했다.

게다가 신경 쓰이는 게 하나 더 있었다.

유카가 연락을 하지 않는다.

종업식 날, 유카는 나에게 방학 동안 신문 만드는 것과 관련해 나중에 연락한다고 분명 말했는데 벌써 사흘이나 흘렀다. '나중에'라고 하기에 사흘이라는 시간은 너무 길지 않나? 그렇다고 해서 유카가 연락하겠다고 했는데 구태여 내가 먼저 전화하면 어쩐지 '진득하게 기다려주지 못하는 남자'처럼 보여 꼴사나울 것 같기도 하다.

그래서 나는 아빠가 화장실에 간 틈을 노려 아무렇지도 않은 것처럼 게이코 씨에게 물어보았다.

"유카랑 코타, 예약 들어온 거 있어요?"

그러자 게이코 씨는 젓가락을 멈추고 고개를 갸웃했다.

"으음, 글쎄……아마 아직은 들어온 거 없을걸?"

"그렇구나. 알겠어요."

"그런 건 왜 물어보는 거야?"

"아니, 뭐. 유카한테 방학 숙제 좀 물어볼까 해서요."

"그럼 전화해보지 그래?"

"뭐, 그렇, 지만……."

"어머, 뭐야 신야, 소꿉놀이 친구인데 새삼스레 부끄러운 거
야?"

게이코 씨가 여느 때와 달리 나를 놀리듯이 웃었다.

"네? 아, 아니에요."

그만 당황한 듯한 느낌으로 대답해버린 나는 음식을 입 한
가득 쑤셔 넣었다.

"우후후. 신야는 정말이지 코헤이 씨를 닮아서 거짓말을 못
한다니까."

게이코 씨가 그렇게 말했을 때 화장실에서 아빠가 나왔다.

"오늘 점심밥, 맛있지?"

아빠를 닮았는지 엄마를 닮았는지 모르겠으나 어쨌든 거짓
말이 서툴다는 말을 듣지 않도록 나는 순순히 고개를 끄덕이며
말했다.

"응, 맛있어."

* * *

여름방학 나흘째—.

아침 열 시가 지났을 무렵, 아빠가 심부름을 부탁했다.

역 앞 '은행나무 상점가'의 노포 화과잣집에 가서 여름 안부[2] 인사용 선물 세트를 두 개 보내고 오라는 내용이었다.

"화과잣집 사장님인 고이데 아저씨, 누군지 알지?"

"아마 얼굴은 알걸?"

"그래. 그 사장님한테 아까 내가 전화해서 뭘 보낼지 미리 말해두었으니까, 신야는 그냥 돈만 드리고, 이 종이에 적혀 있는 주소지로 보내달라고 말만 하면 돼."

"가게에서 발송도 해주는 거야?"

"어어, 해주고 있어. 주소는 여기, 돈은 이걸로 충분할 거야."

아빠는 주소지와 이름이 적혀 있는 메모지, 그리고 만 엔짜리 지폐를 나에게 내밀었다. 나는 알았다고 적당히 둘러대고 건네받은 것들을 지갑에 넣었다. 그리고 그 지갑을 반바지 주머니에 찔러넣고는 스니커즈를 신고 내가 좋아하는 아디다스 흰색 야구모자를 쓴 다음 가게 출입구를 향해 걷기 시작했다.

"아, 맞다. 그리고 있잖아."

"응?"

하고 뒤돌아본 나를 향해 아빠가 씨익 웃었다.

"잔돈이 생길 테니까 그걸로 영화 보고 와도 돼."

---

2 가장 더운 시기인 7월 초~8월 초에 평소 신세를 지는 주변 지인들에게 안부 인사를 전하는 풍습

"엇, 진짜?"

"너, 꼭 보고 싶은 영화가 있다고 했잖아."

"응, 있어. 오예. 그럼 화과잣집 갔다가 보고 올게."

"그래, 잘 보고 와. 한가한가 보이."

아빠는 웃으면서 엄지손가락을 세웠다.

"신야, 조심해서 다녀와."

게이코 씨도 눈을 가늘게 뜨며 나를 보았다.

"다녀오겠습니다."

나는 가게 출입구의 미닫이문을 열어젖히고 노렌을 들추며 나갔다.

밖은 여름이 지글지글 끓고 있었다. 눈이 따끔따끔할 정도로 새하얀 햇빛이 티셔츠로 삐져나온 내 팔을 태우기 시작했다. 어젯밤부터 오늘 아침까지 내린 비로 흠뻑 젖은 아스팔트는 새까맣게 빛나면서 지면에서 모락모락 수증기가 피어올랐다.

"무진장 덥네……."

살갗에 엉겨 붙는 후텁지근한 공기를 느끼면서 나는 야구 모자를 다시 푹 눌러썼다.

이 더위 속, 쓸데없이 활기찬 건 매미들뿐이었다. 매미들은 찜통더위에도 개의치 않는다는 듯 울부짖었는데, 그 절규는 기온을 3도 정도 더 올리는 듯한 느낌마저 들었다.

언제나처럼 왼쪽 무릎을 살짝 끌면서 교차로를 건너고 생선 가게 앞을 지났을 때, 신이 난 나는 문득 생각했다.

약간 돌아가는 거긴 하지만, 유카 집 앞을 지나가볼까.

한가부 '선배'는 아직도 연락이 없다.

애초에 착실하고 약속은 반드시 지키는 타입인 유카가 이번만 연락하는 걸 까먹는다는 건 좀 이상하다. 어쩌면 연락할 수 없는 사정이 생긴 건 아닌지 걱정이 든다.

그럼, 그 이유란 게 뭘까? 하고 잠깐 생각해보았으나, 솔직히 그럴싸한 대답은 떠오르지 않았다. 다만 내 가슴 안쪽에 따끔하게 박힌 상태로 있는 '작은 가시' 같은 것은 있다. 그건 이전에 같이 하교했을 때 잠자리를 올려다보다가 우연히 보게 된 유카 팔에 든 시퍼런 멍이었다. 물론 반 아이들에게서 들은 유카 집 분위기가 안 좋아졌다는 소문도 그 가시가 빠지지 않는 이유 중 하나인 게 틀림없다.

나는 미용실 모퉁이를 돌아서 평소에는 지나다니지 않는 주택지로 들어섰다.

집들이 밀집한 골목을 얼마간 걷다 보니 왼쪽에 나무들이 촘촘히 늘어선 어스름한 비탈길이 나왔다. 머리 위로 내뻗은 가지와 잎에서 쏟아지는 무수한 매미 울음소리는 마치 '장대비'라는 말이 어울릴 정도였다. 그 '장대비' 속을 조금 걸었더니 유카 집인 볕이 잘 안 드는 2층짜리 원룸 아파트가 보였다.

나는 쓰고 있던 야구 모자를 조금 올려 이마에 밴 땀을 손등으로 닦았다.

그리고 그 2층 아파트까지 앞으로 십 몇 미터……, 남은 곳에서 왼쪽으로 뻗은 비포장도로의 오솔길에서 대뜸 남자 그림자가 나타났다.

아이코…….

남자와 부딪힐 뻔한 나는 불안정한 왼쪽 무릎을 감싸면서 피하고 남자에게 길을 양보하려고 했다. 그 남자도 또 나와 부딪히는 것을 피하려다 조금 비틀거렸다. 그리고 무심코 서로 얼굴을 힐끗 확인했다.

엇—.

나는 무의식적으로 걸음을 멈추었다.

남자도 마찬가지로 뜻밖이라는 얼굴로 걸음을 멈추었다.

별안간 침묵이 짧게 흐르는 동안은 매미 소리도 사라진 것만 같았다.

먼저 입을 뗀 건 나였다.

"얼굴, 조금은 괜찮아졌네?"

"시끄러워. 내버려둬."

툭 내뱉듯이 말하며 금발을 쓸어올린 이시무라는 말과는 달리 평소 같은 위압감을 내뿜지는 않았다. 멍투성이던 얼굴은 제법 부기가 사그라들어 입술에 앉은 딱지도 작아져 있었다.

"이시무라 집, 이 안쪽이야?"

비포장도로의 오솔길을 손가락으로 가리키며 나는 물었다.

"나 좀 가만 내버려두라고."

이시무라는 무심하게 쓴웃음을 지었다. 나도 하마터면 따라 웃을 뻔했다.

인적이 드문 어스름한 골목길. 매미의 장대비 같은 울음소리. 정체된, 후텁지근한 공기. 특별히 할 대화도 없어서 그대로 스쳐 지나가려 했다.

그러자 그때 꼬르륵, 하고 두 사람 사이에서 묘한 소리가 났다.

이시무라 배에서 울린 것이다.

너무나도 긴장감 없는 소리에 나는 쿡 하고 웃어버렸다. 그리고 엉겁결에 이시무라 배를 가리키면서 "소리 나는데." 하고 말했다.

그러자 이시무라는 눈살을 찌푸리며 "그러니까 가잖아." 하고 도통 의미를 알 수 없는 대사를 읊었다.

"가다니, 어디로?"

"너희 집 말고 어디 가겠냐?"

"어? 지금 우리 집 가는 거야?"

전혀 몰랐다.

내가 모른다는 사실을 이시무라도 몰랐을 테지.

다만 이 순간, 알게 된 사실이 있다.

아빠가 나를 '심부름' 보낸 데다 시원시원하게 영화까지 보고 오라고 말한 이유를. 아빠는 점심 전 손님이 없는 시간대에 이시무라의 예약을 받고 그 시간에 맞춰 나를 밖으로 보냈다ㅡ, 요컨대 우리 둘이 가게에서 마주치지 않도록 신경 쓴 것이다.

"진짜로, 전혀 몰랐어."

내가 말하자 이시무라는 '후우' 하고 이유를 알 수 없는 한숨을 내쉬었다. 그리고 "너는 어디 가는데." 하고 물었다.

"어, 그러니까 나는……."

역 앞의 화과잣집에 가는데 일부러 멀리 돌아서 유카 집 앞을 지나는 거라고 절대로 말할 수 없다. 이렇게 된 이상 조금 전의 이시무라 흉내를 내며 '내버려둬'라고 말하면 웃어주려나……, 아니면 기분이 상하려나?

내가 그런 생각에 잠겨 있을 때,

문득 어디선가 고함치는 소리가 들렸다.

그건 성인 남자가 있는 힘을 다해 지르는 소리였다.

움찔 놀란 우리는 둘 다 소리 나는 쪽을 돌아보았다.

그러나 어슴푸레한 골목길 끝에 사람 그림자는 없었다.

도대체 누구 목소리였을까…….

무심결에 나와 이시무라의 시선이 마주쳤다.

그러자 다시 고함 소리가 울려 퍼지고 이번에는 여자가 비명을 내지르는 소리도 들렸다.

설마 하고 내가 생각한 찰나, 볕이 잘 안 드는 원룸 아파트 1층 가장 안쪽 문이 쾅! 하고 커다란 소리를 내며 열렸다.

"말버릇이 그게 뭐야, 버르장머리 없는 놈!"

상스럽게 고함을 지르는 소리가 똑똑히 들렸다.

그리고 그 소리와 거의 동시에 문 안쪽에서 왜소한 여성이 뒷걸음질치며 튀어나와서는 엉덩방아를 찧었다.

유카—.

갑작스러운 상황에 내 머릿속은 새하얘지고 몸도 경직되고 말았다.

문이 열린 집 안에서 덩치 큰 남자가 성큼성큼 걸어 나왔다. 덩치 큰 남자는 신발도 양말도 신지 않은 맨발이었다. 그 발이 상반신을 일으키려던 유카 어깨 언저리를 정면으로 찼다.

짧은 비명을 지르며 유카가 다시 벌렁 쓰러졌다.

"누나!"

집 안에서 맨발인 채로 코타가 뛰쳐나와 덩치 큰 남자 허리에 매달렸다. 덩치 큰 남자는 "꺼져, 꼬맹이가!" 하고 소리치며 비쩍 마른 가지 같은 코타를 떨쳐냈다.

"죄송해요, 아빠, 죄송해요."

덩치 큰 남자는 울부짖는 유카 머리카락을 쥐어잡고 억지로 일으켜세운 뒤 큼지막한 손으로 유카의 뺨을 사정없이 때렸다. 마치 꼭두각시 인형처럼 목이 세차게 획 돌아간 유카는 바로 옆으로 날아가 땅바닥을 나뒹굴었다.

저게,

유카, 의붓아버지…….

코타는 엉덩이를 땅에 바싹 붙이고 무릎을 꿇은 채 엉엉 울고 있다.

유카는 바닥에 쓰러진 채 움직이지 않는다.

쓰러진 유카 옆에 의붓아버지가 우뚝 섰을 때,

쳇…….

하고 바로 옆에서 혀를 차는 소리가 들렸다.

나는 그 소리에 가까스로 정신을 차리고 이시무라의 옆얼굴을 보았다.

이시무라는 유카와 코타 쪽을 정면으로 노려보고 있었다.

여태껏 내가 한 번도 본 적 없는 듯한 맹렬한 눈으로.

"해충은 뭉개버려야지."

"어……?"

"사냥하러 가자."

어? 사냥?

별안간 이시무라가 뛰쳐나갔다. 유카와 코타 쪽으로.

금발을 휘날리며 쭉쭉 속도를 올린다.

사자—.

정신을 차리고 보니 덜덜 떨던 내 다리도 조금씩 움직이기 시작했다. 불안정한 왼쪽 무릎을 어색하게 끌며 이시무라의 용맹한 등을 뒤쫓았다.

유카의 의붓아버지가 "죽어버려, 망할 놈!" 하고 소리를 내지르며 엎드린 채 쓰러져 있는 유카의 허리 쪽을 발로 찼다.

"으아아아아아아아아."

정신을 잃은 듯한 코타의 절규가 무더운 공기를 날카롭게 갈랐다.

그러나 그 코타의 절규를 위에서 짓뭉개버리는 듯한 강한 목소리가 내 귀에 닿았다.

"죽는 건 네 놈이야, 해충 같은 놈아!"

용맹한 목소리와 함께 이시무라의 몸이 훌쩍 공중에 떴다.

이후부터는 모든 게 슬로 모션이다.

이시무라 목소리에 뒤돌아본 의붓아버지.

공중에서 발을 높게 올려 아름답게 춤추듯 옆으로 회전하며 발차기하는 이시무라.

그리고 찰나의 순간—,

의붓아버지의 광대뼈 부근에 이시무라의 발이 정면으로 부딪쳤다.

큰 나무가 쓰러지듯 의붓아버지가 땅바닥에 천천히 쓰러졌다.

그리고 그 바로 옆에 착지에 실패해서 나뒹군 이시무라.

잠깐 정적이 흘렀다.

세상은 현기증이 날 듯한 매미 소리로 가득 메워졌다.

바닥에 등을 대고 쓰러진 의붓아버지, 엎드려 있는 유카, 땅바닥에 털썩 주저앉아 울던 코타, 모두가 '무슨 일이야'라는 듯이 눈을 휘둥그렇게 뜨고 땅바닥에 넘어진 이시무라를 보았다.

"뭐, 뭐……." 쓰러져 있던 의붓아버지가 맞은 얼굴을 손으로 감싸고는 휘청이며 일어섰다. "뭐야, 네 놈은!"

그때, 겨우 내가 도착했다.

유카가 나를 알아챘다. 시선이 마주쳤다. 유카는 눈물이 그렁그렁 맺힌 채 입과 코, 뺨에서 피를 흘리고 있었다.

그 비참한 얼굴을 보았을 때, 그렇지 않아도 패닉 상태에 빠져 있던 내 머릿속에서 빠직, 하고 무언가가 소리를 내며 터져 나온 느낌이 들었다.

"이, 이 자식……유카한테……."

왼쪽 무릎을 끌면서 의붓아버지가 있는 쪽으로 달려가려는데 나보다 한발 빨리 사자가 덤벼들었다.

이시무라가 의붓아버지 하체에 전력을 다해 태클을 걸었다.

두 사람은 서로 뒤엉키듯 땅바닥에 굴렀다.

"얼른 데리고 도망쳐, 바보야!"

이시무라가 나를 보고 고함쳤다. 그 심각한 얼굴을 보고 나는 번뜩 정신을 차렸다.

"유카!"

나는 유카를 향해 소리쳤다.

통증을 견뎌내며 천천히 일어선 유카가 내가 서 있는 쪽을 향해 걸어오다가, 빙글 발길을 돌렸다. 그리고 원룸 아파트 현관 안으로 들어가 사라지는가 싶더니 곧바로 나왔다. 신발을 신은 거였다.

"놔, 이 망할 놈아!"

의붓아버지가 허리에 매달린 이시무라 얼굴과 머리를 때리기 시작했다. 타악, 타악, 하고 두개골과 주먹이 부딪히는 불쾌한 소리가 났다.

"놓으라고 놓겠냐, 해충은 얼른 죽어버려!"

그렇게 외친 이시무라는 무릎으로 의붓아버지의 사타구니를 찼다.

의붓아버지가 낮은 비명을 내지르며 바닥을 굴렀다.

이시무라는 쏜살같이 달려가 그 위에 냅다 올라탔다.

"네 놈이 폭력을 가하는 모습을 우리가 똑똑히 봤다고."

이시무라가 위에서 얼굴을 때리려고 하자, 다부진 체구의 의붓아버지가 왼팔 하나로 이시무라를 거뜬히 뿌리쳤다.

자세가 흐트러진 이시무라와 아주 잠깐 눈이 마주쳤다.

그 눈이, 빨리 가! 하고 말하고 있었다.

"유카, 가자."

"응."

유카가 휘청이며 뛰기 시작했다.

나도 그 뒤를 쫓으려다, 앞으로 고꾸라졌다.

너무 서두른 나머지 왼쪽 무릎 연골 하나가 끊어진 사실을 깜빡한 것이다.

"아이고 아파라."

반바지 밖으로 그대로 드러난 오른쪽 무릎이 아스팔트에 까져 피가 났다.

"앗, 신……부장, 괜찮아?"

뒤돌아본 유카는 내 이름을 부르려다 '부장'으로 바꿔 불렀다. 내가 누구인지 의붓아버지에게 들키지 않게 하기 위한 것임을 바로 알아차렸다.

"아무렇지도 않아……."

나는 어쨌든 다시 몸을 일으켜 흔들거리는 왼쪽 무릎을 끌면서 필사적으로 유카가 있는 쪽으로 도망쳤다.

달아나면서 흘끗 뒤를 돌아보자 육식동물 같은 이시무라와 의붓아버지가 격렬하게 뒤엉키며 땅바닥을 데굴데굴 뒹구는 모습이 보였다.

난투극이 벌어지는 바로 옆에서 코타가 갓난아기처럼 엉엉 울부짖고 있다.

도망쳐야 해.

아니, 도망치게 해야 해, 유카를—.

매미 소리로 잔뜩 채워진 어슴푸레한 골목길을 우리는 가냘픈 발소리를 내며 잔달음질쳤다.

나는 몇 번이고, 몇 번이고 뒤를 돌아봤다.

코타의 가늘고 작은 눈이 멀어지는 우리를 언제까지고 주시하며 놓지 않았다.

젖 먹던 힘을 내며 뜀박질하면서 나는 생각했다.

어쩌면 우리는 코타의 시선으로부터 도망치고 있는 건 아닐까.

나무들이 우거진 비탈길을 지났을 때, 나는 또다시 엎어졌다. 게다가 이번에도 오른쪽 무릎을 아스팔트에 제대로 부딪히고 말았다. 대각선 앞에서 달리던 유카가 그 소리를 듣자마자 뒤돌아보았다.

"신야……."

이번에는 내 이름이 입 밖으로 새어 나왔다.

"아파라, 하지만 괜찮아." 엎어진 채 나는 말했다. "유카, 일단 우리 집으로 도망가자."

그러자 유카는 얼마간 아무 말도 하지 않았다.

"유카?"

내가 무릎 통증을 견뎌내며 엉거주춤 일어났을 때, 유카는 작게 고개를 저었다.

그리고 모기가 우는 것 같은 갈라진 목소리로 말했다.

"멀리, 도망치고 싶어……."

유리코

무너진 벽을 무상으로 응급 처치해드립니다.

그런 거짓말 같은 전화를 걸어온 '다카나시 공무점'의 다카나시 모에카 씨는 반전 외모를 갖춘 세일즈 우먼이었다. 수화기 너머에서 베테랑처럼 시원시원하게 설명하던 말투와는 전혀 다른 모습이었다.

작은 체구에 화장하지 않은 앳된 얼굴로, 뒷머리를 질끈 묶은 포니테일 스타일을 하고 있었다. 지금은 검은 양복바지를 입고 있어서 성인으로 보였으나 만약 교복을 입었다면 여고생으로도 보일 법한 분위기를 풍겼다.

너무나도 젊은……아니, 어린 느낌이었기 때문에 마스터가 명함을 건네받았을 때, 그 옆에 있던 나는 무심코 "다카나시 씨는 몇 살이세요?" 하고 물었다.

"올해로 스물여섯 살이에요."

밝게 대답하고 미소 짓는 다카나시 씨 볼에는 보조개가 옴쏙 들어가 있어서 그게 또 외모를 앳되게 만들었다. 스물여섯이라면 나와 마스터의 딱 절반에 해당하는 나이이다.

어쩐지 믿음직스럽지 못한 느낌이 들어 조금 불안해진 것도 잠시, 막상 업무에 돌입하자 다카나시 씨의 유능함은 보고만 있어도 시원스러웠다. 하나부터 열까지 모든 일을 효율적으로 척척 처리했다.

오늘 아침, 다카나시 씨는 약속 시간인 아침 9시 정각에 나타났다. 아쿠쓰 씨라는 중년 목수와 함께였다. 나와 마스터에게 가볍게 인사를 하고는 곧바로 산산이 부서진 가게 벽과 내부 설비를 신중하지만 재빠르게 확인하며 돌았다. 그리고 응급 처치에 필요한 자재를 태블릿에 입력해 일람표를 만들더니 그 리스트를 회사 메일로 보냈다.

"제2군이 필요한 자재를 트럭에 싣고 올 예정이니, 그때까지 작업 준비를 해둘게요." 하고 말하자마자, 다카나시 씨는 양복 재킷을 벗고 블라우스만 입은 모습으로 아쿠쓰 씨와 함께 방수포를 벗기고 가게 내부에 있는 가구와 설비 위치를 옮기기 시작했다.

"저, 뭔가 도울 게 있다면……."

내가 물어보아도 다카나시 씨는 손사래 치며 "아, 괜찮아요. 마음 써주셔서 감사합니다." 하고 미소 짓기만 할 뿐, 묵묵히 업무를 처리했다.

시간이 얼마나 흘렀을까. '다카나시 공무점' 로고가 그려진 2톤 트럭이 도착했다. 운전석에서는 지금 당장이라도 인기 배우가 될 법한, 젊고 잘생긴 데다 터프하기까지 한 목수 소리마치 씨가 씩씩하게 내려왔다.

이때부터 힘쓰는 일은 아쿠쓰 씨와 소리마치 씨에게 일임되었다. 두 사람은 트럭 짐칸에서 다양한 자재를 내리고는 작업에 돌입했다.

다카나시 씨는 '후우' 하고 숨을 깊이 내뱉고, 이마에 맺힌 땀을 타월로 닦았다. 그리고 우리와 목수들 사이에 서서 아주 세세한 부분까지 효율적으로 진행되게끔 계속해서 지시했다.

"저, 다카나시 씨?"

"네."

나는 빙그르 뒤돌아본 사랑스러운 보조개를 향해 약간 송구한 마음을 담아 물었다.

"실은 2층 욕실과 탈의실 전기가 고장 나서 목욕물을 데울 수 없게 돼서요."

"아아, 엄청 불편하셨겠어요. 잠깐만 기다려주세요."

그렇게 말하고 다카나시 씨는 나이 든 목수에게 말을 걸었다.

"아쿠쓰 씨, 죄송해요. 2층 욕실 쪽에 전기가 안 들어온다고 하시는데 확인해줄 수 있나요?"

중년의 목수는 입을 다문 채 고개를 끄덕였다. 이 아쿠쓰라는 사람은 무뚝뚝한 데다 과묵한 타입이다. 허전한 머리숱과 수수한 용모, 조금 굽은 등을 보고 있자니 형언할 수 없는 애달픔이 느껴졌다. 같은 목수여도 한여름 태양 같은 미소를 휘날리는 잘생긴 소리마치 씨와 너무나도 대조적이었다.

"사모님, 2층 전기 말인데요, 지금 확인해봐도 됩니까?"

과묵한 아쿠쓰 씨 대신에 다카나시 씨가 말했다.

"아, 네. 그럼, 부탁드릴게요."

"아쿠쓰 씨는 전기공사기사 자격증도 가지고 있으니까 큰 문제만 아니라면 금방 고칠 수 있을 거예요."

"와아, 다행이에요."

내가 말하자 마스터도 안심한 듯한 얼굴로 감사 인사를 했다.

"정말, 덕분에 살았어요. 감사합니다."

"아니에요. 눅눅한 여름철에 따뜻한 물에 몸을 못 담그다니, 어제는 괴로우셨겠어요."

눈썹을 팔자로 모은 다카나시 씨가 서글서글한 미소를 지었다.

"그러니까요. 우리 둘 다 어젯밤은 닭살 돋아가면서 찬물로 샤워했거든요. 몸이 덜덜 떨려서 한동안 에어컨도 안 켰어요."

나는 농담 투로 불퉁거리며 다카나시 씨와 아쿠쓰 씨를 2층으로 안내했다.

가게 벽 공사 쪽은 마스터와 잘생긴 소리마치 씨에게 맡겼다.

2층에 올라가 아쿠쓰 씨와 다카나시 씨가 배선을 확인하는 동안 나는 부엌으로 향했다. 5인분의 아이스커피를 내리기 위해서다.

그리고 커피를 다 내렸을 때 마침 욕실 쪽에서 다카나시 씨가 나타났다.

"사모님, 욕실 쪽은 단순한 단선이니까 바로 고칠 수 있겠어요."

"아아, 다행이에요. 저, 지금 아이스커피를 내렸는데 아래에서 다 같이 마셔요."

나는 유리컵 5개를 쟁반에 올리면서 말했다.

"감사합니다. 아쿠쓰 씨한테도 말하고 올게요."

그 후 우리는 아래로 내려가 외벽 작업 중인 가게 안에서 모였다.

"오옷, 아이스커피, 좋네."

마스터는 그렇게 말하고는 의자를 옮겨 테이블 하나에 다섯 명이 앉을 수 있게끔 세팅했다.

그 테이블 위에 나는 쟁반을 살짝 내려놓았다.

"마스터가 내린 커피가 아니라 맛은 보증할 수 없습니다만……."

나는 그렇게 말하면서 각자 앞에 유리컵을 나누어주었다.

무너진 가게 벽 구멍으로 무더운 여름 바람이 들어왔다.

송골송골 땀 맺힌 유리컵을 타고 차가운 물방울이 떨어진다.

"그럼, 감사합니다. 잘 마시겠습니다."

소리마치 씨가 싱긋 미소 짓는 것이 신호였다는 듯 각자 아이스커피를 마시기 시작했다.

"역시 커피숍 사모님이 내리는 커피라 맛있네요."

다카나시 씨가 말하자 소리마치 씨가 금방 반응했다.

"모에카짱, 커피 아주 좋아하잖아."

"정말?" 하고 내가 말했다.

"네. 저 매일 두세 잔은 마셔요."

"나보다 많이 마시네. 정말 좋아하나 보네."

어깨를 움츠리고 에헤헤, 하고 웃는 다카나시 씨를 보면서 다시 소리마치 씨가 노련한 농담을 던졌다.

"커피를 마시면서 달콤한 디저트를 먹을 때가 가장 행복한 사람이거든요."

"우후후. 그건 반론할 여지가 없네요."

대답한 다카나시 씨도 싱긋 웃는다.

그러자 마스터가 입을 열었다.

"아, 그러면 맛있는 아이스크림이 있는데요, 괜찮으시면 커피 플로트로 해드릴까요?"

"와아, 감사합니다. 저, 아이스크림도 정말 좋아해요."

진심으로 기쁜 듯, 다카나시 씨의 동공이 확 커진 듯 보였다.

"다카나시 모에카 사전에 사양이라는 글자는 없다!"

밉살스럽지 않은 소리마치 씨의 태클에 다 함께 웃었다. 아쿠쓰 씨는 약간 머리를 숙인 채 커피를 홀짝이며 옅은 미소를 지을 뿐이었지만.

커피를 마시면서 농담을 서로 주고받아서 그런지 오늘 처음 본 사이라고는 생각할 수 없을 정도로 가까워졌다.

대화하는 도중에 소리마치 씨가 우리를 보며 말했다.

"모에카짱은 이런 느낌의 사람이라 어느 현장에 가도 고객분들이 귀여워하세요. 나중에는 '모에카짱' 하고 친근하게 부르시더라고요."

"그럼, 우리도 그렇게 부를까?"

그렇게 말하며 나는 마스터를 보았다.

"응, 좋네."

마스터는 팔짱을 끼고 눈을 가늘게 떴다.

그러자 모에카짱도 보조개가 팬 얼굴로 우리를 보고 말했다. "감사합니다. 그럼, 저도 두 분을 '마스터'와 '유리코 씨'라고 불러도 될까요?"

"물론 얼마든지. 평소에도 손님들이 그렇게 부르니까. 그치?"

마지막의 그치? 는 마스터를 향한 말이었다.

마스터도 평화로운 얼굴로 끄덕였다.

"그럼, 겸사겸사 나도 '마스터'와 '유리코 씨'라고 불러야지."

건강하게 피부를 태운 소리마치 씨가 붙임성 있는 표정을 지으며 새하얀 이를 드러냈다.

　나와 마스터에게 이론이 있을 리 만무하다.

　문득 아쿠쓰 씨 쪽을 봤는데 역시 그 누구와도 눈을 마주치지 않으며 등을 둥글게 말고 살며시 빨대에 입을 대고 있었다. 다만 그 옆얼굴은 어딘지 모르게 부드럽고 평온한 듯이 보였다. 요컨대 이 사람은 '그 누구의 기분도 상하게 하지 않는 과묵한 사람'인 것 같다.

　휴식 시간이 끝난 후에도 작업은 막힘없이 착착 진행되었다.

　구멍이 난 벽에 가장자리부터 베니어판으로 막고, 그 이음매는 얄따란 철판을 사용해 탄탄하게 보강했다. 이 정도면 태풍이 와도 끄떡없을 것 같다.

　2층 욕실과 탈의실에도 다시 전기가 들어와 조명과 온수기를 사용할 수 있게 되었다.

　혼자서 척척 전기공사를 끝낸 아쿠쓰 씨는 아무 말 없이 계단을 타고 1층으로 내려왔다. 그리고 덤프트럭에 치여 가게 앞에 쓰러져 있던 벚나무를 밑동서부터 전기톱으로 균등한 길이로 자르고, 그 나무토막을 마당 구석에 부지런히 쌓아주었다. 설마 그런 잡일까지 해줄 거라고는 생각지도 못해 솔직히 죄송스러웠다.

막힘없는 두 목수의 움직임을 바라보면서 나는 모에카짱에게 말을 걸었다.

"당연한 얘기지만, 2층 전기 수리비는 낼게."

그러자 모에카짱은 "아니에요." 하고 고개를 저으면서 어깨를 움츠렸다.

"오늘 작업은 모두 무료니까 신경 쓰지 마세요."

"그래도……."

"정말 괜찮아요. 오늘 아침에 사장님께도 그렇게 말하고 왔으니까요."

모에카짱이 윙크라도 할 듯한 얼굴로 미소 지었다.

"뭔가, 정말……." 미안해, 라고 말하려다 나는 말을 바꾸었다. "고마워."

"아뇨, 뭘요."

오히려 모에카짱이 송구하다는 듯한 표정을 지으려는 그때, 입구 문 쪽에서 어린아이 목소리가 들렸다.

"미나미 엄마, 안녕."

소리 나는 쪽을 보자 미유짱이 문 너머로 얼굴을 빼꼼 내밀고 있었다.

"어머, 미유짱, 안녕. 학교 일찍 끝났네?"

"응, 맞아."

"미나미 엄마, 나도 있어."

미유짱 뒤에 숨어 있던 아야네짱도 얼굴을 내밀며 브이 자를 만들었다. 이 아야네짱도 '어린이 식당'에 밥을 먹으러 오는 아이로, 미유짱보다 한 학년 위인 초등학교 3학년생이다. 두 아이는 서로 집이 가까워서 어렸을 때부터 사이가 좋다고 들었다.

"아, 오늘은 둘 다 사이좋게 양 갈래로 땋았네. 귀여워."

내 말에 신이 난 듯 둘은 서로 얼굴을 마주보고 '우후후' 하고 마치 친자매처럼 똑같은 타이밍에 웃었다.

"가게 고치는 거야?"

가게 안을 둘러보며 미유짱이 말하자 작업 중이던 소리마치 씨가 상쾌한 미소로 "맞아. 내일 태풍이 오니까." 하고 대답했다.

"들어가도 돼?"

아야네짱이 소리마치 씨에게 물었다.

"그럼 되고말고. 하지만 조심해야 해."

모에카짱이 대답했다.

"신난다."

미유짱이 고무공이 튀는 듯한 걸음으로 나와 모에카짱이 있

221

는 안쪽으로 다가왔다. 곧바로 아야네짱도 따라왔다.

"있잖아, 미나미 엄마." 나를 올려다본 미유짱이 눈썹을 조금 모으며 걱정하는 듯한 표정을 지었다. "가게, 언제 다 고쳐져?"

"으음, 글쎄. 지금은 우선 비랑 바람이 안 들어오게만 고치는 거라서."

"그래도 태풍이 지나간 후에는 다시 원래대로 고치는 거지?"

아야네짱도 나를 올려다보며 고개를 갸웃했다.

순간, 말문이 탁 막힌 나는 무심코 "그렇게 되면 좋겠지만……." 하고 모호하게 대답하고 말았다. 초등학교 2학년생과 3학년생쯤 되면, 특히 여자아이는 어른이 하는 말의 이면을 헤아릴 수 있다. 그래서 둘은 얼굴을 서로 마주보며 불안한 듯한 눈으로 다시 나를 올려다보았다.

그렇지만 나는 아이들에게 거짓말을 하는 것만큼은 거부감이 들어서 아이들에게 걱정을 끼치지 않으면서도 거짓말이 되지 않는 그런 말이 어디 없을까, 하고 속으로 온갖 말을 궁굴렸다. 마스터는 지금 2층에 있다. 모에카짱과 소리마치 씨도 무책임한 말을 내뱉을 수 없으니 왠지 미안하다는 듯한 얼굴로 나를 바라보고 있다.

그러자―, 지금껏 가게 구석에서 무릎을 꿇고 벽의 낮은 부분을 작업하던 아쿠쓰 씨가 살짝 쉰 목소리로 조심스럽게 말했다.

"꼬마 아가씨들, 이리 와볼래?"

그곳에 있던 모두가 어? 하고 당황한 얼굴로 아쿠쓰 씨를 보았다. 아쿠쓰 씨는 무릎을 꿇은 채 무척 쑥스러워하는 모습으로 아이들을 향해 손짓했다.

미유짱과 아야네짱은 의아하다는 듯 서로 얼굴을 바라보다가 아쿠쓰 씨 쪽으로 잔달음질쳤다.

무릎 꿇고 작업하던 중이었기에 아쿠쓰 씨의 눈높이는 아이들 눈높이와 일치했다.

"아저씨, 왜요?"

여느 때와 달리 아야네짱은 높임말을 썼다.

그러자 아쿠쓰 씨는 조금 전보다 더 조심스럽게 말했다.

"꼬마 아가씨들은 이 가게 자주 오니?"

"매일은 아니지만." 하고 아야네짱이 말했다.

"가끔이지?" 하고 미유짱도 말했다.

"그렇구나. 여기 밥은 맛있어?"

두 사람은 동시에 "응……." 하고 말했다. 하지만 아쿠쓰 씨의 수줍어하는 분위기에 압도되었는지 두 사람까지 목소리가 작아졌다.

"그럼, 앞으로도 그 맛있는 밥을 먹을 수 있도록 아저씨들이 노력할 테니까, 두 사람은 가게가 빨리 고쳐지도록 기도해줄 수 있을까?"

미유짱과 아야네짱은 자매처럼 얼굴을 마주보고 "응……." 하고 고개를 끄덕였다.

아쿠쓰 씨의 이야기는 그걸로 끝났다.

왠지 흐지부지하게 끝난 느낌이네……, 나는 그렇게 생각했다. 그러나 두 명의 아이들은 신기하게도 안도감이 섞인 얼굴을 하며 다시 내 곁으로 되돌아왔다. 아쿠쓰 씨가 '노력한다'고 말을 해서 이 가게가 다시 오픈할 거라고 확신했을지도 모른다.

"아, 맞다."

아야네짱이 무언가를 문득 떠올렸다는 듯이 말하며 책가방을 마룻바닥에 내려놓고는 안에서 주황색 색종이를 꺼냈다. 그리고 그 색종이를 미유짱에게 건넸다.

"미나미 엄마. 자. 우리 둘이 주는 선물. 같이 그렸어."

미유짱이 주황색 색종이를 나에게 건넸다.

"어, 뭐야, 이거?"

뭔가 싶어 봤더니 색종이 뒷면 흰 바탕에 색연필로 그림이 그려져 있었다.

"와아, 멋지다. 완전 똑같아. 그림 잘 그리네."

옆에서 얼굴을 쑥 내밀며 그림을 들여다본 모에카쨩이 눈을 동그랗게 뜨고 두 사람 머리를 가볍게 쓰다듬었다.

웬걸, 색종이 뒷면에는 '카페 레스토랑·미나미' 건물과 그 앞에서 손을 잡고 서 있는 우리 부부 그림이 그려져 있었다. 수염이 난 마스터와 앞치마를 두른 나. 어린아이가 그린 그림답게 단순한 그림이긴 했으나 누군지 한눈에 알 수 있다. 게다가 그림 밑 여백에 '항상 고마워. 정말 좋아해♪ 미유·아야네'라고 적혀 있다.

나는 나도 모르게 "두 사람 다 고마워." 하고 말하면서 아쿠쓰 씨처럼 마룻바닥에 무릎을 꿇었다. 그리고 색종이를 손끝으로 집은 채 두 사람을 끌어안았다.

내 양팔이 아이들의 야윈 등에 닿자 따스한 온도가 느껴졌다.

큰일이네, 울 것만 같아—.

그렇게 생각했을 때 내 손가락에서 스르륵, 색종이가 빠져나갔다.

어라?

고개를 들자 마스터가 색종이에 그려진 그림을 보고 있었다.

어느새 2층에서 내려온 모양이다.

"하아……미유쨩, 아야네쨩……."

나보다 먼저 마스터가 눈머리를 누르고 있어서 나는 오히려 쿡 하고 웃어버렸다. 이 사람은 예전부터 눈물샘이 약하다.

"마스터, 우는 거야?"

"우후후. 그렇게 기뻐?"

미유짱과 아야네짱이 놀려대자 마스터는 "우, 우는 거 아니야……." 하고 촉촉한 목소리로 대답하며 콧물을 들이마셨다.

* * *

아이들이 돌아간 뒤, 나는 모에카짱에게 말했다.

"우리 가게, 실은 '어린이 식당'을 하고 있거든."

그러자 모에카짱은 멍해진 얼굴로 고개를 갸웃했다.

"네? 저, 알고 있는데요……."

"어라, 어째서 알고 있는 거야?"

"왜라뇨, 어젯밤 텔레비전 사고 뉴스에서 아나운서가 그렇게 말했으니까요. 이곳은 어린이 식당 서비스를 제공하는 카페로, 지역 주민들도 즐겨 찾는다고 말하던걸요."

"아……그랬어?"

"혹시 유리코 씨도 마스터도 사고 뉴스를……."

"응, 실은 안 봤어. 우리 둘 다."

마스터가 뒤통수를 긁적이며 그렇게 말했다.

"아하하. 정작 당사자가 안 봤다니. 뭔가, 재미있네요."

작업을 하면서 소리마치 씨가 웃었다.

"사고 후엔 정신이 없어서 뉴스 챙겨 볼 새도 없었어. 그치, 마스터?"

말하면서 나는 마스터를 보았다.

마스터는 말없이 고개를 두 번 끄덕이더니 왜인지 살짝 작은 목소리로 내 이름을 불렀다.

"유리코, 잠깐만 2층에 안 갈래?"

"어?"

"미안하지만, 모에카쌍도 같이. 괜찮을까?"

"아, 네."

마스터의 재촉에 나와 모에카쌍은 2층으로 올라와 에어컨 바람으로 가득 찬 거실에서 테이블을 둘러싸고 앉았다.

거실은 왠지 평소보다 더 조용하게 느껴졌다. 에어컨 바람이 흘러나오는 소리와 벽시계의 시곗바늘 소리를 깨달을 정도였으니까. 그리고 그 미묘한 소리를 덮어버리듯 아래층에서 전동 공구 소리가 들려왔다.

"그러니까……." 하고 입을 열다 만 마스터는 오른손으로 턱수염을 만지며 뒷말을 '후우' 하고 짧은 한숨으로 바꾸었다.

이 시점에서 나는 알아차렸다. 마스터는 금전적인 이야기를 꺼낼 생각인 거다. 조금 전까지 혼자 2층에 올라가 있었던 건 분명 은행 통장이라든가 보험이라든가 그런 숫자를 확인하기 위해서였을 테다.

"모에카쨩에게는 사실대로 말해두고 싶은데."

"네……."

모에카쨩은 마스터 쪽을 향해 자세를 고쳐 앉았다.

"솔직히 말하면, 우리 가게는 돈이 별로 없어."

"……."

"그래서 뭐라고 해야 할까……, 오늘 이렇게나 신경을 써줬는데. 그런데 모에카쨩을 빈손으로 돌려보내는 건 좀 미안해서."

말문이 턱 막힌 마스터에게 되레 모에카쨩이 도움의 손길을 내밀었다.

"저, 그 부분은 신경 쓰지 마세요. 아직 저희가 견적을 낸 것도 아니고요."

"그렇긴 해도. 그러니까, 직접 본 대로 부서진 건 벽뿐만이 아니잖아? 천장도 바닥도 일부 허물어졌고. 꽤 큰 금액이 될 거라 생각하는데."

모에카쨩은 입술을 일자로 당기고 무언가 어려운 셈이라도 하는 듯한 표정을 지었다. 그러다 양손을 테이블 위에 살포시 올리고 닫혀 있던 입술을 열었다.

"할인해드릴게요. 최대한."

"뭐?"

너무나도 단순한 대사에 나는 목소리가 새어나오고 말았다.

"다른 곳에서는 절대로 불가능한 가격으로 해드릴 생각입니다."

"불가능한 가격이라니⋯⋯." 마스터도 놀란 듯한 얼굴로 말을 이었다. "그러니까, 그거, 대강 어느 정도의 느낌이려나?"

그러자 모에카쨩은 스마트폰을 손에 쥐고 계산기 앱을 켰다.

"아직 고칠 범위도 자재도 정해지지 않았기 때문에, 어림잡아서 대강 계산하자면⋯⋯."

그렇게 말하고 모에카쨩은 머릿속에서 생각해낸 숫자를 하나하나 입력하며 더했다.

1분가량 지나자 모에카쨩은 스마트폰을 테이블 가운데에 살포시 내밀었다.

"꽤 대략적이지만 대강 이런 느낌이에요."

나와 마스터는 몸을 앞으로 내밀어 모에카쨩이 산출한 숫자를 내려다보았다.

나는 내심 그야 그렇겠지, 하고 생각하며 말을 삼켰다.

마스터를 보았다.

분명 깊은 한숨을 쉬겠지, 그렇게 생각했는데 아니었다. 마스터는 반대로 작게 훗, 하고 웃었다.

"응. 역시, 힘들겠어."

"음, 그래도 이건 정말로 대강 계산한 견적이니까요."

"고마워. 그래도 아주 저렴하다고 생각하는데, 솔직히 지금 우리가 지급할 수 있는 금액이라는 게 기껏해야 이 금액 절반 정도야."

마스터의 말에 나도 천천히 고개를 끄덕였다.

아무래도 절반이나 할인하기는 어려운 듯, 모에카짱은 테이블 위의 스마트폰을 바라본 채 얼마간 입을 다물었다.

"미안해, 일부러 여기까지 왔는데……."

나는 진심으로 미안해하며 그렇게 말했다.

그러자 모에카짱은 스마트폰을 가방에 넣고는 마음을 전환하듯이 다시 자세를 고쳐 앉았다.

"알겠습니다. 일단 이 건은 회사에 가서 다시 좋은 방법이 없을지 사장님과 함께 검토해보겠습니다. 그러고 나서 다시 전화해도 괜찮을까요?"

나는 마스터를 보았다. 마스터도 나를 보고 있었다.

눈으로 서로 끄덕였다.

"그야 물론 괜찮지만."

내가 대답했다.

"감사합니다. 그럼, 조금만 더 저에게 맡겨주세요."

모에카짱은 입꼬리를 힘껏 올려 미소 지었다.

사랑스럽게 움푹 들어간 보조개가 결의의 상징처럼 보였다.

계단 아래에 있는 가게로 돌아가자 이미 벽 구멍은 빈틈없이 완벽하게 막혀 있었다.

사고 여파로 틀이 뒤틀려 여닫는 게 뻑뻑해진 문도 아쿠쓰 씨가 대패로 깎아 급한 대로 응급처치를 해주었다. 이 사람은 참 세세한 데까지 세심하게 신경 써주는 성격인 것 같다.

그로부터 얼마 지나지 않아 모든 작업이 끝났다.

아쿠쓰 씨와 소리마치 씨는 가게 안을 가볍게 청소하고는 남은 자재와 공구 등을 트럭에 실었다. 모에카짱은 가게 안 이곳저곳을 확인하며 메모하고 치수를 재면서 스마트폰으로 현 상태를 사진으로 찍었다. 견적을 낼 때 필요한 모양이다.

이윽고 다카나시 공무점 세 사람이 돌아갈 준비를 마쳤기에 나와 마스터는 가게 밖으로 나갔다.

하나부터 열까지 신세를 진 세 분에게 제대로 감사 인사를 하면서 배웅하고 싶었기 때문이다.

뒷마당에 주차해둔 트럭과 경차 앞에 다카나시 공무점의 세 사람이 섰다.

귤색으로 물든 해질녘의 부드러운 석양이 세 사람 얼굴을 옆에서 비추었다.

낮에 그토록 시끄럽게 울어대던 매미들이 지금은 다 쉬고 있는지, 저 멀리 어딘가에 있는 한 마리만 쓸쓸하게 울고 있었다.

우리 부부는 세 사람과 마주보듯이 섰다.

"정말 큰 신세를 졌어요. 감사합니다."

마스터가 고개를 푹 숙이고 나도 따라 숙였다.

"내일 태풍이 얼른 지나가준다면 좋겠네요."

모에카쨩이 저물어가는 여름의 저녁 하늘을 올려다보며 보조개를 지었다.

"뭔가 즐거웠어요. 커피도 잘 마셨습니다."

소리마치 씨가 햇볕에 탄 얼굴에 상쾌한 미소를 담은 채 꾸벅, 고개를 숙였다.

그리고 이유 없이 아쿠쓰 씨에게 시선이 간 순간,

"저어……."

호되게 야단맞은 어린아이처럼 겁먹은 목소리로 아쿠쓰 씨가 마스터에게 말을 걸었다.

"네? 아, 말씀하세요."

"저기, 벚나무 조금만 나눠주실 수 있을까요⋯⋯?"

아쿠쓰 씨는 자신이 자르고 쌓은 벚나무 기둥과 가지 더미를 바라보았다.

예상 밖의 말을 꺼낸 아쿠쓰 씨를 다카나시 공무점의 두 사람도 어리둥절한 얼굴로 쳐다보았다.

나는 마스터를 보았다.

곧바로 "네, 그럼요." 하고 말할 줄 알았는데 어째서인지 마스터는 수북이 쌓인 벚나무를 바라보기만 할 뿐 아무 말이 없었다.

"저기⋯⋯."

나는 마스터에게 말을 걸었다.

그제야 마스터는 대답했다.

"필요하다면 들고 가세요."

"죄송합니다⋯⋯."

어깨를 움츠리며 아쿠쓰 씨는 고개를 살짝 숙였다. 그리고 허둥지둥 통나무를 몇 개 골라 트럭에 실었다.

그 모습을 가만히 지켜보다 마침내 모에카짱이 "그럼, 가보겠습니다." 하고 말하고는 세 사람이 자동차에 올라탔다. 올 때와 달리 트럭에는 소리마치 씨와 아쿠쓰 씨가 타고 모에카짱은 혼자서 노란 경차에 탔다.

시동이 켜지고 두 대가 천천히 움직였다.

창문을 열어 모에카쨩이 "또 연락할게요. 감사합니다." 하고 손을 흔들었다. 트럭을 운전하는 소리마치 씨와 아쿠쓰 씨도 자동차 안에서 머리 숙여 인사를 해주었다.

두 대의 자동차가 가게 앞을 지났다.

그리고 그대로 국도가 있는 남쪽으로 달렸다.

나와 마스터는 두 대가 사라질 때까지 눈으로 배웅했다.

"가버렸네."

왠지 모르게 내 입에서 그런 대사가 흘러나왔다.

"응."

마스터는 아직 자동차가 사라진 쪽을 보고 있었다.

귤색 바람이 불어와 내 머리카락이 사락사락 흔들렸다.

"날씨가 이렇게나 좋은데."

내가 말하자 마스터가 뒷말을 이어주었다.

"태풍, 정말 오려나."

"그치?"

우리는 얼굴을 서로 마주보았다. 그리고 누가 먼저랄 것도 없이 한숨을 쏟아냈다.

둘만 남게 되자 '현실'이 되살아났기 때문이다.

멀리서 울고 있던 마지막 매미도 지금, 울음을 멈추었다.

"우선 아이스커피라도 마실까?"

그런 태연한 마스터 말이 가슴에 사무쳐서 나 자신도 의아했다.

"응. 맛있게 내려줘."

"나, 커피 맛없게 내린 적 없는데?"

그렇게 말하고 마스터는 장난스럽게 웃어주었다.

"그건 맞아." 하고 나도 미소 지었다.

그리고 우리는 아쿠쓰 씨가 깎아준 문을 열어 가게 안으로 들어갔다. 가게 안에는 깎아낸 목재 냄새가 아직 가득 차 있었는데, 그 냄새는 마치 다카나시 공무점 세 사람의 잔향처럼 느껴졌다.

유카

멀리, 도망치고 싶어…….

말로 뱉은 순간, 내 두 눈에서 눈물이 왈칵 쏟아졌다.

지금껏 하염없이 마음 깊이 바라던 일을 가까스로 입 밖으로 꺼냈기 때문일지도 모른다.

"멀리라니……."

통증에 얼굴을 찡그리며 일어선 신야가 좀 난처하다는 듯 눈살을 찌푸렸다. 오른쪽 무릎에서 한 줄기 피가 흘렀다. 그 피를 보면서 나는 마음속에서 넘쳐흐르는 말을 그대로 내뱉고 말았다.

"여기서, 아주 먼 곳."

"……."

"안심, 하고 싶어."

"뭐……?"

"이제는 안심하고 싶어."

울면서 '안심'이라는 단어를 말했더니 새삼 이것이야말로 내가 원하던 것임을 깨달았다.

그래, 이유야 어쨌든 나는 '안심'이 필요한 거였다.

공포도 불안도 공복도 고통도 긴장도 느끼지 않고 있을 수 있는, 아주아주 평범한—안심할 수 있는 장소. 반 아이들 모두가 당연하다는 듯이 날마다 몸을 두고 있는, 자기 모습 그대로 있을 수 있는 장소.

안심.

평범한 장소.

둘 다 어디에나 있을 법한데 어째서 나에게는 없는 걸까.

그렇게 생각하자 눈물이 점점 더 넘쳐났다.

"안심하고 싶어……."

솔직한 마음이 목소리가 되어 흘러나왔다.

그런 나를 보고 신야는 아주 잠깐 당황한 것처럼 보였다. 그러나 이내 입술을 일자로 당기고 작게 끄덕여주었다. 그리고 조용히 내 이름을 불렀다.

"유카."

흐느껴 울던 나는 쉽사리 말이 나오지 않아 신야의 얼굴만 멀뚱멀뚱 쳐다보았다.

"멀리 가자는 거, 선배 명령이야?"

신야는 진지한 눈으로 나를 보고 있었으나 문득 작게 미소지었다. 그 얼굴을 본 나는 오히려 더 눈물을 멈출 수 없게 되었다.

그래도 필사적으로 대답을 했다.

"응……."

"그렇군."

"응……선배 명령이야."

내가 두 번 고개를 끄덕이자 신야는 씩 웃었다.

"유카, 울다 웃었어."

신야가 그렇게 말해줘서 깨달았다. 나는 지금 방울방울 눈물을 흘리면서도, 맞아서 움직이기만 해도 아픈 입술을 참아내며 미소를 짓고 있었다.

* * *

그 후, 우리는 역 쪽으로 향했다. 되도록 사람이 지나다니지 않는 뒷길을 골랐으나 그래도 이따금 지나치는 사람이 우리를 보고는 멈칫했다. 피가 난 내 얼굴을 보고 놀란 것이다.

번화가에 접어들기 전, 나무들이 우거진 경사가 급한 언덕을 올랐다. 그 언덕을 다 오르면 거의 참배하러 오는 사람이 없는 쓸쓸한 신사가 있다. 우리는 그 신사 안으로 들어갔다. 그리고 노후화된 배전(참배하는 건물-역주) 뒤로 돌아 들어갔다. 그곳은 초등학생 시절 '숨바꼭질'을 할 때 술래를 피해 곧잘 숨곤 했던 장소였다.

나는 배전 툇마루 같은 곳에 살짝 걸터앉았다. 정면에 서 있는 신야가 다시 내 얼굴을 보며 걱정하는 마음을 그대로 드러내는 표정을 지었다.

"상처가 심하네. 괜찮아?"

"아프지만……그래도 괜찮아. 신야 무릎은?"

"나? 나는 이제 글렀어. 출혈 과다로 죽을지도 몰라."

장난스럽게 말한 신야는 악동처럼 웃었다. 나도 함께 웃으려고 했는데 부은 입술이 아파서 조금 어색하게 웃고 말았다.

"이시무라는 괜찮으려나……."

마음에 걸렸던 부분을 말하자 신야 얼굴에서 스윽 웃음이
사라졌다. 그리고 "그 녀석은……." 하고 무언가를 말하려다 일
단 입을 다물었다. 하지만 곧바로 작게 끄덕이고는 그늘이 진
얼굴 그대로 말을 이었다. "사자 같은 놈이니까."

아무래도 괜찮다고는 말할 수 없는 모양이다.

"아무튼 유카, 잠깐 여기서 기다려."

"뭐?"

"피투성이가 된 얼굴로는 멀리 가기도 전에 신고당할 거야."

"……."

"나, 국도 도로변에 새로 생긴 약국까지 뛰어가서 이것저것
필요한 것들을 사올 테니까. 그리고 가는 길에 공중전화로 경
찰에 전화해서……."

"그건 안 돼."

나는 거의 반사적으로 말을 막았다.

"어……?"

"왜냐하면 경찰이 와서 소동이 벌어지면 우리가 '사건'이 될
수도 있잖아."

"뭐, 그야 그렇겠지만."

"그렇게 되면 신야 집이랑 이시무라 집에 폐를 끼치게 될 거야."

"그렇다고 해도 중학교 3학년인 두 명이 멀리 도망치면 오히려 그게 더 '사건'이 되는 거 아냐?"

"그래도, 경찰은……."

하고 말하다가 나는 뒷말을 삼켰다. 신야도 무언가 중요한 말을 삼킨 듯, 잠시 골똘히 생각하는 얼굴을 했다. 신야는 이시무라가 걱정돼서 한시라도 빨리 경찰에 신고하고 싶은 거다. 하지만 그렇게 되면 우리 둘도 분명 경찰에 붙잡힐 테고, 그러면 나는 다시 집으로 돌아가겠지.

그렇게 되면 또…….

의붓아버지의 누렇고 탁한 눈을 떠올리며 나는 몸서리쳤다. 위가 죄어드는 듯한 둔한 통증이 명치 안쪽에서 느껴지기 시작했다.

나는 심호흡했다. 마음을 일단 정지시키고 괜찮아, 괜찮아, 하고 나 자신을 타이르며 신야의 다음 말을 기다렸다.

머리 위에서 잎사귀가 부드럽게 스치는 소리가 났다.

신사 안을 뒤덮듯 에워싼 정령을 지키는 숲에 여름 바람이 불어온 것이다.

숨이 턱 막힐 듯한 매미 소리가 무더운 공기를 흔들어댄다.

"그럼, 어쨌든 나는 약국에 다녀올게." 신야는 살짝 끄덕이고는 "잠깐 기다려"라는 말을 남기고는 배전 건물 뒤를 빠져나갔다.

왼쪽 무릎을 끌며 걷는 신야의 발소리가 점점 멀어진다.

나는 혼자가 되었다.

이시무라를 걱정하기보다 나의 안전을 우선시한 내 모습을 보자 가슴 안쪽에 시커먼 안개가 낀 기분이 들었다. 그래서 다시 한 번 심호흡을 했다. 부은 입술 틈새로 내뱉은 숨에는 그 안개가 섞여 있는 듯한 기분이 들었다.

고개를 떨구고 있자니 점점 더 우울해질 것만 같아 슬며시 얼굴을 들었다. 그대로 천천히 머리 위를 올려다보았다.

여름 하늘이 지나치게 밝다 못해 새하얗게 보인다.

그 하늘 대부분을 가려버린 무수한 나뭇잎들의 희미한 실루엣이 살랑살랑 흔들렸다.

신야에게는 '괜찮다'고 말했으나, 얼굴도 배도 팔도 다리도 솔직히 꽤 아프다. 엄밀히 말하자면 가슴 안쪽과 위 언저리가 욱신거릴 정도로 통증은 묵직했다.

우리 집 원룸 아파트 영상이 머릿속을 스쳤다. 이시무라와 마찬가지로 그대로 두고 온 코타가 신경 쓰였다.

아침부터 술에 취해 더는 감당할 수 없었던 의붓아버지.

코타는 저 괴물 같은 생명체로부터 도망칠 방법이 없다. '힘'으로 내리눌러 꼼짝없이 육체도 정신도 억압당하고 불합리하게 통제당할 때의 절망감…… 숨을 들이쉬고 내쉴 때마다 기력이 빠져가는 듯한 침울한 허탈감을 코타는 오늘도 계속 겪어야 한다.

그렇지만, 하고 나는 생각했다.

지금의 나는 그 아파트로 돌아갈 수 없다.

온몸의 통증이, 가슴속 통증이, 나의 무기력함을 그대로 증명하고 있기 때문이다. 설령 돌아간들, 의붓아버지를 더욱더 화나게 할 뿐이다. 코타에게 털끝만치도 도움이 되지 않는다.

그러니까……, 나는 코타를 버리는 게 아니야.

더 이상 비참한 상황을 만들지 않으려는 것뿐.

그렇게 자신을 타이르며 시선을 머리 위에서 아래로 떨어뜨렸다. 그리고 툇마루에 앉은 채 다리를 늘어뜨리고 달랑거렸다. 피가 번진 무릎이 아팠으나 아랑곳없이 흔들흔들 움직였다.

반바지 밖으로 삐죽 나온 내 허벅지 위에 나뭇잎 사이로 비친 햇빛이 약간 찌그러진 하트 모양으로 새하얗게 빛났다.

나는 그 빛을 양손으로 퍼올리는 시늉을 했다.

정령을 지키는 숲에 부드러운 여름 바람이 불었다.

머리 위에 있는 나뭇잎이 흔들렸다.

양손으로 퍼올린 하트 모양의 빛은 손쉽게 망그러졌다.

신야

국도 옆에 있는 약국 선반을 물색해 큼직한 반창고와 소독액, 타월 두 개를 골라 손에 쥐었다. 타월은 피가 묻어도 표시가 덜 나는 진한 파란색으로 골랐다.

계산대에 줄을 서며 주머니에서 지갑을 꺼냈다.

나일론 재질의 싸구려 지갑 안에는 용돈으로 받은 천 엔짜리 지폐 몇 장과 아빠가 부탁한 심부름용 만 엔짜리 지폐 한 장이 들어 있다. 이 정도라면 '저 멀리'에는 못 가더라도 우선 유카가 안심할 수 있을 만큼의 '먼 곳'에는 갈 수 있을 테다.

계산대에서 계산을 끝내자마자 부리나케 신사로 돌아갔다. 그리고 방금 산 타월 두 장을 참배하기 전에 손을 씻는 곳에서 물을 떠 충분히 적신 뒤 가볍게 짰다.

배전 뒤쪽으로 돌자 툇마루에 앉아 있던 유카가 이쪽을 돌아보았다. 유카는 어린아이처럼 다리를 늘어뜨린 채 흔들고 있었다.

"뭔가, 한가해 보이네."

내가 말하자 유카는 눈을 살짝 가늘게 떴다.

"한가부 부원이니까."

"아하하. 그건 그렇네."

웃으면서 나는 물에 적신 타월을 유카에게 건넸다.

"자, 이걸로 우선 얼굴에 묻은 피 닦아."

"응. 고마워."

타월을 건네받은 유카는 되도록 상처에 닿지 않게끔 조심조심 얼굴을 닦았다. 하지만 이미 거무스름하게 굳은 혈액은 쉽사리 지워지지 않았다.

"아직 여기랑 여기랑 여기에 묻어 있어."

"어? 아, 응……."

거울이 없어서 일일이 내가 알려줄 수밖에 없다.

"아니야, 여기."

"여기?"

"좌우가 반대. 여기. 조금 더 아래라니까."

"뭐? 어디? 여기?"

그런 실랑이 끝에 결국 내가 닦아주기로 했다.

나는 피가 묻은 젖은 타월을 건네받고 유카 얼굴로 다가갔다.

"자, 닦는다."

"응."

유카가 살포시 눈을 감았다.

나뭇잎 사이로 반짝이는 햇빛이 유카 볼의 솜털을 반짝반짝 비추었다. 나는 너무 가까운 거리에 혼자 어찌할 바를 몰랐다.

유카에게 들키지 않게끔 천천히 심호흡하고 볼과 코 옆부분, 그리고 목덜미 언저리를 정성껏 닦았다.

타월 너머로 느껴지는 여자아이의 애달픔과 부드러움.

마지막으로 아랫입술을 살짝 닦았을 때,

"아, 아얏……."

하고 말하며 유카가 얼굴을 뺐다.

"어?"

"거기는 좀 더 부드럽게……."

"아, 미, 미안."

잠깐의 침묵이 흐른 뒤 유카가 물었다.

"아직 피 남아 있어?"

"응, 아랫입술에 약간."

"그럼, 내가 할게."

유카는 내 손에 있던 타월을 넘겨받더니 "이쯤이지?" 하고 말하면서 아랫입술에 묻은 피를 닦아냈다.

겨우 유카 얼굴에 달라붙어 있던 피가 모두 깨끗하게 사라졌다. 그렇다고는 해도 눈꺼풀 부근의 멍과 볼의 쓸린 상처, 아 랫입술의 부기는 가릴 방법이 없었다.

"이거, 써." 나는 내가 쓰고 있던 흰색 아디다스 모자를 유카 머리에 툭 하고 올렸다. "얼굴 안 보이게 푹 눌러써."

"응⋯⋯."

유카는 조금 쑥스럽다는 듯이 모자챙을 눌러썼다.

그 후 우리는 각자 손발 등 상처가 난 자리에 젖은 타월로 닦 은 뒤 소독액을 뿌리고 필요한 부위에는 반창고를 붙였다.

이 소독액은 깜짝 놀랄 만큼 쓰라렸는데 무릎에 소독액이 닿자마자 나는 엉겁결에 "으아악, 아파라"라든가 "우와, 장난 아닌데?"라고 소리치며 자지러졌다. 그런데 유카는 팔꿈치, 무 릎, 허벅지 바깥쪽, 손등에 생긴 쓸린 상처에 스프레이를 뿌리 면서도 소리를 내기는커녕 표정 하나 바뀌지 않았다.

그러고 보니 예전에 다카야마가 "여자는 말이야, 아기를 낳 아야 하니까 몸 자체가 고통을 잘 견디게 만들어졌대." 하고 말 한 적이 있는데 아무래도 그 말은 사실일지도 모르겠다.

상처에 응급처치를 끝내고 우리는 참배하기 전에 손을 씻는 곳에서 혈액과 흙으로 더러워진 타월을 깨끗하게 헹궜다.

그리고 물기를 꽉 짠 타월을 각자 목에 걸치고 얼굴을 마주 보았다.

"그럼, 가볼까?"

진심으로 멀리 갈 작정인 거지? 라고 확인하는 의미를 담아 나는 유카를 보았다.

"응."

유카는 진지한 얼굴로 끄덕이고, 모자를 다시 푹 눌러썼다.

* * *

여름방학 기간이라 그런지 평일 낮인데도 역 안은 꽤 붐볐다.

우리는 발매기 앞에 서서 큼지막한 노선도를 올려다보았다.

"유카, 따로 가고 싶은 곳 있어?"

"아니." 유카는 고개를 저었다. "먼 곳이라면 어디든 상관없어."

"바다랑 산 중에서 고르라면?"

유카는 잠깐 생각하더니 "바다, 려나……." 하고 말했다.

"그럼 나 좋은 곳 알고 있어."

"좋은 곳?"

"응. 바다가 엄청나게 예쁜 시골 마을."

"그렇게나 예뻐?"

"푸른 보석 같은 바다라고 해야 할까."

"멋지다. 그 바다 나도 보고 싶어."

"오케이. 그럼 결정."

나는 지갑 속에서 지폐를 꺼내 발매기에 넣었다. 그 모습을 옆에서 보던 유카가 미안한 듯 입을 열었다.

"신야, 미안해."

"응? 뭐가?"

"돈……나중에 꼭 갚을게."

"됐어. 실은 나도 거기 가고 싶었거든."

멋진 척하며 말은 그렇게 했으나, 솔직하게 말하면 아빠가 맡긴 돈에 손을 댔다는 죄책감으로 가슴이 찌릿하고 아팠다.

아무튼, 이미 써버린 아빠 돈은 세뱃돈을 차곡차곡 모아둔 저금을 깨서 되도록 빨리 갚기로 하자.

나는 그렇게 자신을 타일렀다.

"그래도……미안하니까."

"됐다니까. 새삼스레 그런 얼굴 하지 마."

아무 예정도 없던 여름방학에 유카와 함께 다쓰우라 바다에 갈 수 있다. 이 정도 지출은 조금도 아깝지 않다.

그런데도 유카는 눈썹을 팔자로 내리고 나를 보았다.

"……"

"그럼, 알겠어. 나중에 출세하면 갚아."

"어?"

"나 말이야, 어른이 되면 긴자에서 고급 초밥을 먹어보고 싶거든. 언젠가 유카가 출세해서 사줘."

"응. 알겠어."

"미리 말해두겠지만, 긴자 초밥은 몇 만 엔이나 한다고. 이 차비 정도로는 어림도 없어."

"괜찮아. 긴자 초밥, 꼭 사줄게."

유카 얼굴에 작은 미소 하나가 꽃잎처럼 피었다. 그리고 나는 유카 얼굴에 꽃을 피우는 비법을 터득하게 된 것만 같은 기분이 들었다.

다쓰우라까지 가는 표를 두 장 사고, 한 장을 유카에게 내밀었다.

"고마워."

유카는 작은 표를 양손으로 받았다.

* * *

우리는 완행열차에 몸을 싣고 잠시 흔들렸다가 터미널 역에서 쾌속으로 갈아탔다. 이 역에서부터는 마주보고 앉는 4인 동반석이었다. 나와 유카는 아무도 없는 칸을 골라 창가 자리에

서로 마주보고 앉았다.

차창 밖으로 시선을 옮기자 한여름의 새하얀 햇빛을 반짝반짝 반사하고 있는 거리가 기분 좋은 속도로 지나쳐 시야에서 사라져갔다.

순방향 자리에 앉은 나는 다쓰우라의 보석 같은 바다를 향해 앞으로 나아가는 느낌으로 풍경을 바라보았으나, 역방향 자리에 앉은 유카는 괴로웠던 장소에서 점점 멀어져가는 느낌으로 같은 풍경을 바라보고 있을지도 모르겠다.

쾌속 열차를 타고 나서부터는 어쩐지 말수가 줄어든 유카가 문득 차창에서 시선을 돌려 내 쪽을 보았다.

"신야, 있잖아."

"응?"

"우리 무슨 역에서 내려?"

"다쓰우라라는 역인데."

"다쓰우라?"

"응. 용을 뜻하는 '다쓰(龍)'에 디즈니랜드가 있는 우라야스(浦安)의 '우라(浦)'라고 적어서, 다쓰우라(龍浦)."

"다쓰우라……. 처음 듣는 것 같아."

"작은 어촌마을이라 별로 안 유명하거든."

"신야는 어떻게 거기를 아는 거야?"

질문에 답하려는 순간, 가슴 안쪽이 욱신거리며 아려왔다. 하지만 애써 무시한 채 말하기 시작했다.

"예전에 여름방학 때 가족 여행으로 놀러 간 적이 있어."

엄마가 살아 계셨을 때 함께 갔었다고까지는 입 밖으로 꺼내지 못했다.

"그렇구나. 그럼 다쓰우라 바다는 신야에게 추억의 장소겠네."

그런 말을 듣고 있자니 공연히 더 가슴이 쓰라리고 머쓱한 기분이 든다. 그래서 나는 되도록 무뚝뚝하게 "뭐, 그렇지"라고 만 대답하고 화제를 다른 쪽으로 돌리려 했다. 만일 가능하다면 유카에게 확인해두고 싶은 게 있어서다.

"있잖아, 유카."

"응?"

"대답하기 싫으면 안 해도 되는데."

"……."

"유카 의붓아버지란 사람, 뭐랄까, 늘 저런 식이야?"

질문이 너무 직설적이었는지 유카는 살짝 고개를 숙였다. 아디다스 모자챙도 내려가서 눈동자가 크고 눈꼬리가 약간 처진 유카의 눈이 가려졌다. 그래도 유카의 부은 입은 움직여주었다.

"늘 그런 건 아니지만. 그래도 술에 취하면 가끔……."

"그렇구나."

251

온갖 억측이 난무했던 소문은 사실인 모양이다.

"오늘은 특히 심했던 것 같기도 해."

"평소보다 많이 마셨어?"

"아마 그래서일 수도 있지만……."

"있지만?"

나는 고개를 살짝 갸우뚱하며 말했다. 하지만 고개를 숙인 유카는 그 이상은 대답하려 하지 않았다.

"말하고 싶지 않으면 안 해도 돼."

"미안……."

"어?"

"지금은 말하고 싶지 않아……. 미안해."

그런 식으로 사과하면 오히려 이유가 더 궁금해지지만, 그래도 미안하다는 듯이 등을 둥글게 마는 유카를 보고 있자니 더는 물을 수 없었다.

우리는 얼마간 아무 말 없이 열차에 몸을 맡긴 채 흔들렸다. 유카는 숙이고 있던 얼굴을 다시 들어 멀어지는 차창 풍경을 멀뚱히 바라보았다. 나는 그런 유카 얼굴과 창밖을 번갈아 바라보았다.

이윽고 차창 밖 풍경에 푸르른 논이 펼쳐지기 시작하자 문득 유카는 무언가를 떠올렸다는 듯한 얼굴을 했다.

"그러고 보니."

"응?"

"신야랑 이시무라가 어떻게 우리 집 앞에 있었던 거야?"

"아아, 그건, 그러니까……."

나는 어디서부터 설명해야 할까 고심하며 고개를 갸웃했으나 결국 처음에 아빠가 심부름을 부탁한 부분부터 설명하기로 했다.

"아빠 심부름으로 역 쪽으로 가려고 나섰는데, 그러고 보니 유카한테서 한가부 연락이 안 오네, 라는 생각이 드는 거야. 신경이 쓰이길래 너희 집 쪽으로 슬렁슬렁 걸어가는데 이시무라랑 우연히 마주쳤지 뭐야."

"뭐? 우연히?"

"응. 샛길에서 불쑥 그 녀석이 나타나서는."

"……."

유카의 두 눈이 가만히 나를 쳐다보았다.

"정말이야. 진짜로 우연히 딱."

"흐음."

"혹시 나를 못 믿는 거야?"

"믿어. 다만 기막힌 우연이구나 싶어서."

"그야 뭐, 정말 기막힌 타이밍이었지."

하고 말하면서도 사실 나는 '우연'과 '필연'이 반반 섞였다고 생각했다. 왜냐하면 아빠가 나를 밖으로 내보낸 시간과 이시무라가 우리 가게에 밥을 먹으러 올 타이밍이 겹치는 바람에 그 길에서 우연히 마주친 거니까.

"나 말이야, 이시무라가 갑자기 눈앞에 나타났을 때 어찌나 놀랐는지 잠깐 시간이 멈춘 줄 알았어."

"그야 그렇겠지."

솔직히 나도 소스라치게 놀랐고, 그 순간은 슬로 모션으로 보였다. 애초에 이시무라가 아무런 망설임도 없이 덩치가 크고 무시무시해 보이는 의붓아버지를 향해 돌격하다니……, 더군다나 발차기까지 훌륭했다. 그곳에 있던 사람이라면 누구라도 놀랄 테지.

"이시무라가 등장해서 어리둥절해 있는데 곧바로 신야까지 도와주러 나타나서……."

실제로 몸을 날려서 유카를 도와준 건 이시무라고, 나는 그냥 겁에 질린 채 무릎을 덜덜 떨기만 했다. 달리 말해 차마 대적할 엄두를 내지 못하고 늦게 나선 것이다. 하지만 그걸 내 입으로 말하지는 못했다.

"뭐, 주인공은 마지막에 등장하는 법이니까."

일부러 농담을 던졌지만, 내심 머쓱해서 그저 실실거리기만

할 뿐이었다. 하지만 유카는 그런 나를 묘하게 반짝거리는 눈으로 바라보았다.

"왠지, 둘 다 영웅처럼 보였어."

"어……?"

내가 유카의 영웅?

만일 그렇다면……뭐, 기분 나쁠 건 없지만. 다만 이시무라와 동등한 영웅이라고 생각하니 가슴 한편이 불편한 기분이었다. 실제로 영웅처럼 싸운 건 이시무라뿐이다.

"또 위기가 닥치면 도와줄 거야?"

그렇게 말하고 유카는 모자챙을 조금 올렸다. 눈동자가 크고 눈꼬리가 약간 처진 눈이 나를 들여다보았다. 그리고 그 시선이 너무나도 올곧아서 나는 도저히 거짓말을 할 수 없었다.

"도와주고, 싶지만……."

"……."

"약속은 못하겠어."

"어……?"

"무엇보다 약속이란 게 뭔가 나는 싫어."

"싫다고?"

"응."

"그게 무슨 뜻이야?"

고개를 살짝 갸웃한 유카에게 대답하기 전에 나는 한차례 심호흡을 할 필요가 있었다. 그래서 창밖을 스치는 시골 풍경 저 끝에 우뚝 솟은 적란운을 보면서 천천히 숨을 들이마셨다가 그리고 내뱉었다.

"약속이란 거 말이야, 정말 지킬 수 있을지 어떨지 모르잖아?"

"……."

"반드시 지키는 '약속'은 없으니까."

말하면서 내 머릿속에는 입원해 있던 시절의 엄마 얼굴이 떠올랐다. 새하얀 병원 침대에 앉아 살포시 내 어깨를 감싸며 참관 수업에 '갈게' 하고 약속해주었던 엄마의 다정한 미소. 하지만 그 약속은 지켜지지 않았다. 참관 수업 당일, 어렸던 나는 몇 번이나 몇 번이나 교실 뒤를 돌아보며 엄마 모습을 찾았다.

그리고 얼마 지나지 않아 엄마는 돌아올 수 없는 사람이 되었다.

죽는 병은 아니니까.

이제 곧 집에 돌아갈 거야.

늘 웃으면서 거짓말을 입에 담으며 엄마는 내 볼을 양손으로 감싸주었다. 그때 엄마의 서늘한 손바닥 온도에 어린 나는 말할 수 없는 불안을 느끼곤 했다.

그때 나는 아홉 살이었다.

엄마의 말을 믿었을까, 믿으려고 했을까.

아무튼, 엄마를 잃은 나는 깨달았다.

약속만큼 결과적으로 사람을 상처입히는 것도 없다고.

설령 그게 '다정한 거짓말'일지라도.

그래서 나는 지금도 '약속'을 좋아하지 않는다.

"반드시—는 없다는 거구나······."

유카는 어깨를 떨어뜨리며 중얼거렸다. 그리고 조금 걱정스
럽다는 눈으로 나를 보았다.

"아, 그래도 오늘처럼 우연히 내가 현장에 있다면 꼭 구해줄
게."

"응······."

유카는 끄덕였다. 무엇에 대한 수긍인지는 모르겠으나, 지금
의 유카 눈에는 내가 더는 영웅으로 비치지 않는다는 느낌이 들
었다.

* * *

쾌속 열차가 몇몇 역을 지나 한 역에 멈추자 드문드문 사람

이 타기 시작했다.

승객들 대부분은 누가 봐도 이제부터 놀러 간다는 분위기가 물씬 나는 가벼운 옷차림이었다. 그런 사람들 사이에 중년 아주머니 모습이 유독 눈길을 끌었다. 혼자만 새카만 상복 차림이다.

머리부터 발끝까지 온통 새카만 아주머니는 손수건으로 이마에 흐르는 땀을 닦으며 우리 쪽으로 가까이 다가와 유카에게 물었다.

"옆에 앉아도 될까요?"

"아, 네."

유카가 대답하자 아주머니는 느긋한 동작으로 유카 옆에 앉았다. 굵은 웨이브를 넣은 긴 머리카락에는 흰머리가 드문드문 섞여 있었다. 사십대 후반쯤 되려나. 흰 피부에 예쁘게 생긴 여성이었다.

열차가 움직이자 아주머니는 나와 유카를 번갈아 보면서 말을 걸었다.

"둘이 어디까지 가니?"

얼굴을 숨기려는 듯 유카가 모자챙을 조금 내렸다. 그래서 대답은 내가 했다.

"다쓰우라요."

"어머, 좋겠네. 거기는 바다가 예쁘니까. 해수욕하러?"

"뭐, 네……."

나는 모호하게 웃으면서 끄덕였다. 고상하게 보였는데 사실은 조금 성가신 사람일지도 모르겠다.

"혹시 연인 사이?"

"네?"

정면에 앉은 유카와 시선이 마주쳤다.

"아, 아니, 그런 건……."

허둥대며 부정하려고 했더니 아주머니가 말을 가로막았다.

"뭐 어때, 그렇게 부끄러워하지 않아도 된단다. 만일 그렇다면 둘이 참 잘 어울려."

아무렇게나 말하면서 아주머니는 나를 먼저 보더니 이어서 옆에 앉아 있는 유카 얼굴을 들여다보았다.

"어머? 아가씨, 얼굴이……."

반창고와 멍과 부기와 딱지.

아주머니는 의아하다는 듯이 눈살을 찌푸렸다.

그러자 유카는 쓰고 있던 모자를 벗어던지고는 아주머니와 마주보았다. 그 대담한 행동에 내가 어안이 벙벙해졌는데 유카는 훨씬 더 대담한 대사를 내뱉었다.

"저, 실은 복싱을 하는데 여름 대회 시합에 출전했다가 이렇게 됐어요."

"복싱?"

"네."

"어머나……, 이렇게나 예쁘장하게 생긴 아가씨가."

"그리고 우리는 사촌 사이예요. 친척 모임이 있어서 지금은 다쓰우라에 사는 삼촌 집에 가는 길이고요. 그치?"

별안간 대화를 넘겨받은 나는 순간 멍해지고 말았다.

"어? 아……응."

"그랬구나. 내가 경솔했네. 그나저나 복싱이라니, 좀 멋진 걸?"

"아뇨……아직 약해요."

"뭐 어때, 좀 약해도. 자기가 하고 싶은 걸 제대로 하고 있으니까. 그것만으로도 충분하다고 생각해."

유카는 부끄럽다는 듯이 조그맣게 끄덕이고는 다시 모자를 썼다.

"너희 둘, 몇 살이야?"

"열다섯 살이에요." 하고 나는 선뜻 대답했다.

"그렇구나. 그럼 중학교 3학년이겠네?"

우리는 "네." 하고 같이 말했다.

그러자 어째서일까, 아주머니는 문득 쓸쓸한 미소를 짓더니 혼잣말하듯 중얼거렸다.

"우리 조카딸이랑 동갑……."

4인 동반석에 무거운 침묵이 내렸다.

나는 유카를 보았다.

시선이 마주쳤다.

유카도 그 미묘한 공기를 느낀 듯했다.

계속해서 뭐라 형언할 수 없는 불편한 공기를 견디고 있자
아주머니가 다시 입을 열었다.

"너희들은 좋아하는 일을 잔뜩 하면서 인생을 즐기렴."

"……."

대화 내용이 별안간 바뀌는 바람에 제대로 따라가지 못해
나와 유카는 입을 꾹 다문 채 아주머니 얼굴을 보고 있었다.

그러자 아주머니는 '후우' 하고 짧은 탄식을 쏟아내더니 더
쓸쓸하게 미소 지었다.

"죽었거든, 얼마 전에."

"네?" 하고 유카가 깜짝 놀라며 말했다.

"우리 조카딸. 교통사고로. 그래서 오늘은 사십구재에 다녀
오는 길이야."

아주머니는 자기가 입은 상복을 내려다보며 말했다.

"조카딸도 살아만 있었다면 분명 앞으로 좋은 일이 잔뜩 생

겼을 텐데."

나도 유카도 그저 침묵한 채 아주 살짝 고개를 끄덕일 수밖에 없었다.

쾌속 열차는 쑥쑥 속도를 올려 여름 하늘과 눈부신 푸른 산들의 경계를 향해 내달렸다.

아주머니는 시선을 창밖으로 옮기고 '하아' 하고 어깨로 숨을 쉬었다.

그때, 유카의 부은 입술이 작게 움직였다.

"좋은 일, 있을까요?"

"뭐?"

아주머니가 옆에 앉은 유카를 뚫어져라 쳐다보았다.

"살아 있으면."

"……."

"좋은 일, 있을까요?"

갑작스러운 유카의 질문에 아주머니는 몇 번이나 눈을 끔벅였다. 그리고 무언가를 알아차린 듯, 온화한 미소를 입가에 담고 유카를 가만히 바라보았다.

"그럼, 있고말고."

"……."

"반드시."

유카는 끄덕이지 않은 채, 아주머니를 바라보았다.

그러자 아주머니가 먼저 천천히 작게, 끄덕였다.

유카 눈이 찰랑 하고 흔들렸다.

그리고 유카가 무언가 말하려고 입술을 열려고 했을 때……

눈부셨던 창밖이 새카맣게 바뀌고 차내가 굉음으로 가득
찼다.

쾌속 열차는 긴 터널에 들어와 있었다.

* * *

여름방학이건만 다쓰우라역 플랫폼에 내린 건 나와 유카뿐
이었다.

군데군데 금이 쩍 나 있는 콘크리트 플랫폼. 그 금이 간 틈에
도 잡초들이 빽빽이 뿌리를 내리고 있었다.

태양이 커다랗고 가깝다.

여름 하늘은 맑다 못해 우주가 비쳐 보일 것만 같았고, 주위
의 푸른 산들은 눈부시게 반짝였다. 무수한 매미들은 공간을
일그러뜨릴 정도로 왕성하게 울어댔다.

쾌속 열차 문이 닫히더니 차량이 삐걱대며 천천히 움직였
다. 나와 유카는 플랫폼에 나란히 서서 4인 동반석에서 친해진

263

상복을 입은 아주머니를 배웅했다. 유리창 너머에서 눈을 가늘게 뜬 채 손을 흔들어주던 아주머니가 왠지 울고 있는 것처럼 보였다.

머잖아 열차는 멀어지고 커브를 돌며 사라졌다.

유카는 푸른 산과 아지랑이가 피어오르는 레일만 남은 풍경을 멍하니 바라보았다. 그리고 조용히 중얼거렸다.

"뭔가, 좋은 분이었어……."

"응."

나도 그렇게 생각해서 순순히 고개를 끄덕였다.

푸르른 바람이 뒤에서 불어와 유카 머리카락을 흩날려 볼에 든 멍을 가렸다. 그리고 그 바람이 멈추자 우리는 누가 먼저랄 것도 없이 발길을 돌려 아무도 없는 플랫폼을 걷기 시작했다.

개찰구를 지나 역사를 빠져나왔다.

나는 주위를 휙 둘러보았다.

역 앞에 작은 로터리가 있고 그 너머에는 직선으로 외길이 뻗어 있다. 로터리 오른편에는 허름한 공중전화 부스. 반대편에는 다쓰우라 마을을 소개하는 그림지도 간판이 세워져 있었다. 그 간판 끝자락에는 붉은 초롱을 내건 술집이 있었으나 낮에는 영업하지 않는 듯 보였다.

외길 쪽을 바라보니 오른편에 식료품과 튜브 등 잡동사니를

파는 개인 상점이 있었다. 바다에 가기 전에 저 가게에서 먹을
거리를 좀 사두는 게 좋을지도 모르겠다.

"있잖아, 바다는 저쪽으로 가면 돼?"

그렇게 말하면서 유카도 외길을 보고 있었다.

"아마도 그럴 거야. 저기에 그림지도 간판이 있으니까 잠깐
확인해보자."

"응."

빛바랜 그림지도에 따르면 유카의 예상대로 바다는 외길을
쭉 따라가면 펼쳐지는 모양이다.

"옛날에 내가 왔을 때는 열차가 아니라 자동차를 타고 와
서⋯⋯. 이 지도가 있어서 다행이네."

"흐음. 가족끼리 드라이브했나 보네. 좋았겠다⋯⋯."

유카는 먼 곳을 보는 듯한 눈으로 그림지도를 바라보았다.

"유카, 화장실은 안 가도 돼?"

나는 열차 안 화장실을 사용했지만, 유카는 상복을 입은 아
주머니와 쉼 없이 이야기를 나누느라 한 번도 화장실을 가지
않았다.

"괜찮아⋯⋯아니, 다녀와야겠다."

그렇게 말하고는 역사 구석에 병설된 공중화장실로 들어
갔다.

그 모습을 지켜본 나는 빠른 발걸음으로 공중전화 부스로 향했다.

아무래도 오늘 밤은 이 마을에서 보낼 것 같다. 그러니까 적어도 아빠한테 전화해서 말해두고 싶었다. 심부름을 보낸 아들이 그대로 증발해버리면 그야말로 경찰 소동이 벌어질 테니까.

전화기에 10엔짜리 동전을 있는 대로 다 집어넣고 가게 번호를 눌렀다. 뚜루루루 하는 통화음을 들으면서 나는 여기까지 오게 된 경위를 아빠에게 어떻게 설명해야 할지 고민했다.

"네, 식당 가자마입니다."

전화를 받은 건 게이코 씨였다.

"아, 저 신야예요."

내 목소리를 들은 순간, 게이코 씨가 숨을 삼켰다.

"신야, 지금 어디야?"

게이코 씨 목소리 뒤에서는 손님들 목소리로 술렁였다. 생각해보니 지금은 한창 바쁠 점심시간이다.

"아, 죄송해요, 아빠 좀 바꿔줄 수 있어요?"

나는 게이코 씨 질문에는 대답하지 않은 채 그렇게 말했다. 잠시 뜸을 들인 후 게이코 씨는 "알겠어. 잠깐 기다려." 하고 말하고는 수화기를 내려놓았다. 곧바로 수화기에서 우렁찬 목소리가 흘러나왔다.

"너 이 녀석, 심부름은 어떻게 됐어?"

"어, 그러니까……."

"지금 어디야? 영화는 봤냐?"

"미안. 좀 사정이 생겨서 멀리 왔는데."

"멀리?"

"그것보다 아빠, 오늘 점심시간 전에 이시무라 밥 먹으러 왔어?"

나는 신경 쓰였던 것을 가장 먼저 물었다.

"아니, 안 왔는데……신야 네가 왜 그런 걸 묻는 거야? 너, 뭔가 알고 있냐?"

"미안. 좀 여러 일이 생겨서 지금은 말 못하는데."

"여러 일?" 아빠 목소리가 단숨에 낮아졌다. "여러 일이라니, 그게 뭐야?"

"그러니까 그건 지금은 말 못한다고."

"뭐어?"

"그러니까 미안하다고 하잖아. 그리고 오늘 밤 말인데, 나 집에 못 들어갈 것 같아."

"잠깐, 뭐라고? 무슨 소리야 그게."

"미안. 그 이유도 말 못해. 다만 유괴당한 건 아니니까 걱정하지 말고."

그러자 아빠는 입을 다물었다. 무언가를 생각하고 있는 거 겠지.

아무 말 없는 수화기 너머로 "이봐, 주인장, 볶음밥 아직 멀 었어?"라는 손님 목소리가 들려왔다. "죄송해요, 잠깐만 기다 려주세요." 하고 게이코 씨가 아빠 대신 대답했다.

"조금 전에 말이야, 화과잣집 고이데 사장님한테 전화가 왔 어. 네가 아직 안 왔다고."

아빠 목소리는 낮고, 온화했다. 그게 되레 무섭게 느껴졌다.

"응…… . 미안."

"멀리라니, 도대체 너 어디에 있는 거야?"

그 질문에 대답하면 다쓰우라 경찰서에 신고할지도 모른다.

"미안. 대답 못해."

"뭐라고?"

"부탁이니까 지금은 아무것도 묻지 마. 내일 집에 가서 전부 다 말할 테니까. 오늘은 아무튼 아무한테도 들키지 않은 채로 멀리 떨어져 있고 싶어서 그래."

"정말로 범죄에 연루되거나 그런 건 아닌 거지?"

아빠가 우렁찬 목소리로 거듭 확인했다.

"응, 전혀 아니야. 그러니까 아무것도 걱정 안 해도 돼."

아빠가 또 입을 다물었다. 아까보다 더 긴 침묵이었다.

이윽고 아빠는 한숨 비슷한 목소리를 냈다.

"신야 너, 누구나 비밀 하나쯤은 있기 마련이야. 그래도 말이야, 어느 정도까지는 나한테 알려……."

"중요한 건."

나는 아빠 말을 강한 목소리로 가로막았다. 그리고 천천히 뒷말을 이었다.

"자기 의지로 판단하면서 살고 있는가 아닌가."

"……."

"그치?"

아빠가 또 입을 다물었다. 나는 다그치듯 덧붙였다.

"엄마가 그렇게 말한 거지?"

"뭐……그렇지."

"나 지금 그런 상황이야."

"……."

"내 의지로 판단했으니까."

"아니, 그러니까……."

"지금!" 나는 또 아빠 말을 끊었다. "내가 집에 돌아가면 더는 성묘하러 못 가."

"……."

"엄마 볼 면목이 없어져. 그러니까 제발 부탁이니까, 지금만큼은 나를 믿어줬으면 좋겠어."

애원하듯이 그렇게 말했을 때, 전화 부스 밖에 유카가 나타났다. 약간 의아하다는 듯한 얼굴로 유리 너머에 있는 나를 보고 있다.

"너, 누군가 같이 있냐?"

아빠는 우렁차지만 차분한 목소리로 그렇게 말했다.

"응…….."

유카를 보면서 나는 끄덕였다.

"같이 있는 사람을 위해서 집에 돌아올 수 없다. 그런 거냐?"

"응."

"누구랑 같이 있는 거야?"

"말 못해."

"그것만큼은 일단 대답해줘. 무슨 일이 생기면 나는 부모로서 책임을 져야 하니까."

아빠 말에 나는 어떻게 대답해야 할지 망설이고 말았다. 그러자 생각지도 못한 말이 아빠 입에서 튀어나왔다.

"유카짱이냐?"

놀란 나는 숨을 삼킨 채 유리 너머를 보았다. 유카는 눈부신 뙤약볕 아래 양손을 뒤로 돌린 채 따분하다는 듯이 로터리 쪽을 바라보고 있었다.

"유카짱 맞는 거지?"

"응……."

나는 갈라진 목소리로 대답했다.

"이시무라랑 무슨 일이 생긴 거냐?"

"그것도, 내일 말할 테니까……."

다시 수화기 저편에서 "주인장, 볶음밥 빨리 좀 해줘"라는 목소리가 들려왔다. 그 목소리에 아빠는 더욱더 크게 대답했다. "미안. 조금만 더 기다려줘. 지금 좀 바빠서."

상대는 단골인 모양이다.

"점심시간에 전화해서 미안. 대신 내일부터 설거지 열심히 할게."

나는 무심코 그렇게 말했다. 그러자 아빠는 쿡 하고 웃었다.

"이 멍청한 아들놈아."

"네……."

"내일은 되도록 집에 빨리 와."

"응……."

"남자 대 남자로 약속하는 거다."

"응."

"그리고 절, 대, 로, 위험한 짓은 하지 마라."

"알겠어. 절대로 안 할게."

"오냐. 그럼, 가자마 신야."

아빠가 내 이름을 성과 함께 불렀다. 강하면서 굵고, 그리고 변함없이 다정한 목소리로.

"네."

"너는 나와 엄마 사이에서 태어난 아들이야."

"응⋯⋯."

잠시 뜸을 들인 후 아빠는 온화하게 말했다.

"너를 믿을게."

그 목소리는 내 귓구멍으로 들어와 가슴 안쪽까지 천천히 침투했다.

"응⋯⋯."

"그래, 그럼⋯⋯."

"아, 잠깐만."

"뭐야?"

나는 또 하나, 중요한 사실을 전해야만 했다.

"'어린이 밥' 말인데⋯⋯."

따분해 보이는 유카가 천천히 이쪽을 돌아보았다. 그리고 누구랑 통화하는 거야? 라는 느낌으로 고개를 갸웃했다.

"⋯⋯."

아빠는 입을 다물고 있었다. 무언으로 나를 재촉한 것이다.

272

"역시 계속했으면 좋겠어…….'

유카를 바라보면서 나는 말했다.

아빠는 아주 잠깐 틈을 두고 "알겠어." 하고 말해주었다.

"고마워."

순순히 흘러나온 내 말에 아빠는 '쿠쿠쿠' 하고 웃었다.

"딱히 너한테 감사 인사를 받을 필요는 없지만."

"그래도…….'

"용건은 그게 다냐?"

응, 하고 말하려다가 묻고 싶은 게 하나 더 떠올랐다.

"아, 근데 아빠는 어째서 내가 유카랑 같이 있다고…….'

그러자 아빠는 또 '쿠쿠쿠' 하고 웃었다.

"너는 엄마랑 똑 닮아서 숨기는 걸 잘 못하니까."

"뭐?"

"그러니까 나는 뭐든 다 알 수 있다고."

그 대사에 이끌려 나도 쿡 하고 웃고 말았다.

"그렇구나."

"어, 그렇다고."

"알겠어. 그럼 끊을게."

"그래. 유카짱 다정하게 대해줘."

"그렇게 하고 있어."

"그럼, 내일 보자."

"응······."

나는 살며시 수화기를 내려놓으며 통화를 끊었다.

유카는 눈이 부신 듯이 바다가 있는 방향의 푸른 하늘을 올려다보고 있었다.

그 하늘에는 새하얀 비행기구름이 아래에서 위로 그어져 있었다.

멀리, 라—.

무심코 그렇게 생각했더니 어쩐지 내 가슴속에 별별 생각이 흘러넘쳐 코 안이 시큰해지고 말았다.

나는 크게 숨을 들이마시면서 유카에게 보이지 않도록 얼굴을 돌렸다.

그리고,

"후우~."

하고 한껏 숨을 내뱉고 눈가에 번진 물방울을 은근슬쩍 손목으로 닦았다.

제4장

나의 영웅

유리코

저녁은 냉장고에 있는 재료로 간단히 끼니를 해결했다.

마스터도 나도 크게 식욕이 없어서였다.

다카나시 공무점의 세 사람이 가게 벽 구멍을 막아줘서 한시름 놓았더니 지금까지 몸과 마음에 더께더께 쌓인 피로가 한꺼번에 분출돼서 그럴 수도 있다.

술을 마시고 싶은 기분도 아니라 우리는 거실에서 얼음이든 보리차를 홀짝이며 띄엄띄엄 대화를 주고받았다.

낮에는 다카나시 공무점 세 사람이 있어준 덕에 이 집의 공기에도 명랑함과 활기가 있었다. 그런데 날이 저문 데다 활달한 그들이 사라지고 지친 오십대 부부만 남자 거실에 감도는 고요함에도 턱 무게가 더해졌다.

나는 BGM 대신 텔레비전을 켰다.

최근 화면이 잘 안 나오는 텔레비전에 예능 프로그램이 흘러나오기 시작했다. 스피커로 들려오는 수많은 이의 웃음소리. 흑백이었던 방 공기가 어렴풋이 색채를 띠기 시작했다. 백치미 캐릭터인 배우와 방청객들의 웃는 얼굴도 기분을 온화하게 만들어주었다.

나는 채널을 바꾸지 않고 그대로 두었다. 평소에는 버라이어티 프로그램을 즐겨 보지 않는 마스터도 별다른 말 없이 보리차를 손에 들고 멍하니 텔레비전을 바라보았다.

"있잖아, 마스터."

"응?"

마스터는 시선을 텔레비전에 박은 채 대답했다.

"모에카짱 얼굴은 천진난만해 보여도, 일 처리를 잘하는 사람이었지?"

이었지? 하고 말하고 나서야 어미를 과거형으로 말했다는 걸 깨달았다.

"그렇지. 게다가 그 아이는 이른바 '사랑받는 캐릭터' 같은 느낌이니까. 영업 실적도 엄청 좋지 않을까?"

그 아이……, 라는 단어가 작은 이물질이 되어 가슴속에서 구른 듯한 느낌이 들었다.

그러고 보면 모에카짱은 우리 딸이라고 해도 될 정도의 나이다.

만약 저런 아이가 우리 딸이었다면…….

그런 생각이 스멀스멀 올라오려고 해서 서둘러 고개를 저었다.

"다카나시 공무점 세 사람 모두 좋은 사람 같아서 낮에는 왠지 마음이 편안했어."

"응, 나도. 모에카짱이랑 소리마치 씨는 존재 자체로 주위를 밝게 만드는 타입이고, 아쿠쓰 씨는 뭐랄까, 음, 수수하지만 절대로 나쁜 생각을 하지 않을 것 같달까."

마스터가 나를 바라보았다. 세 사람 얼굴을 떠올리는지 표정이 부드럽다.

"그렇지? 다들 느낌이 좋다고 해야 할까."

"같이 있으면 기분이 좋아지지?"

텔레비전 속에서 배우와 방청객들이 웃었다.

나는 모에카짱의 보조개를 떠올렸다. 그리고 무심코 한숨과 함께 중얼거렸다.

"하아……, 그 사람들에게 가게 수리를 맡기면 참 좋을 텐데."

마스터는 부드러운 눈길로 고개를 끄덕이면서도 대답은 입에 담지 않았다. 낮에 모에카짱이 제시한 어림셈의 금액을 보고 이미 그건 어려운 일이라고 확신하고 있는 걸 테지.

솔직히 말하자면 나도 그렇게 생각하고 있다. 만약 기적이 일어난다면……이라는 희미한 기대도 있으나 다만 '기적'이라는 말은 거의 확실하게 일어나지 않는 일을 전제로 한 단어라는 것도 충분히 이해하고 있다.

"복권이라도 사볼까?"

나는 농담조로 그렇게 말했다.

"아하하. 좋네."

마스터의 웃음이 텔레비전 속의 웃음과 겹쳤다.

나도 웃고 싶네, 하고 생각했으나 볼이 조금 움직였을 뿐 제대로 웃지 못했다. 왜냐하면 미소 짓는 마스터 눈가 주름이 어쩐지 평소보다 깊고, 그 주름이 아주 쓸쓸해 보였기 때문이다.

아, 마스터가 짓는 이 웃음, 언젠가 본 적이 있어.

나는 그렇게 생각하고 기억을 되짚기 시작했다. 그리고 이내 깨달았다.

선대, 그러니까 마스터의 아빠가 돌아가셨다는 사실을 당시에는 아직 사귀던 사이였던 나에게 말해주었을 때와 똑같은 웃음이었다.

아빠를 잃고, 그리고 이번에는 가게를 잃는 중이다.

상실의 미소—.

그 사실을 깨달은 나는 순간 대답할 말을 잃고 보리차가 담긴 유리컵을 들어올리자 땀을 흘린 유리컵에서 차가운 물방울이 방울져 떨어졌다.

뚝. 뚝.

유리컵도 울고 있는 것 같다.

나는 보리차를 마시고 기분 전환이라도 하는 듯이 일부러 크게 '후우' 하고 숨을 내뱉었다. 울적한 한숨을 얼버무린 것이다.

"복권이 당첨 안 되면 일단 나랑 마스터, 둘이 각자 취업해서 일하면서 조금씩이라도 돈을 모아 저축한 뒤에 모에카짱에게 상담해볼까?"

"그래. 그런데 뭐…….." 하고 말하고 마스터가 깊게 탄식했다. "오십 고개를 넘어서 구직 활동을 할 줄이야…….."

"응…….."

하고 한 글자에 마음을 담아 내가 동의했을 때, 문득 텔레비전에서 광고가 흘러나왔다.

누가 봐도 다정해 보이는 아빠와 엄마, 귀엽고 말을 잘 들을 법한 딸이 나오는 생명보험 광고였다.

당신의 소중한 가족의 미래를 지키기 위해…….

성실해 보이는 내레이터 목소리가 조용한 거실 테이블 위로 쏟아졌다.

나도 마스터도 입을 다문 채 보리차 유리컵에 입을 가까이 댔다.

얼음이 절반 이상 녹은 보리차는 특유의 구수한 풍미를 잃은 채 밍밍해져 있었다.

한 모금 마시고 유리컵을 다시 테이블 위에 살포시 올려두었다.

광고 속의 가족은 부자연스러울 정도로 행복해 보였다. 그래서 내 뇌는 멋대로 내 인생에서 부족한 것을 떠올리기 시작했다.

딱 마흔이었을 때.

나는 기다리고 기다리던 임신과 유산을 경험했다.

마흔에 임신하면 35퍼센트 확률로 유산한다……, 그런 데이터를 나는 산부인과 담당 의사에게 들었다. 그러니까 "고령 임신이니 아무쪼록 조심하세요." 하고 주의를 준 것이다. 그래서 나는 나 나름대로 열심히 나와 태아를 애지중지하며 조심했다. 마스터도 이전보다 더 다정하게 임신한 나를 돌봐주었다. 나는

'세 식구'라는 꼭 저 광고처럼 반짝이는 미래를 꿈꾸며 당연하다는 듯이 65퍼센트 쪽에 들어갈 작정으로 지냈다.

하지만 뚜껑을 열어보니 나는 35퍼센트 쪽 사람이었다. 더군다나 유산한 뒤에 담당 의사에게 "앞으로 임신은 기대하기 어렵겠습니다"라는 말을 듣고 0퍼센트의 사람이 되어버렸다.

그로부터 얼마간 나는 웃는 법을 잊고 지냈다. 현실을 받아들이는 데 시간이 필요했던 것 같다.

어느 비 오는 밤, 나는 이 거실에서 마스터에게 무심코 푸념하고 말았다.

"나, 엄마가 될 수 없었네……."

무의식적으로 과거형으로 말한 나는 내 방식대로 현실을 받아들인 거라고 깨달았다. 다만 받아들였다고 해서 무언가가 바뀌는 것도 아니었다. 바뀌지 않기 때문에 엉겁결에 푸념을 늘어놓고 만 것이다.

"마스터, 미안해……."

그러자 마스터는 테이블을 돌아 내 옆에 서더니 아기를 어르는 것 같은 동작으로 등을 부드럽게 문질렀다. 그리고 이렇게 말했다.

"유리코는 '미나미 엄마'니까."

"어?"

"어쩌다 '엄마'는 될 수 없었지만, 동네 아이들이 따르는 '미나미 엄마'는 될 수 있었잖아."

"……."

"이 세상에 '엄마'는 많이 있을지 몰라도 '미나미 엄마' 같은 존재가 될 수 있는 사람은 그렇게 많지 않을 거야."

마스터는 온기 어린 말로 내면에 줄곧 걸려 있던 감정 지지대 같은 것을 녹여주었다.

나는 봇물이 터진 듯 울었다.

인생에서 가장 많은 눈물을 흘린 느낌이었다.

그리고 울면서 생각했다.

내 인생의 기반은 두 곳이라고.

하나는 마스터.

또 하나는 가게, 라고.

하지만 지금 그 기반 중 한 곳을 잃게 생겼다. 잃게 되면 나는 '미나미 엄마'조차도 되지 못한다.

멍하니 그런 것을 생각하는 동안 몇 개의 광고가 끝나고 다시 버라이어티 프로그램이 흘러나오기 시작했다.

텔레비전 속에서 웃음이 튀어나와 모르는 사람들의 웃음소리가 둘만 있는 거실에 도달했다.

나는 어쩐지 마음 일부가 마비되어버린 듯한 감각을 느끼며

282

중얼거렸다.

"왠지 이번 일로 다양한 걸 잃어버린 느낌이 드네……."

그러자 마스터는 고개를 갸웃하며 나를 보았다.

"다양한 것?"

"응."

"……음. 다양한 것, 이라."

마스터는 내 눈을 본 채 작게 끄덕이고는 미소 지었다.

그 미소는 조금 전에 보았던 상실의 미소가 아니라 조금 더 따뜻함이 담겨 있는, 공감하는 미소였다. 오랫동안 부부로 살다 보면 자연히 그런 차이는 느껴지기 마련이다.

내가 잃어버린 다양한 것—.

소중한 가게, 매일 해오던 일, 가게에서 마스터와 함께 있을 수 있는 시간, 그리고 나를 '미나미 엄마'라 부르며 따르는 배를 굶주린 아이들.

나도 마스터에게 같은 미소를 돌려주고 싶어서 입꼬리를 올려보았다.

그러자 마스터가 걱정하는 듯한 목소리를 냈다.

"어라……유리코?"

"미안, 괜찮아. 에헤헤."

말하면서 나는 테이블 위의 티슈를 한 장 뽑아 눈머리를 지

그시 눌렀다. 그저 미소 짓고 싶었을 뿐인데 요령 없는 나는 울면서 웃고 말았다.

마스터가 천천히 일어섰다. 그리고 그날처럼 테이블을 빙글 돌아 내 옆에 섰다.

"유리코……"

커다란 손이 내 등에 살포시 내려왔다.

큰일이다. 더 울 것만 같다.

그렇게 생각한 찰나.

따르르르르릉.

이곳에 어울리지 않을 정도로 크디큰 전자음이 거실에 울려 퍼졌다.

어라, 전화?

나는 울음을 터트릴 것만 같았던 얼굴을 들어 마스터를 보았다.

마스터는 누구지? 하는 얼굴로 작게 끄덕이더니 아래층 찬장 위의 유선 전화와 연결된 무선 전화기를 손에 들었다.

"네, 여보세요? 아, 모에카짱이구나." 눈을 휘둥그렇게 뜬 마스터가 나를 보았다. "아니, 무슨 그런 소리를. 오히려 우리야말로 오늘은 정말로……아, 응, 알겠어."

마스터는 무선 전화기 버튼을 누르더니 그대로 전화기를 살며시 테이블 위에 두었다. 스피커폰으로 해서 나도 함께 대화할 수 있도록 해준 것이다.

"모에카짱, 안녕. 유리코야."

울먹거리는 목소리가 되지 않도록 애를 쓰면서 나는 인사했다.

"아아, 유리코 씨, 낮에는 감사했습니다."

"우리야말로, 정말 덕분에 살았어."

그리고 한 마디, 두 마디 인사를 나눈 뒤 모에카짱이 본론을 꺼냈다.

"저기, 점포 수리에 드는 비용 건 말인데요, 회사에 돌아가서 사장님과 이런저런 이야기를 했거든요."

"……"

나와 마스터는 얼굴을 서로 마주보고 입을 다물었다.

죄송하지만, 저희가 맡기는 어렵겠어요.

그런 모에카짱의 대사가 예상되었기 때문이다.

그런데 모에카짱 목소리 톤은 끝까지 떨어지지 않았다.

"일시불로 결제해주시면 조금 전 마스터에게 제시한 금액으로……진행할 수 있을 것 같아서요."

"뭐?"

하고 목소리를 낸 건 마스터였다.

"어, 정말로 가능해?"

내가 이어 말했다.

그러자 모에카짱이 전화기 너머에서 쿡 하고 웃었다.

귀여운 보조개가 내 머릿속에 떠올랐다.

"네. 가능해요. 저희가 맡아도 된다면 수리해드리고 싶어요."

텔레비전 스피커에서 웃음소리가 튀어나왔다.

나와 마스터는 어리둥절한 표정으로 얼마간 얼굴을 서로 쳐다보았다.

"어라, 여보세요? 들리나요?"

테이블 위에 올려둔 수화기 너머로 모에카짱 목소리가 흘러나왔다.

"응, 잘 들려."

대답한 마스터 얼굴에 천천히 웃음꽃이 피기 시작했다.

나는 또 아까와 같은 얼굴을 하고 말았다.

그러나 이번에는 안도해서 흐르는 눈물과 웃음이었다.

신야

공중전화 부스를 나오자 유카가 가까이 다가왔다.

"누구한테 전화한 거야?"

당연히 그렇게 물어볼 거라 예상했다. 나는 거짓말을 할 생각은 없었다.

"일단 가게에 전화해뒀어."

"가게라니, 신야 아빠한테?"

"응."

최대한 자연스럽게 대답했다 생각했는데 유카는 조금 불안해하는 듯한 얼굴로 나를 쳐다보았다.

"괜찮아. 걱정하지 마."

"……."

"지금 멀리 와 있어서 오늘은 집에 못 간다고 그렇게만 말했어. 이 장소도, 멀리 있는 이유도 아무것도 말 안 했어."

"아무것도 안 물어보셨어?"

"그야, 물어봤지. 그래도 말 못한다고 버텼더니 단념해주시더라고."

"뭐?"

나를 믿어주었어―, 그렇게 말하고 싶었으나 부끄러워서 그만두었다.

"뭐랄까, 우리 집은 그런 아빠니까."

"그래도……."

"아, 다만 유카랑 같이 있다는 건 말했어."

"어······?"

"괜찮아. 절대로 위험한 짓은 하지 말라는 말만 들었으니까."

반신반의하는 표정을 지은 유카에게 나는 거듭 말했다.

"진짜, 괜찮아."

"응······."

"그럼, 가볼까? 바다."

말하면서 나는 목에 걸고 있던 파란색 타월로 관자놀이를 타고 흐르는 땀을 닦았다. 아스팔트와 함께 녹아버릴 듯한 강한 햇살을 받으며 계속 서서 얘기했기 때문이다.

나는 역 로터리에서 쭉 뻗은 외길을 향해 앞서 걸었다. 조금 늦게 걸음을 내디딘 유카도 이내 잰걸음으로 따라붙어 내 옆으로 왔다.

"근데 목 안 말라?" 하고 내가 물었다.

"마른 것 같기도 해."

유카가 말하고는 나를 올려다보았다. 아디다스 모자챙에 그늘이 진 유카 눈은 조금 불안해 보였는데, 그래서인지 순진무구한 어린아이처럼 느껴졌다.

유카 얼굴에 생긴 멍과 부기와 딱지. 팔꿈치와 무릎에 붙어 있는 반창고.

저항도 못하는 여자아이에게 폭력을 가하는 비열한 의붓아버지를 떠올리며 나는 '후우' 하고 숨을 내뱉었다.

　"미친 듯이 덥네. 뭔가 사서 마시자."

　"응."

　이 외길은 나름 마을의 번화가인 듯, 길 좌우에는 자그마한 개인 상점이 듬성듬성 있었다. 지역 학교의 교복을 파는 양품점과 책과 장난감을 파는 가게, 오랜 시간 자리를 지킨 것처럼 보이는 생선 가게와 정육점, 그리고 작은 우체국과 지방 은행 지점……

　우리는 아까 로터리에서 봤던, 가게 앞에 튜브가 걸려 있는 상점에 들어갔다. 그곳은 예상대로 온갖 잡동사니를 파는 가게였는데 계산대 근처 선반에는 건어물과 단과자빵 같은 식료품도 진열되어 있었다.

　"해변에는 아무것도 없었던 것 같고, 혹시 모르니까 여기서 먹을 것도 사가자."

　"응."

　되도록 싸고 양이 많으면서 이 더위에도 잘 상하지 않는 것……이라는 조건을 설정하고 우리는 몇 가지 단과자빵류와 종이팩에 든 커피 우유, 그리고 당장 마실 캔 콜라를 골랐다.

　가게 아주머니는 낡은 계산대에 서서 계산하고는 "여기, 고마워." 하고 말하면서 흰 비닐봉지를 내밀었다.

계산을 끝낸 우리는 다시 거리로 나왔다.

가게 앞에서 차가운 콜라를 들이켰다.

"크하, 맛있다."

아빠가 맥주를 마실 때 늘 하던 대사를 내뱉었을 때, 나는 무심코 성대한 트림을 하고 말았다.

"아, 미안."

뒤통수를 긁적이는 나를 보고 유카가 까르르 웃었다.

콜라를 다 마신 뒤 우리는 바다를 향해 걷기 시작했다.

상점가를 빠져나간 뒤 땀을 흠뻑 흘리며 얼마간 앞만 보고 걸었다. 이윽고 길은 완만하게 왼쪽으로 커브를 그렸다가 다시 일직선이 되었다. 그러자 어렴풋한 파도 소리가 소박한 시골 마을 틈새에서 들려왔다.

차아, 차악.

차아, 차악.

좁다란 골목길에 다다랐을 때, 오른편에 작은 농가로 보이는 집이 있고 그 도로 건너편에 '고급 주택'이라고 부르고 싶어지는 이층집이 솟아 있었다.

"와아, 집 정말 크다."

발을 멈춘 유카가 그 주택을 올려다보며 말했다.

"정말이네. 무진장 크네……."

검게 빛나는 기와지붕은 묵직해 보이고 위압감마저 풍겼다. 으리으리한 문 옆의 석재 담에는 고풍스러운 목제 간판이 걸려 있었다.

그 간판에 적혀 있는 호쾌한 붓글씨를 나는 소리 내 읽었다.

"시라니타 수산, 시라니타 호……래."

"어부를 거느리는 선주 집이려나?"

"그럴지도. 이 집만 이상하리만치 크니까."

뒤돌아본 곳에 있는 농가로 보이는 집이 안쓰럽게 여겨질 정도로 위풍당당한 주택이었다. 중후한 문 너머로는 정원에 디딤돌이 이어져 있고 그 끝에 일본식 저택이 우뚝 서 있었다. 자세히 보니 저택 오른편은 증축한 듯 그곳만 서양식 건축물이었다.

"좋겠다, 이렇게나 큰 집에 살 수 있어서."

그렇게 말하고 유카는 마치 꿈을 꾸는 소녀 같은 눈빛을 내뿜었다.

나는 유카가 사는 원룸 아파트를 떠올리고 전혀 도움도 안 되는 말을 꺼냈다.

"근데 너무 크지 않아? 청소하는 것도 힘들걸?"

"우후후. 그럴지도 모르겠네. 근데, 나 2층에 발코니 있는 집에 사는 게 꿈이야……."

유카는 오른손을 가슴에 대고 말하고는 한숨을 흘렸다.

"그런 집을 사서 어쩌려고."

"어쩌다니, 평범하게 결혼해서 평범하게 행복하게 살고 싶다고 생각했는데……?"

왜? 안 돼? 라는 얼굴로 유카가 나를 보았다.

행복하게 살다니, 누구랑?

하고 물론 물을 수 없으니 "흐음. 뭐, 그러든지." 하고 무뚝뚝하게 말하고는 다시 걷기 시작했다.

"아, 잠깐만 기다려."

못내 아쉽다는 듯이 저택을 돌아보며 유카는 내 뒤를 따라왔다.

그 저택에서 조금 더 걸어가자 문득 마을을 덮고 있던 공기가 바뀌었다.

곧 바다다—.

우리는 누가 먼저랄 것도 없이 걷는 속도를 높였다.

걸을 때마다 바다 냄새가 짙어졌다.

그리고 신호가 없는 작은 교차로를 왼쪽으로 돌았을 때, 유카의 검은 머리카락이 사락사락하고 나부꼈다.

"아……."

유카가 나를 보았다.

"응."

도로를 조금 더 걸어가자 투명한 푸른빛이 반짝반짝 흔들리고 있었다.

우리는 그 눈부심에 깜짝 놀라 잠시 걸음을 늦출 뻔했는데 이내 설레는 마음이 우리 등을 밀어주었다.

흔들리는 무릎에 주의하면서 걸음을 재촉했다.

곧 해변을 따라 좌우로 뻗은 국도에 발을 내디뎠다.

모래가 조금 흩뿌려진 횡단보도를 건너 더욱더 바다 쪽으로 가까이 다가갔다.

우리가 서 있는 인도 바로 아래에는 새하얀 백사장이 펼쳐져 있었다. 백사장 끝을 보자 마치 흰 크림 같은 파도 거품이 하염없이 밀려왔다. 바다에 이는 물결은 멀리서 볼 때보다 훨씬 더 높았다.

오른쪽을 보고, 왼쪽을 둘러보았다.

광활하고 새하얀 해변은 활 모양으로 뻗어 있었다.

그 한가운데에 딱 하나 오도카니 세워져 있는 해변의 집.

듬성듬성 피어 있는 비치파라솔은……일곱 개뿐.

나는 푸르른 바닷바람을 마음껏 들이쉬며 폐를 씻어냈다.

정말로 기억 속의 바다에 왔다. 유카와 함께.

나는 옆에 서 있는 유카를 보았다.

바닷바람에 머리카락을 흩날리는 유카는 철제 난간에 양손을 짚고 몸을 앞으로 쑥 내밀면서 널따란 백사장을 끝에서 끝까지 바라보았다. 그리고 한숨을 쉬듯 말했다.

"굉장하네, 바다색."

"그치?"

왠지 내가 칭찬받은 듯한 기분으로 고개를 끄덕였다.

"블루 토파즈 같아."

"어? 블루……토파즈?"

처음 듣는 단어를 되묻자, 유카는 바다를 본 채로 끄덕였다.

"응. 엄청 예쁜 푸른색 보석이야."

"그래? 나는 본 적 없어."

"우리 엄마 말이야, 예전부터 아끼는 반지가 하나 있는데, 그 반지에 박혀 있는 돌이야."

유카가 뒤돌아보았다.

"있잖아."

"응?"

"나, 만져보고 싶어."

"만지다니? 뭘?"

"바다."

나는 쿡 하고 웃고는 "그래." 하고 대답했다.

인도와 해변을 가로막고 있는 철제 난간이 끊어진 곳까지 걸어가 그곳에서 콘크리트 계단을 내려갔다.

그러자 그곳은 이미 백사장 해변이었다.

보슬보슬한 모래는 이미 한여름 뙤약볕에 달구어져서 신발을 신은 채 물가를 향해 걸었다. 그리고 도로와 물가 한가운데쯤 되는 위치에서 손에 들고 있던 흰 비닐봉지를 묶어 모래 위에 내려놓았다.

우리는 신발을 벗어 맨발이 되었다.

"우와, 아뜨뜨뜻!"

찬란한 흰색 모래는 화상을 입을 정도로 뜨거웠다. 까치발로 선 나는 무심코 '동동거리며 제자리걸음'을 하고 말았다.

"그렇게나 뜨거워?"

"진짜 뜨거워. 으아, 안 되겠어 유카, 나 먼저 가 있을게."

흔들리는 무릎을 조심하면서 나는 부리나케 바다로 향했다.

"꺄아, 뜨거워!"

곧바로 유카 목소리가 등 뒤에서 튕겨 나갔다······고 생각했는데 무릎을 감싸고 비척비척 걷던 내 옆을 바람처럼 가르며 지나갔다.

"우후후. 나 먼저 갈게."

추월하면서 나를 향해 짓는 미소.

심장이 찌릿, 달콤하게 아려서 한 박자 빨리 뛰기 시작한 것 같은 기분이 들었다.

무심코 나는 발걸음을 멈출 뻔했다. 하지만 발바닥이 너무 뜨거워서 역시 멈출 수 없었다.

"앗뜨뜨뜨."

"꺄아, 차가워."

한달음에 달려가 크림 같은 새하얀 파도에 복사뼈를 담근 유카가 목소리를 높이며 이쪽을 돌아보았다. 어깨를 움츠리고 두 팔로 자기 가슴을 안으며 큼지막한 웃음꽃을 피우고 있었다.

나는 어쩐지 눈에 보이지 않는 실로 당겨지는 듯한……조금 신기한 감각을 맛보면서 소꿉친구의 웃는 얼굴을 향해 똑바로 다가갔다.

아주 맑은 바다에 다리를 담근 순간―, 차가움과 상쾌함이 발바닥에서 정수리까지 관통했다.

"으~ 차가워!"

하지만 차가운 건 처음뿐이었다.

우리는 반바지를 바짝 걷어올리고 허벅지까지 바닷물에 담그며 신나게 떠들어댔다.

솔직하게 말하면 머리부터 풍덩 빠져서 수영하고 싶었으나 안타깝게도 우리에겐 갈아입을 옷이 없다. 그래서 팔이랑 다리를 담그고 얼굴을 씻고 아주 살짝 물장난을 치는 정도로 만족해야만 했다.

얼마 후 바다에서 나왔더니 모래사장에 버려진 비치볼이 눈에 띄었다. 오래도록 자외선과 바닷바람에 노출된 듯 볼 표면은 햇볕에 타 보풀이 일었다. 분명 누군가의 분실물일 테지. 나는 그 비치볼을 발로 굴려 내 특기인 리프팅을 하며 놀았다.

곡예를 부리듯 볼을 획획 차고 있자 유카가 대단해, 대단해, 하고 칭찬해주어서 나는 어느새 우쭐해졌다. 그러나 흔들리는 이 왼쪽 무릎으로는 현란한 기술을 보여줄 수 없어 그게 조금 분하기도 했다.

"나도 가르쳐줘."

"그래."

나는 유카에게 비치볼을 양보하고 리프팅 기초를 알려주기 시작했다. 발등으로 볼을 툭툭 가볍게 치면서 떨어뜨리지 않도록 하는 것뿐이지만 초보가 따라 하기에는 이 동작도 꽤 어렵다.

"와, 이렇게나 어려워? 신야가 하는 것만 봤을 땐 간단해 보였는데……."

"나도 처음에는 잘 못했어."

"정말? 그래도 열 개는 찰 수 있게 되면 좋겠어."

그 후 유카는 예상외로 즐겁게 리프팅 연습을 이어갔다. 나도 진지하게 요령을 알려주었다.

얼마 뒤 유카는 발등에 시선을 둔 채 "사실은 있지……." 하고 이야기를 시작했다.

"우리 반 애들 중에 뒤에서 몰래 도와주는 친구가 있어."

"뭐? 누구?"

혹시 나를 말하나? 그렇게 생각했으나 유카는 볼을 진지하게 차면서 시원스레 다른 이름을 말했다.

"에미코."

"어? 에미코라니, 농구부 에나미?"

"응."

나로서는 꽤 의외였다. 에나미는 성적도 좋고 수업 시간에 또박또박 대답도 잘해서 선생님들 사이에서도 평판이 좋을 뿐더러 여자 농구부에서도 리더 같은 존재라고 들었다. 그런데 반에서 유카와 친하게 지내는 모습은 거의 본 적이 없었다.

"진짜? 전혀 몰랐네."

"그렇지? 학교에서는 나랑 친하게 지내기 어려우니까 몰래 여자 화장실에서 편지를 교환하거나 밤에 통화하면서 수다를 떨기도 해."

"그렇구나……. 그 녀석, 참 좋은 놈이네."

"나, 에미코가 옆에 있어주니까 학교에 가야지 하고……앗, 있잖아, 지금 세 번 했어. 봤어?"

리프팅을 세 번 연속으로 했었다.

"아하하. 보고 있었어."

"살짝 요령을 터득한 것 같기도 해."

"억지로 겨우 세 번을 채운 듯한 느낌이긴 했지만."

내가 웃자 유카는 "뭐어?" 하고 부루퉁한 얼굴을 했다. "나, 칭찬받아야 성장하는 타입이라고."

"아, 그거 나도 그래."

"그럼, 먼저 나를 칭찬해줘."

"그전에 차는 법을 알려준 나도 칭찬해줘."

"아까 잘한다고 충분히 칭찬해줬잖아."

"그걸로는 부족한데."

"신야는 욕심쟁이야."

그런 아무래도 좋을 얘기로 언성을 높였다가 까르르 웃었다가 하며 유카는 하염없이 리프팅을 했고, 나는 옆에서 요령을 알려주었다.

그런데 한여름 땡볕이 내리쬐는 백사장에 계속 서 있으려니 몸이 달궈져서 당해낼 재간이 없었다. 그럴 때는 얼른 신발을 벗고 바닷물에 허벅지까지 담가 첨벙첨벙 얼굴을 씻었다. 그리고 또 백사장으로 돌아와 놀았다.

백사장에서 유카는 내가 몰랐던 다양한 것들을 담담하게 고백해주었다. 애초에 따돌림당하게 된 계기는 여학생들 특유의 질투였다는 것. 예전에 소속되어 있던 테니스부 선배가 엄청 무서웠다는 것. 작년에 집 근처에 버려진 강아지에게 몰래 먹이를 챙겨주곤 했는데 사흘 만에 사라져서 걱정했는데 알고 보니 이웃집 아저씨가 키우고 있었다는 것. 수학과 과학 성적은 늘 전교 1등이었으나 사회 과목만큼은 아무리 용을 써도 반에서 3등 정도라는 것.

유카가 성적이 좋다는 건 알고 있었으나 설마 이렇게까지 잘한다고는 생각지도 못했다.

"진짜냐, 유카 대단한데? 나는 국어, 영어, 수학, 과학, 사회 모조리 다 중간 정도야. 그나마 성적이 좋던 체육 과목까지 무릎을 다쳐서 중간으로 내려왔고. 그래서 이번 성적표는 거짓말처럼 전 과목이 C등급이 나와서 헛웃음이 나더라. B등급도 D등급도 하나도 없어."

"아하하. 그건 그것대로 대단하네."

"일부러 받으려고 해도 못 받는다고." 하고 나는 자조적인 웃음을 띠었다. "유카는?"

"나는 체육이 C. 나머지는 뭐……."

"A냐?"

유카는 모호하게 웃으며 다시 리프팅을 시작했다.

"대단하네. 고등학교 입학시험쯤 식은 죽 먹기보다 쉽겠는 걸?"

"……."

유카는 대답하지 않은 채 묵묵히 비치볼에 집중하기 시작했다.

"유카, 고등학교는 어디 지원할 거야?"

"으음……아직 생각 안 해봤어."

"뭐? 진짜?"

"응."

"근데, 유카 성적이라면……."

내가 계속 진학 얘기를 하려고 하자 유카는 비치볼을 퉁기는 걸 일단 멈추고 "아, 맞다." 하고 말했다. 그러고는 대뜸 화제를 바꾸었다. "신야네 아저씨 말인데."

"어? 뭐야, 갑자기."

"며칠 전에 신야네 가게에서 밥을 얻어먹을 때, 아저씨한테 '이제 학교 안 가고 싶어요' 하고 투덜댄 적이 있어."

"……."

"그랬더니 아저씨가 뭐라고 한 줄 알아?"

"어?" 뭐라고 했을까? 나는 카운터 너머에서 요리하는 아빠 얼굴을 떠올렸다. "어차피 학교 같은 거 안 가도 죽지는 않아, 라던가?"

"아하하. 대단해. 거의 정답이야."

"진짜냐."

"응. 역시 부자지간이네."

"그렇게 말할 것 같았어, 아빠라면."

우리는 서로 웃었다.

"실제로는 마음을 다치면서까지는 안 가도 돼, 라고 말해주셨어. 가지 않는 이유도 '그냥'이어도 되고, 그 이유를 아무에게도 말하지 않아도 된다고 하면서 말이야."

'뭐든 오케이'라 외치는 아빠라면 그렇게 말할 것 같았다.

나는 다시 리프팅 연습을 시작한 유카의 옆얼굴을 말끄러미 바라보았다. 그 옆얼굴이 계속해서 뒷말을 이었다.

"그리고 말이야, 내가 만약 누군가에게 상담하고 싶어질 때는 우선 주위를 냉정하게 둘러보고 가장 멋있다고 느껴지는 어른한테 어떻게 하는 게 좋을지 솔직하게 털어놓는 게 좋다고도 하셨어."

"가장 멋있는 어른이라……."

"응."

"그런 어른, 있으려나?"

"나는 있어."

"어? 누구?"

내가 고개를 돌리자, 유카는 의미심장한 미소를 지었다.

"그때, 내가 이렇게 말했어. '그럼, 앞으로도 아저씨한테 상담하고 싶어요'라고."

"뭐? 우리 아빠?"

"응." 유카는 백사장 위에서 비치볼을 차는 걸 멈추고 나를 쳐다보았다. "왜냐하면 영웅이잖아, 나와 코타의."

"영웅이라니⋯⋯진심이냐?"

내 머릿속에는 거실 다다미에 팬티 차림으로 널브러져서는 프로야구 중계를 보면서 시원스레 방귀를 터뜨리는 아빠 모습이 떠올랐다.

"우리 아빠가 영웅이라⋯⋯."

"왜? 이상해?"

영웅다운지 아닌지는 차치하고 뭐, 생각해보니 아빠는 나에게도 '믿어도 되는 어른'임은 분명했다.

"이상하달까⋯⋯위화감이 들어서."

"하지만 호탕하고 다정하고 멋있잖아."

호탕하고 다정하다, 까지는 수긍이 가지만.

"있잖아, 유카가 앞으로도 상담하고 싶다고 말했을 때, 아빠 뭐라고 대답했어?"

내가 묻자 유카는 그때를 떠올린 듯 쿡 하고 웃었다. 그러고는 으스대며 팔짱을 끼고 가슴을 펴 아빠 흉내를 냈다.

"오오, 역시 유카짱, 사람 보는 눈이 있구나. 좋아, 밥 열 공기는 더 먹고 가렴……이라고 말했어."

나는 웃음을 내뿜었다.

"아하하하. 진짜 그렇게 말할 것 같아. 뭐랄까, 말할 때의 그 득의양양한 아빠 얼굴까지 떠오르네."

"그렇지? 근데 그런 점이 멋있다고 생각해."

"아니, 그건 아니야."

나는 살짝 머쓱해져서 유카 발치에 있던 비치볼을 끌어당겨 그대로 리프팅을 하기 시작했다. 간단한 기술 몇 개를 반복하며 공을 차고 있는데 한 스무 살쯤으로 보이는 커플이 우연히 지나가다가 남자가 "리프팅 잘하네." 하고 칭찬해주었다.

"고마워요."

하고 가볍게 인사를 하며 다음 기술로 돌입하려고 하는데……, 실수. 백사장 위에 비치볼을 떨어뜨리고 말았다.

커플은 그대로 미소 지으며 지나쳤다.

"칭찬받으면 더 잘하는 타입이라고 하지 않았어?"

유카가 놀리듯이 말하더니 내 발치에서 비치볼을 뺏어갔다. 그리고 비치볼을 조심조심 차기 시작했다.

하나, 둘, 셋, 넷…….

"아, 봤어? 지금 네 번이나 성공했어. 신기록 갱신."

"아니, 안타깝네. 못 봤어."

나는 웃으면서 거짓말을 했다.

"거짓말하지 마, 보고 있었잖아. 칭찬해달라고."

"오옷, 천재!"

"전~혀 진심이 안 담겨 있잖아."

일부러 뚱한 표정을 지어 보이는 유카.

나는 조금 웃고는 눈부신 하늘을 올려다보았다.

드높은 푸른 하늘에서 삐이~요오오옷~, 하고 솔개 노랫소리가 내려왔다. 시선을 떨궈 바다를 보자 투명한 파도 속에서 작은 물고기가 무리를 지어 차라락 헤엄치며 가로질렀는데, 그 모습은 마치 은빛 강물처럼 보였다. 이윽고 투명한 파도는 부서져 희뿌연 거품이 되어 해변에 밀려왔다. 그 희뿌연 거품이 모래에 스며들 때의 치익 하는 소리는 소다수를 연상케 했다.

멀리 등 뒤에서 들려오는 매미들의 노랫소리.

상쾌한 바닷바람.

이게 다쓰우라 바다지…….

내 속에 잠들어 있던 아름답고 슬픈 기억의 편린들이 스르륵 깨어나려고 할 때……,

"신야, 혼자서 웃고 있어."

유카에게 그런 말을 듣고 화들짝 정신을 차렸다.

유카 말대로 나는 빙긋 웃고 있었다.

"있잖아, 유카."

"응?"

"나, 배고파."

"아, 나도 같은 생각 했어."

의견이 일치한 우리는 해변을 따라 뻗은, 도로와 백사장을 잇는 콘크리트 계단으로 돌아가 그 돌계단에 앉았다.

빵과 커피 우유가 든 흰 비닐봉지를 열어 유카 쪽으로 내밀었다.

"유카, 뭐 먹을래?"

"으음, 나는……일단, 이거."

"그럼 나는 이거."

각자 빵을 손에 쥐자 유카가 눈썹을 끌어내렸다.

"뭔가, 빵이 따뜻해."

"그렇네."

이어서 커피 우유가 든 종이팩을 집었을 때, 나는 무심코 소리를 지르고 말았다.

"우와, 이거 완전히 따뜻해졌는데."

봉지 아래쪽은 뜨겁게 달궈진 모래, 위쪽으로는 한여름 직사광선이 내리쬔 탓인지 차가웠던 커피 우유는 체온보다 훨씬 더 뜨거워졌다.

유카에게 커피 우유 하나를 건네자 "정말이네, 따뜻한 커피가 됐어." 하고 눈을 동그랗게 뜨고 환하게 웃었다.

우리는 여름 하늘 아래에서 목에 두르고 있던 똑같은 파란색 타월로 땀을 닦아내며 따뜻한 빵과 완전히 뜨거워진 커피 우유를 먹으며 점심을 즐겼다.

유카

조금 전까지만 해도 머리 위에서 지글지글 끓던 태양이 어느새 서쪽 하늘로 기울었다.

한 곳뿐인 해변의 집도 문 닫을 준비를 하기 시작했다.

나와 신야는 옅은 파인애플 색 바닷바람 속에 있었다.

조금 먼 곳을 바라보니 낚시하는 아저씨의 실루엣이 말뚝처럼 우뚝 서 있다.

"어느샌가 울어대는 매미 종류가 바뀌었네."

백사장에 방치한 비치볼 위에 앉은 신야가 수평선 부근을 바라보면서 말했다.

"그러게. 쓰르람쓰르람……. 이거 무슨 매미더라?"

나는 백사장에 다리를 쭉 뻗은 채 앉아서는 부드럽고 뜨뜻 미지근한 모래를 다리 위에 올리며 놀고 있었다.

"저녁매미야."

"아, 들은 적 있어. 낮에 맴맴 하고 우는 건 유지매미지?"

"맞아."

"그럼, 시야시야 하고 우는 건?"

"아마 곰매미일걸? 앗, 저기 봐, 뭔가 낚았어."

신야는 낚시꾼이 있는 쪽을 가리켰다.

낚싯대 끝에는 15센티 정도 되는 얄따란 물고기가 세 마리 나 대롱대롱 매달려 있다.

"저 물고기는?"

"글쎄. 여기서는 잘 안 보이지만……해변에서 낚았으니까 보리멸 아닐까?"

"신야, 아는 게 많네."

"옛날에 아빠랑 둘이 낚은 적이 있어."

"여기서?"

"아마 다른 바다였던 것 같기도 하고. 꽤 오래전 일이라 장소까지는 잘 모르겠어."

"그렇구나. 그래도 멋진 추억이네."

나는 부자가 사이좋게 낚시하는 그림을 떠올리며 작게 한숨을 내쉬었다. 그런 경험은 이제껏 내 인생에는 없었고, 아마 앞으로도 절대로 찾아오지 않을 행복한 그림이니까.

"그나저나 유카, 저녁은 어떻게 할까?"

"아, 어쩌지……."

나는 애초에 가진 돈이 없어서 무언가 의견을 내세울 만한 처지가 아니라고 생각했다. 그냥 처음부터 모두 신야가 말하는 대로 따를 작정이었다.

"별로 돈이 많지도 않고……. 우선 아까 역 앞에 있는 가게로 돌아가서 또 빵이라도 사둘까?"

"응."

"그럼 가게가 문 닫기 전에 얼른 다녀오자."

"그래. 시골은 문을 빨리 닫으니까."

우리는 엉덩이랑 다리에 묻은 모래를 털어내며 일어섰다. 그리고 낮에 역에서 걸어온 거리를 되돌아갔다.

역 앞 만물상점에 도착하니 가게 앞에 걸어둔 튜브를 가게 아주머니가 정리하고 있었다.

우리가 부리나케 가게 안으로 들어가자 아주머니가 말을 걸었다.

"어머, 둘 다 심하게 탔네."

낮에 온 것을 기억하고 있었다. 나는 웃어넘기려고 했는데 아주머니는 계속해서 말을 걸었다.

"오늘 밤은 어느 숙소에서 자는 거니?"

"아, 그러니까……."

내가 말이 막히자 신야가 옆에서 거들어주었다.

"뭐였더라? 이름은 까먹었는데 바다에서 가까운 숙소예요. 도로를 건너 조금 걸어가면 나오는 곳이요."

"아아, 그러면 가이라쿠 민박집 아니니?"

"그랬었나?"

신야가 나를 보았다.

"아, 그랬던 것, 같아."

나는 적당히 얼버무리고 짭조름한 빵이 있는 선반을 물색하기 시작했다. 신야도 "이거, 맛있겠는데?"라고 말하면서 다가와 내가 아주머니와 자연스럽게 대화를 끝맺을 수 있게끔 해주었다.

빵을 사고 가게를 나오자 우리는 한시름 놓고 다시 바다 쪽을 향해 빠른 걸음으로 걸었다.

"와, 위험했어."

"말을 걸 거라고는 생각도 못했어."

"그러니까."

"가게 아주머니, 우리를 수상쩍게 생각하지는 않겠지?"

"으음, 뭐, 괜찮을 거야. 그것보다 유카, 구름이 좀 끼는 것 같지 않아?"

신야가 하늘을 올려다보며 말했다.

그러고 보니 어느샌가 낮은 먹구름이 하늘 절반을 뒤덮었다.

"소나기가 올지도 모르겠네."

"응⋯⋯."

"좀 서둘러 바다 쪽으로 가서 비를 피할 만한 장소를 찾아두자."

"응."

우리는 걷는 속도를 올려 해안가를 따라 뻗은 도로까지 돌아왔다.

조금 전까지 파인애플 색이었던 바람은 색채를 잃고, 널따란 바다도 우울해 보이는 잿빛으로 펼쳐져 있었다.

"어느 쪽으로 갈까?" 하고 내가 물었다.

"유카는 어느 쪽이 좋다고 생각해?"

"음, 모르겠어. 처음 왔는걸."

"나도 오랜만에 와서 잘 모르겠지만⋯⋯어쩐지 민가도 많아 보이고, 저쪽으로 가볼까?"

우리는 해안가를 따라 뻗은 길, 그러니까 먹구름이 끼어 있는 쪽을 향해 걸었다.

잠시 걷다 보니 이윽고 시골티가 역력한 작은 항구가 나타났고 그곳이 바닷가 도로의 종착점이었다.

"아, 큰일 났다. 빗방울이 떨어지기 시작했어."

신야가 그렇게 말하자마자 빗발이 점점 강해졌다. 굵은 빗방울이 아스팔트에 무수한 검은 얼룩을 만들었다.

"뛰자."

"응."

나는 작은 항구를 향해 뛰기 시작했다가⋯⋯빠른 걸음으로 바꾸었다. 무릎이 안 좋은 신야는 애초에 뛸 수가 없다.

"유카는 먼저 가."

"괜찮아. 조금 젖어도."

결국 쫄딱 젖기 일보 직전에 우리는 항구에 도착해 커다란 지붕 아래로 피신했다.

그곳은 지붕은 있어도 벽이 없는 조금 낯선 건물로, 콘크리트 바닥에는 욕조 같은 수조가 가득 줄지어 있었다.

"있잖아, 신야."

"응?"

"항구 입구 간판에 '다쓰우라 항구'라고 적혀 있었는데, 여기
는 바다에서 잡은 생선을 경매하는 곳이려나?"

내가 그렇게 묻자 신야는 파란 타월로 머리랑 얼굴을 박박
닦으면서 끄덕였다.

"그럴지도 몰라. 이렇게 지붕만 있는 장소에서 경매하는 거,
텔레비전 프로그램에서 본 적 있는 것 같아."

"그럼, 내일 새벽이 되면 이곳은 경매 관계자들로 가득 차는
거야?"

그렇게 말하면서 나도 젖은 머리카락과 얼굴, 그리고 팔과
목덜미를 타월로 닦았다. 바람이 갑자기 서늘해져서 등에 닭살
이 피었다.

"그런가. 그렇겠네. 그럼 우리 이곳에 아침까지는 못 있겠어."

"응……."

항구 안벽에는 십 수 척의 어선이 정박해 있었다. 바람에 흔
들리는 선체가 서로 스쳐서 끼릭, 끼릭 하고 약간 귀에 거슬리
는 소리를 내고 있다.

먹구름은 순식간에 하늘을 점령했다. 이제는 장대비라 말해
도 될 수준이다. 항구의 바닷물은 수천만의 물결과 물보라로

불투명한 희뿌연 유리처럼 보였다.

나는 빙글 항구 주위를 휘둘러보았다.

조금 떨어진 곳에 항구를 내려다보는 약간 높다란 언덕이 있다. 그 언덕 위에는 작은 단층집이 있었다. 만약 날씨가 좋았 더라면 분명 최고의 경치를 만끽할 수 있는 집일 테다.

"저 집에 사는 사람……." 내 뒤에서 신야가 말했다. "뭔가 만 들고 있나 봐."

"아, 나도 그렇게 생각하면서 보고 있었어."

언덕 위쪽에서는 캉캉캉, 카카카, 캉캉……하고, 금속을 두 드리는 듯한 소리가 들려왔다. 그 높고 날카로운 소리가 빗소 리와 합쳐져 어딘가 그리우면서 쓸쓸하기도 한 울림이 되어 내 가슴 안쪽까지 스며들어왔다. 그리고 어째서일까, 그 음색은 여름방학이 시작된 후로 줄곧 닫고 지내던 마음의 문을 여는 '열쇠'가 된 것만 같았다.

역시 신야에게는 사실대로 말해야겠어.

나는 비스듬히 뒤에 서 있는 신야 쪽으로 천천히 돌아보며 조금 깊게 숨을 들이마셨다. 그리고 그 숨을 내뱉으면서 말을 걸었다.

"있잖아……."

"응?"

고개를 갸웃한 신야는 초등학생일 때부터 줄곧 변하지 않는 태평하고 평화로운 눈으로 나를 내려보았다.

그리고 내가 뒷말을 잇기 위해 입을 열려던 순간.

쿠릉!

급작스레 날카로운 소리가 나더니 항구에 새하얀 섬광이 지나갔다.

곧바로 위 속까지 진동이 전해지는 천둥이 울려 퍼졌다.

"우와."

"꺅."

신야와 나는 무심코 목을 움츠리고 소리를 질렀다. 꽤 가까이에서 벼락이 떨어졌다.

"굉장하네, 방금은."

"응……. 우리 여기에 있어도 괜찮으려나?"

"잘 모르겠지만……. 비도 오고, 지붕이 없는 곳을 걷는 것보다는 여기 있는 게 나을지도 몰라."

"그것도 그렇네."

우리는 커다란 사각형 지붕을 올려다보며 가운데로 이동했다. 그러자 딱 벤치 대용으로 쓸 수 있을 법한 적당한 크기의 나무 상자가 있어서 그 위에 나란히 앉았다.

"아, 방금 유카, 나한테 뭐 말하려고 하지 않았어?"

"어? 아, 응."

그렇다. 내가 줄곧 숨겨왔던 그 일을 신야에게 전하려고 했었다. 하지만 조금 전의 천둥 때문에 전할 타이밍과 용기 둘 다 나의 내면에서 굴러 넘어진 것만 같았다. 그래서 나는 일부러 고개를 갸웃하고는 시치미를 뚝 떼며 대답했다.

"어라, 뭐였지? 천둥이 치는 바람에 까먹었어."

"뭐? 정말?"

"미안. 다시 생각나면 말할게."

역시 말하지 않는 것도 괜찮지 않을까?

머릿속 어딘가에서 그런 혼잣말이 떠올랐다 사라졌다.

엄밀히 말하자면 비밀로 한 그 일 외에도 코타와 이시무라가 걱정되어 머릿속을 떠나지 않는다. 그러나 나는 남겨두고 온 두 사람에 관해서도 애써 언급하지 않았다.

왜냐하면, 적어도 지금, 이 순간만큼은 그런 것을 모두 잊어버리고 싶었고 신야와 단둘이서 '멀리'까지 온 이 거짓말 같은 현실을 제대로 만끽하고 싶었기 때문이다. 주위 모든 사람이 당연하게 만끽하는 '평범하게 안심하고 지낼 수 있는 시간'을 나는 지금에서야 겨우 살고 있다. 이 보석 같은 한때를 의붓아버지 존재로 더럽히고 싶지는 않다.

내일이 되면 우리는 돌아가야만 한다. 분명 신야도 돈이 다

떨어질 테고 신야 아빠도 이 이상은 용서해주지 않을 테니까.
그렇다고 해서 지금 돌아간 이후의 일을 생각하기는 싫었다.

나는 비겁한 인간이구나, 하고 생각했다.

신야에게 '멀리'까지 가자고 떼를 부린 데다 금전적으로도
온전히 의지하는 주제에 정작 나는 마음을 놓고 있다. 그러면
서 악몽 같은 장소에 내버려두고 온 코타와 이시무라는 떠올리
기 싫어한다.

참 비겁하다. 하지만 지금은 그런 비겁한 자신을 그냥 내버
려둔 채로 있고 싶다.

빗발은 더욱더 강해졌다.

무수한 빗방울이 작은 항구의 풍경을 희뿌옇게 만들었다.

다시 언덕 위의 집에서 캉캉캉, 카카카, 캉캉……하고, 금속
을 두드리는 듯한 소리가 들려왔다.

때때로 몸이 움츠러지는 천둥이 울렸다.

"유카."

"응?"

"정말……괜찮아?"

문득 신야가 내 얼굴을 빤히 들여다보았다.

"어?"

"심각한 얼굴을 하고 있어."

"그랬어?"

"혹시."

"······."

"불안해졌어?"

"별로, 그렇지는······."

"비도 오는데 천둥도 치고, 게다가 이제부터 밤이기도 하고."

나는 아무것도 말하지 않은 채 작게 고개를 저었다.

"그래? 그럼, 뭐, 됐어."

"응······."

신야와 나 사이에 조금 묵직한 침묵이 내렸다. 이런 분위기가 되는 건 드문 일인데, 하고 생각했더니 또 신야가 진지한 얼굴로 내 이름을 불렀다.

"있잖아, 유카."

"응?"

"좀 이상한 거 물어도 돼?"

"이상한 거?"

신야는 "뭐, 응." 하고 작게 끄덕이더니 뒷말을 이었다.

"나 있잖아, 교실에서 유카 뒤에 앉아 있으니까 늘 등을 보게 되잖아?"

"응."

"솔직히 대단하다고 생각하면서 보고 있거든."

"뭐……?"

"뭐랄까, 유카에게는 교실이 엄청나게 불편한 곳이잖아? 그런데도 매일 제대로 학교에 오고 수업을 듣고 쉬는 시간도 보내고……. 만약 나였다면 에나미 같은 비밀 친구가 있다고 해도 못 견뎠을지 몰라……."

나는 어떻게 대답해야 할지 몰라 입을 다문 채 다음 말을 기다렸다.

그러자 신야는 '후우' 하고 숨을 내뱉고 팔짱을 꼈다.

"유카는 언제부터 그렇게 강해진 거야?"

"강하다고? 내가?"

뜻밖의 말에 나는 당황했다.

"마음이 꺾이지 않는 상태로 지낼 수 있다는 거, 엄청 대단한 거야."

꺾였어. 몇 번이고, 몇 번이고. 죽고 싶다고 생각한 적도 몇 번이나 있다고…….

나는 가슴속으로 그렇게 중얼거렸다.

"아마 내가 강해서 그런 건 아닐 거야."

"어?"

"나, 집에 있는 것보다는 차라리 학교에 있는 편이 나으니까 어쩔 수 없이 가는 것뿐이야. 학교에서도 마음이 꺾이지 않는 게 아니라 아침부터 계속 꺾여 있는 거고…….”

“계속 꺾여 있다고?”

“응.”

“뭔가, 나…….”

말문이 막힌 신야가 조금 미안하다는 듯한 얼굴을 해서 나는 이야기 방향을 바꾸기로 했다.

“근데 꺾여 있는 상태여도 일단은 살 수 있는 방법이 있다고, 언젠가 깨달았어.”

“…….”

“너무나도 괴로워졌을 때는 심호흡을 하는 거야.”

“심호흡…….”

“응. 천천히 심호흡하면 아주 조금은 감정을 정지시킬 수 있어. 그래서 멈추어 있는 동안 무언가 다른 즐거운 일을 떠올려 마음속에 있는 감정과 바꾸는 거야.”

“즐거운 일…….”

“그래. 즐거운 일. 인간의 뇌는 두 가지를 동시에 생각하지는 못한대.”

“그래?”

“응. 즐거운 일을 생각하는 동안에는 괴로운 일이라든가 싫은 일은 생각하지 못하게 된대."

"그럼 유카는 괴로워지면 공상하며 산다는 거야?"

신야가 그렇게 말해서 음, 듣고 보니 그런 걸지도 모르겠다는 생각이 들었다.

"뭐……응, 그런 느낌이려나."

내가 끄덕이자 신야는 눈썹꼬리를 조금 내리고 직설적인 질문을 던졌다.

"유카의 즐거운 일이란 건, 뭐야?"

"어?"

"예를 들면, 어떤 거?"

"그러니까……." 나는 최근에 가장 자주 떠올리는 것을 그대로 말했다. "한가부를 자주 생각하고 있어."

"진짜냐?"

"응. 여름방학에 어떤 활동을 할 수 있으려나, 하고. 애초에 이름부터 이상한 동아리라 웃기네, 하고 생각하기도 해."

"하긴, 웃기긴 해." 신야의 눈이 부드럽게 가늘어졌다. "다른 건?"

"다른 거? 음……하늘에 떠 있는 구름 모양이 튤립 같네, 라든가. 등굣길에 키가 큰 민들레가 피어 있었는데, 라든가. 신야네 볶음우동은 맛있네, 라든가."

"그게 유카의 즐거운 일?"

"어? 뭐, 응……."

"그렇구나."

"왜? 안 돼?"

"아니, 안 될 건 없지만……."

안 될 건 없지만, 뭐지?

그 뒷말이 궁금했으나 나는 일부러 묻지 않기로 했다. 신야가 무얼 생각하는지 대강 알 것도 같으니까. 게다가 그 말을 신야 입을 통해 들어버리면 나와 신야는 다른 세계의 생명체라고 선언당하는 기분이 들 것만 같아서 조금 무섭기도 했으니까.

항구에 또 흰 섬광이 지나가고 뒤따라 천둥이 쳤다. 아무래도 적란운은 저 멀리 떠나간 모양이다. 빗발도 제법 약해졌다. 슬슬 소나기도 그칠 테지.

"유카."

"응?"

"다쓰우라에 와서는 즐거워?"

"어……?"

신야가 걱정스러운 눈으로 나를 내려다보았다.

"응. 즐거워, 엄청."

최근 몇 년간 느껴본 적 없을 정도로 즐겁고, 불안도 공포도 없는, 나로서는 '특별한 시간'을 만끽하고 있다. 멀리까지 가자고 졸라서 다행이다. 정말, 다행이다.

이 감정을 신야에게 온전하게 전해야 하는데, 그렇게 생각했더니 어째서일까, 말을 잘 고를 수 없게 되었다.

게다가 말 대신에 눈물이 천천히 흘렀다.

"어? 야……유카?"

"아하하. 미안. 괜찮아."

나는 목에 걸고 있던 신야와 똑같은 파란색 타월로 두 눈을 꽉 눌렀다.

"뭔가, 미안, 나……."

"아, 아니야, 이건, 아니야."

나는 고개를 저으며 울고 웃었다. 그런 나를 보며 신야는 오히려 더 난처한 얼굴을 했다.

어째서 이렇게까지 마음을 제어할 수 없게 되어버리는 걸까. 즐겁고 마음 편히 머물러도 되는 꿈만 같은 곳에 있는데. 나는 내 마음이 동요하는 이유를 알 수 없었다. 하지만 한편으로는 알 수 있는 것도 있었다. 그건, 내가 줄곧 이런 느낌이면 신야가 성가신 여자라고 생각할 거라는 것이다.

이럴 때야말로…….

나는 크게 심호흡했다.

마음을 정지시키고 낮에 해변에서 신나게 놀던 때를 떠올렸다. 우리를 감싸던 반짝거리는 바닷바람과 발을 씻어내는 파도. 백사장의 뜨거움과 즐거우면서도 어려운 리프팅.

"후우."

마음속이 순수한 행복감으로 교체되었다.

"유카?"

걱정하는 얼굴을 한 신야.

"응?"

"……."

가까스로 눈물이 멈췄기 때문에 나는 미소 지어 보였다.

"있잖아, 비 그쳤어."

나는 항구 너머의 사방이 탁 트인 바다 쪽을 보면서 말했다.

"어? 아, 정말이네."

낮은 구름에 덮인 하늘 일부가 엷은 레몬색으로 빛나고 있었다.

"비 그치면 무지개 뜨려나?" 하고 내가 말했다.

"응, 뜰 수도 있지 않을까?" 하고 신야가 대답했다.

언덕 위의 집에서는 여전히 금속을 두드리는 서글픈 소리가 울려 퍼졌다.

우리는 누가 먼저랄 것도 없이 나무상자에서 엉덩이를 들고 일어나 바다 쪽으로 걷기 시작했다.

"유카, 제방 끝까지 가볼래?"

"응, 갈래."

비가 그친 뒤 특유의 강렬한 염분이 포함되지 않은 물 본연의 냄새를 바닷바람이 스윽 밀어냈다.

저 먼바다 쪽이 조금씩 밝아졌다.

나는 먹구름이 걷히는 하늘을 올려다보며 바랐다.

우리가 제방 끝에 도착하고 뒤를 돌아보았을 때, 되도록 커다랗고 완벽한 무지개가 걸려 있게 해주세요.

신야

밤이 되자 바람이 조금 강해졌다.

우리는 항구 끝자락에 앉아 다리를 흔들면서 식사 대용인 짭조름한 빵을 베어 먹었다.

철썩. 철썩.

하고 검은 바닷물이 제방에 부딪히는 달콤한 소리가 밤바람에 섞였다.

밤의 다쓰우라 항구는 무척 조용했다. 고요함의 '무게'를 느낄 정도로 호젓했다.

소나기가 그친 뒤 무지개는 걸리지 않았다.

하지만 지금 우리 머리 위에는 믿을 수 없을 정도로 수많은 별이 빛나고 있다. 은하수도 또렷이 보이고 별똥별은 이미 다섯 번이나 보았다.

"마요네즈랑 옥수수가 토핑된 이 빵, 내가 좋아하는 빵이야."

"맞아, 그거 맛있잖아."

"먹어볼래?"

"그래도 돼?"

"응."

유카는 빵을 반으로 갈라서 나에게 내밀었다.

"어, 반이나?"

"응, 먹어. 나는 반만 먹어도 충분하니까."

옅은 우유색 가로등 불빛 아래에서 유카가 보조개를 띄우고 있었다. 자세히 보니 입술 부기가 조금 가라앉은 듯했다.

"그럼 받을게. 땡큐."

나는 건네받은 빵을 베어먹었다. 유카도 손에 남은 똑같은 빵을 먹었다.

어깨랑 어깨가 닿을 듯 나란히 붙어 앉은 우리는 검은 바다에서 불어오는 바람을 맞고 있었다.

"바람이 부니까 좀 춥네."

불쑥 유카가 말했다.

"그러게. 빵 다 먹으면 좀 걸을까?"

"응."

한여름이긴 해도 티셔츠에 반바지 차림인 우리는 으슬으슬 추워서 이미 닭살이 돋았다.

마지막 남은 한입을 먹었을 때 어룽거리는 검은 수면 위로 찰싹, 하고 물고기가 뛰어올랐다. 다음 순간, 나와 유카는 물고기 쪽이 아닌 등 뒤를 돌아보았다. 샌들을 질질 끌며 걷는 발소리가 들렸기 때문이다.

"저 집에 사는……."

유카가 작게 속삭였다.

저녁에 금속음을 내던 언덕 위의 집에서 이 항구로 이어지는 완만한 언덕길을 키 큰 남자가 한가로운 발걸음으로 내려오고 있다.

"이쪽으로 온다."

"응."

남자는 편안한 차림을 하고 있다. 해진 러닝셔츠와 반바지, 다리 밑에는 너덜너덜한 비치 샌들을 신고 있다. 주머니에 양손을 찔러넣은 채 찰딱찰딱 소리를 내면서 다가온다. 벌써 우리 존재를 알아차렸을 텐데 마치 전혀 신경 쓰이지 않는다는 듯한 자연스러운 걸음걸이였다.

이윽고 남자는 우리 바로 뒤에서 걸음을 멈추었다.

짧게 깎은 머리에 햇볕에 탄 얼굴. 나이는 아마 우리 아빠보다는 젊을 테지. 이목구비가 또렷해 잘생기긴 했지만, 왠지 험악한 분위기도 풍겼다.

"미안한데." 남자가 낮고 우렁찬 목소리를 냈다. "거기 좀 비켜줄래?"

"네? 아, 네……."

우리는 허둥지둥 일어나 남자 뒤로 물러났다. 그러자 남자는 배를 육지에 묶어두기 위한 비트라고도 하는 계선주에 연결된 얄따란 로프를 손에 쥐고 그 로프를 쭉쭉 끌어당기기 시작했다.

"뭘 하는 걸까?"

나는 유카한테만 들리게끔 작은 목소리로 소곤소곤 말했다. 그러자 유카는 놀랍게도 남자 등을 향해 직접 말을 걸었다.

"저, 지금 뭐 하시는 거예요?"

응? 이라는 느낌으로 남자가 돌아보았다. 그리고 "문어야" 라고 말하고는 계속해서 로프를 끌어당겼다. 이내 밤바다에서 사방이 50센티 정도 되는 갈색 망이 끌어올려졌다.

물이 방울져 떨어지는 그 망을 남자는 조금 난폭한 동작으로 땅바닥 위에 올려놓았다. 나와 유카는 그 망을 들여다보았다.

"아, 있어." 하고 유카가 말했다.

"정말이네." 하고 나도 말했다.

망 안에서 빨판이 붙어 있는 다리가 꾸물꾸물 꿈틀거렸다.

"이 동네 애들이 아니네."

남자가 눈을 번득이며 값을 매기는 듯한 눈으로 우리를 내려다보았다.

"네. 가족 여행으로……."

주춤하면서 나는 거짓말을 했다.

"시간이 너무 늦었어. 얼른 숙소로 돌아가는 게 좋을 거야."

남자는 차분한 목소리로 그렇게 말하더니 망 안의 문어를 꺼내 그물로 된 봉투에 홀쩍 옮겨 담았다. 그리고 텅 빈 망 안에 냉동 생선과 다금바리를 넣기 시작했다. 분명 그게 문어를 꾀는 미끼가 되는 거겠지.

"유카, 이제 갈까?"

"응."

우리는 남자에게 "안녕히 계세요." 하고 작게 고개 숙여 인사하고 그대로 도망치듯 항구를 뒤로했다.

가로등이 적은 밤길은 걷기 불안할 정도로 어두컴컴했다. 보행자는 물론 자동차도 거의 지나다니지 않는다. 그래도 나는 일단 차도 쪽을 걸었다.

길섶에 난 수풀에서는 벌레 우는 소리가 한가득 들려왔다. 그 소리에 맞춰 우리는 발소리로 리듬을 붙였다.

"하늘에 별이 가득 박혀 있어."

유카는 밤하늘을 올려다보며 유유히 걸었다.

나는 새카만 길이 아무래도 너무 불안해서 바닥만 보고 걷는데 말이다.

남자인데도 위험을 감수하지 못하는 성격인 걸까.

한심스럽기 짝이 없었으나 우선 "정말, 엄청나게 많네." 하고 대답해두었다.

이시무라는 망설임 없이 위험을 감내하고 유카 의붓아버지와 단호하게 맞섰다. 우리 아빠는 가게 사정이 어려워질 거라는 위험을 알면서도 '어린이 밥'이라는 서비스를 시작했다.

어쩐지 한숨을 쉬고 싶어져서 밤바람을 깊이 들이쉰 그때, 우연히 올려다본 밤하늘에 스르륵 하고 별이 미끄러졌다.

"아, 별똥별."

유카가 먼저 들뜬 목소리를 냈다.

"응. 봤어."

내가 그렇게 대답했을 때, 나란히 걷던 우리의 팔과 팔이 아주 잠깐 맞닿았다.

유카 팔, 꽤 차갑네.

그렇게 생각하려는 차에 또 한 번, 닿았다.

이번에는 조금 전과는 달리, 확실히 팔에 의지가 담겨 있는 듯한 느낌이었다.

어? 하고 나는 옆에 있는 유카를 보았다.

유카는 어째서인지 시선을 떨구고 걷고 있었다.

다음 순간 유카 손이 내 손에 닿더니……, 그대로 주뼛주뼛 잡았다.

내가 감수하지 않은 위험을, 유카가 감수한 것이다.

꿀꺽, 하고 침을 삼킨 나는 애써 태연한 척하며 유카의 손을 살포시 마주 잡았다.

"길, 어두워서 위험하니까."

아무 말도 안 하고 있으려니 괴로워서 그렇게 말했으나, 조금 상기된 목소리가 나오고 말았다.

"응……."

작게 끄덕인 유카의 손은 차가우면서도 연약하고, 그리고 무엇보다 마비가 될 정도로 달콤한 감촉이었다.

또 심장이 꽈악 달콤하게 죄어들어 밤하늘에 떠 있는 별들이 뿜어내는 빛마저 달콤한 광택이 더해진 것만 같았다.

지금의 나라면……, 유카의 의붓아버지도 망설임 없이 맞설 수 있다.

아무런 근거도 없이 나는 그런 확신에 차 있었다. 그리고 한편으로는 그런 단순한 자신이 바보처럼 느껴져서 어쩐지 웃음이 났다.

또 하나, 밤하늘에서 작은 별이 미끄러졌다.

"아."

"아."

우리는 얼굴을 마주보고 서로 미소 지었다.

어둠 속, 멀리서 몰려오는 파도 소리는 마치 꿈속인 양 부드러워서 내 발은 폭신폭신한 구름 위를 걷는 것만 같았다.

나는 유카의 손을 다시 꽉 쥐며 생각했다.

쭉, 이 밤이 안 끝나면 좋을 텐데.

* * *

손을 맞잡은 채 별이 가득한 하늘 아래를 한 시간 넘게 걸었을까.

우리는 우연히 발견한 해변의 작은 공원에 다다랐다.

철썩, 철썩.

철썩, 철썩.

콜타르처럼 새카만 드넓은 바다에서 파도치는 물결 소리가
몰려들었다.

그 소리를 들은 순간 어째서일까, 나는 예전에 이 공원을 와
본 적이 있는 것만 같은 기분이 들었다. 이른바 데자뷔를 느낀
것이다. 하지만 그건 아주 희미한 감각이었기 때문에 유카에게
는 말하지 않았다.

그건 그렇고, 이 작은 공원은 애처로울 정도로 쓸쓸한 분위
기를 자아냈다. 설치된 놀이기구라고는 잡초가 무성해진 모래
밭과 칠이 벗겨지고 녹슨 그네밖에 없다. 그러나 그네에 앉자
정면에는 검은 바다가 출렁이고 저 멀리 아스라이 보이는 기슭
에 반짝이는 마을 야경이 좌우로 뻗어 있었다.

"신야, 있잖아."

"응?"

"저 야경 속에 우리가 사는 동네도 있으려나?"

"글쎄. 만약 그렇다면 멀리 왔다고 생각했지만 실제로는 꽤
가까울지도 모르겠네."

끼릭.

끼릭.

공원을 흐릿하게 비추는 가로등의 희끄무레한 불빛 속, 우리가 흔드는 그네는 한차례 발을 구를 때마다 서글픈 소리를 냈다.

"아, 그러고 보니 유카."

나는 그네를 타면서 화제를 바꾸었다.

"왜?"

"나한테 거짓말한 거 있지?"

"어?"

야경을 바라보던 유카가 이쪽을 힐끔 보았다.

"거짓말이랄까, 말 안 하는 거 있잖아."

"어……뭐, 뭘?"

유카는 일부러 그네를 멈추고 나를 바라보았다.

나는 아랑곳하지 않고 그네를 타며 말을 이었다.

"모르는 척하지 마. 나한테 말 안 하고 이시무라한테 건넨 거 있잖아."

그러자 유카는 어째서인지 조금 안도한 듯한 얼굴로,

"아하, 들켜버렸네."

하고 목을 움츠리는 척했다.

"그나저나 그런 무서운 놈한테 용케 편지 같은 걸 건넸네."

"직접 전달한 건 아니야."

"어?"

"방과 후에 도서위원 일을 끝내고 우리 교실로 돌아가는데 우연히 이시무라 교실에 아무도 없더라고. 그래서 책상 서랍에 몰래 넣어뒀어."

"아, 그랬구나."

그 편지 문장은 간단했다.

'이시무라 책상의 낙서를 지운 건 B반의 가자마야.'

유카는 노트를 찢은 종이에 그 한 줄만 쓰고는 옆 반에 몰래 들어가서 이시무라 책상 서랍에 숨겨놓은 것이다.

어째서 그런 행동을 했을까?

이유는 묻지 않아도 알 수 있다. 나와 이시무라 사이가 험악한 줄 알고 걱정해준 것일 테지.

"나 며칠 전에 이시무라한테 기술실 뒤로 끌려 나간 적이 있는데, 대뜸 나한테 와이셔츠 모양으로 접은 편지를 들이밀더라고."

"어, 그랬어?"

"그래. 아무 말도 없이 떠넘기듯이 건네니까 처음에는 멍해졌다고. 설마, 이시무라한테 러브레터를 받는 건가 싶어서."

유카는 쿡 하고 웃더니 다시 그네를 움직이기 시작했다.

끼릭.

끼릭.

유카가 웃으니까 조금 전까지 쓸쓸하게 들렸던 그네의 삐거덕대는 소리마저 점차 즐겁게 들리기 시작했다.

"내가 쓴 편지가 신야한테 돌아가다니."

"웃기지?"

"응."

"비밀이란 거, 언젠가는 들키게 되는 건가 봐."

내가 말하자 유카는 보조개를 띄운 채 아무 말 없이 밤바다를 바라보았다.

끼릭.

끼릭.

그네가 즐겁게 운다.

철썩, 철썩.

철썩, 철썩.

부드러운 파도 소리가 밤이 된 작은 공원에 스며든다.

"신야."

"응?"

"아까 본 별똥별에 소원 빌었어?"

뜻밖의 질문에 나는 대답하지 못한 채 "어?"라고만 말하고 유카를 보았다. 그러자 유카는 별이 가득한 하늘을 올려다보면서 입을 열었다.

"별똥별은 너무 빨리 사라지지 않아?"

"뭐, 응, 순식간이지. 소원 같은 거 한가하게 중얼거릴 새도 없지."

"우리, 한가부인데 말이야."

"아하하. 한가하게 중얼거릴 시간이 없는, 한가부 두 사람……."

"좀 더 천천히 떨어지면 좋을 텐데."

"그나저나 유카, 소원 있어?"

"응." 하고 끄덕인 유카가 문득 무언가를 떠올렸다는 듯이 지면에 다리를 대고 그네를 멈추어 세웠다. 그러고는 말했다.

"저기 가로등 아래에 클로버가 엄청 많았어."

"어?"

유카는 그네에서 내리더니 오른편에 있는 가로등 불빛 아래에 웅크려 앉았다.

"어? 네잎클로버 찾는 거야?"

"응. 있으려나……."

소라게처럼 등을 둥글게 말고 네잎클로버를 찾기 시작한 유카를 나는 왠지 흐뭇한 기분으로 바라보았다.

하지만 그 안온한 기분은 오래 지속되지 못했다.

"있잖아, 신야."

유카는 나에게 등을 진 채 말하기 시작했다.

"응?"

하고 고개를 갸웃한 나는 가볍게 그네를 앞뒤로 흔들었다.

"동아리 부장한테 비밀로 하는 게 조금 괴로워진 것 같기도
해……."

유카 목소리 톤이 단숨에 떨어졌다.

"어……?"

"비밀 편지처럼 들키기 전에 말할게."

나는 그네를 멈춰 세웠다.

철썩, 철썩.

철썩, 철썩.

파도 소리가 묵직하게 들리기 시작했다.

"전학……가게 됐어."

유카의 목소리는 조금 잠겨 있었다.

"……."

나는 머릿속이 백지장처럼 하얘져서 그저 소라게 등만 쳐다
보았다.

"여름방학 중에 갈 것 같아."

"뭐, 그게……."

"팔월이지만."

"……."

"그래서 나 한가부 활동 못하게 됐어."

어째서일까, 유카의 목소리가 어딘가 저 멀리서 들려오는 것만 같았다.

"아니 왜 그렇게 갑자기……."

"거의 누워 지내던 우리 할머니가 요양 시설에 들어가셨거든. 그 일을 계기로 엄마가 예전에 살던 시골로 이사하게 됐어. 시골이 집세도 싸고, 도와준다는 지인도 있어서 생활비도 덜든다더라고."

"그렇긴 해도 너무 갑작스럽잖아."

나는 가까스로 그렇게 말했으나, 말꼬리가 힘없이 잠겨버렸다.

"응. 너무 갑작스럽지……."

은은하게 비추는 희뿌연 빛 속에서 둥글게 말린 유카 등이 희미한 그림처럼 정지해 있다.

"……."

"너무 갑작스러우니까 적어도 여름방학이 끝나는 무렵에 이사 가자고 내가 부탁했어. 학급 신문을 맡았다고. 그랬더니……."

유카가 크게 호흡했다. 등의 움직임으로 알 수 있다.

"그랬더니?"

나는 뒷말을 재촉했다.

"의붓아버지가 버럭 역정을 내서……."

뭐?

"그게 오늘 낮에 벌어진 일……. 그런 거야?"

등을 돌린 채 유카는 작게 고개를 끄덕였다.

진짜냐—.

나는 눈을 감고 한차례 심호흡했다.

그리고 지난 순간을 떠올렸다.

나는 다쓰우라로 향하는 열차 안에서 유카의 의붓아버지가 평소보다 더 폭력적이었던 이유를 유카에게 물었다. 내 질문에 유카는 '지금은 말 안 하고 싶다'고 대답했다. 한가부 활동을 하기 위해 이사 시기를 늦춰달라고 의붓아버지에게 부탁했다가 평소보다 심한 폭력을 당했다는 것, 그 사실을 나에게는 말하지 못한 것이다.

나는 도저히 참을 수 없어서 그네에서 벌떡 일어섰다. 그대로 천천히 유카 옆으로 걸어갔으나 아무런 말도 하지 못한 채 똑같은 자세로 웅크리고 앉았다.

"네잎클로버, 없는 것 같아……."

웅얼거린 유카는 울고 있었다.

이때 나는 열다섯 살이라는 나이를 속으로 원망했다.

만약 내가 어른이고 어느 정도라도 돈이 있다면, 유카를……

"유카, 울지 마."

분해서 내가 그렇게 말했더니 유카는 오히려 더 울기 시작했다.

"울지 말라니까."

"하지만……."

클로버밭을 내려다보던 유카가 얼굴을 들었다. 눈물이 볼 굴곡을 따라 흘러 턱에서 방울져 떨어졌다.

"심호흡……한다고 했지?"

내 말을 들으면서 유카는 흐느껴 울었다.

"심호흡하고 즐거운 일을 생각한다고 했잖아."

이런 순간에 매몰찬 말투로 말하는 자신에게 왈칵 화가 치밀었다.

유카는 목에 걸고 있던 파란 타월로 얼굴을 감쌌다.

"지금은 좀 힘들 것 같아……."

얼굴에 바짝 갖다 댄 타월 빈틈 사이로 유카의 울먹이는 목소리가 새어 나왔다.

"알겠어. 그럼 딱 1분만 울기로 하자."

말하면서 나도 눈가를 타월로 닦았다.

"1분?"

"응."

"왜 시간제한이 있는 거야?"

유카는 타월에서 얼굴을 들었다.

뜻밖에도 거기에는 울다 웃는 얼굴이 있었다.

얼굴에 생긴 눈물방울이 가로등의 희미한 불빛을 받고 어렴
풋이 빛났다.

"울고 싶은 건 나니까. 부장 명령으로 1분만 우는 걸로 하자."

"뭐……?"

"왜냐하면 유카가 없어지면 학급 신문 만드는 거 모조리 나
혼자서 해야 한다고."

나는 되도록 가벼운 투로 말하려고 노력했다.

그러자 유카는 또 울고 웃으면서 "뭐? 신야가 울고 싶은 이
유란 게 그거 때문이야?" 하고 말하더니 아디다스 모자를 거꾸
로 썼다.

유카의 조금 처진 눈두덩이 울어서 그런지 부어 있었다. 광
대뼈 언저리에는 긁힌 상처가 있고 눈 옆은 멍이 들었는데 부
은 입술로 웃었더니 볼에 작은 보조개가 피었다.

어쩐지 평소보다 더 어려 보였다.

"앞으로 30초."

만약 30초 후에 유카가 뚝 울음을 그치고 "방금 한 말, 전부다 거짓말이야. 사실 이사 안 가." 하고 웃어준다면…….

"30초는 금방 끝나는걸."

"응, 금방이야."

"내가 울음을 안 그치면 어떻게 되는 거야?"

"벌써 그쳤잖아."

"아……."

눈썹을 팔자로 모은 유카가 멍한 얼굴로 나를 보았다.

"울음 그쳤어, 유카."

"정말이네……."

철썩, 철썩.

철썩, 철썩.

파도 소리가 아까보다 더 가깝게 들렸다. 발밑의 클로버들이 그 소리에 휩쓸릴 것만 같아서 나는 말했다.

"같이 찾아줄게."

"뭐?"

"네잎클로버. 어차피 우리 한가하니까."

그러자 유카는 쿡 하고 웃고는 고개를 끄덕였다.

"우리는 한가부니까."

우리는 반창고를 붙인 무릎을 땅바닥에 대고 납작 엎드린 자세로 제법 진지하게 네잎클로버를 찾아다녔다.

그리고 눈으로 찾으면서 많은 이야기를 했다.

아직 천진난만했던 초등학생 때의 추억, 학교생활 이야기, 어린이 밥 메뉴 이야기, 우리 아빠를 주제로 한 우스갯소리, 조금 슬픈 코타 이야기, 유카 엄마와 할머니의 고생담, 내 무릎 부상과 축구 이야기, 그리고 최근 나와 이시무라 사이에 일어난 일에 관에서도 유카에게는 몽땅 털어놓았다.

말을 하면 할수록 내 마음은 부드러워졌는데, 하지만 그것과 동시에 명치 언저리가 무거워지는 걸 느꼈다. 유카가 이사하는 곳은 돗토리 사구(주고쿠 지방의 돗토리현에 있는 광대한 해안 사구-역주) 근처 시골 마을이라고 한다. 무력한 열다섯 살인 우리에게 그 거리는 마치 외국과 다름없는 거리였다.

말하면서 유카는 이따금 눈물을 글썽이거나 큰 목소리로 웃기도 했다. 나는 이리저리 바뀌는 표정을 마치 신성한 것이라도 보는 듯한 기분으로 바라보았다.

이윽고 밤하늘의 술렁이는 별들이 동쪽 하늘부터 순서대로 그 모습을 감추기 시작했다.

여름 바다에 동이 트기 시작한 것이다.

"신야."

납작 엎드린 유카가 내 이름을 불렀다.

"응?"

"이제 됐어."

"어?"

"없어, 네잎클로버."

"……."

"없달까, 없어도 될 것 같아."

"뭐……?"

"신야랑 내내 이야기하면서 찾은 게 뭔가 좋은 추억이 되기도 했고."

문득 웃은 유카의 볼에 쓸쓸한 보조개가 파였다.

나는 말없이 그 보조개를 바라보았다.

"있잖아, 하늘이 밝아지고 있으니까 다시 그네 타자. 나 하늘이랑 바다가 점점 밝아지는 순간을 보고 싶어."

그렇게 말한 유카는 몸을 일으키며 무릎과 엉덩이에 묻은 흙을 털어냈다.

네잎클로버를 찾아주지 못해 분하긴 했지만 따라 일어서서 유카처럼 흙을 털어내며 엉덩이를 털었을 때, 나는 내 손에 닿은 감촉에 화들짝 놀랐다.

엉덩이 주머니에 넣어둔 지갑의 존재를 깨달은 것이다.

유카가 천천히 걸어가더니 그네에 앉았다.

나는 엉덩이 주머니에서 지갑을 꺼내며 유카 뒤를 따랐다. 그리고 그네 옆자리 대신 유카 앞에 섰다.

"어?"

유카가 의아한 표정으로 고개를 갸웃하고 나를 올려다보았다.

나는 지갑 지퍼를 열어 안에서 투명한 카드 같은 물건을 꺼내 유카에게 건넸다.

"이거 줄게."

"뭐?"

유카는 그네에 앉은 채 머뭇거리며 양손을 뻗어 그걸 받았다.

"이건……"

나는 아무 말 없이 고개를 끄덕였다.

유카가 받은 건 네잎클로버를 압화로 만들어 투명한 시트지로 코팅한 것이다.

어릴 적에 내가 우연히 발견한 세 개의 네잎클로버를 생전의 엄마가 하나씩 코팅해줬는데, 우리는 이걸 각자 '부적' 삼아 늘 지니고 다녔다. 분명 아빠도 가지고 있을 테고 엄마 몫도 어딘가 보관하고 있을 것이다.

"압화로 만들어서 코팅도 했으니까……."

영원 따위 믿지 않지만, 그래도 내 속에서 이 클로버만은 어쩐지 특별한 힘이 있는 듯한 그런 느낌이 든다.

"그래도 이거, 신야가 전에 소중한 거라고……."

초등학생일 때 이 클로버에 관한 이야기를 유카에게 한 적이 있다. 그래서 유카는 받기를 주저하는 것이다.

"소중한 거야."

"어?"

"엄청 소중해."

나는 사실대로 말했다. 그리고 지갑을 다시 엉덩이 주머니에 집어넣고, 유카 옆으로 가 그네에 앉았다.

유카는 양손으로 코팅된 클로버를 든 채 말없이 나를 보았다.

하늘이 어렴풋이 밝아지고 있다.

나는 조용히 그네를 흔들었다.

끼릭.

끼릭.

그리고 눈앞에 펼쳐진 사방이 탁 트인 바다를 바라보면서 말했다.

"엄청 소중한 거니까, 유카가 간직해줘."

옆에서 흐느껴 우는 소리가 들리기 시작했다.

여름 새벽의 상쾌한 바닷바람이 나붓나붓 불어왔다.

하늘과 바다는—지금 우리가 있는 이 세계 모두는—성스러울 정도로 투명하고 밝은 자줏빛으로 온통 물들었다.

"우는 건 1분 안에 끝내기로 했잖아. 울고 싶은 건 나라고."

바다를 본 채로 그렇게 말했더니 유카는 소리 내어 울기 시작했다.

영웅이 될 수 없는 무력한 나는 그네 속도를 높였다.

적어도 지금만큼은 유카에게 우는 얼굴을 보이고 싶지 않으니까.

유카

열차가 다쓰우라역을 출발하고 30분 정도가 지났다.

멀리서 반짝이던 바다는 더는 보이지 않게 되었고, 차창 너머에는 푸릇푸릇한 밭이 펼쳐졌다.

블루 토파즈 색의 바다가 과거가 되고 있다.

열차 진행 방향에서 봤을 때 역방향인 4인 동반석 창가 자리에 앉은 나는 왠지 모르게 마음의 파편을 백사장에 두고 온 듯한, 몹시 서글픈 마음으로 창밖을 바라보았다.

신야는 내 옆인 통로 쪽 자리에 앉아서 아침 식사용인 크림
빵을 입 안 가득 베어 먹고 있다. 배가 몹시 고팠는지 베어 먹
는 한 입이 아주 커서 볼이 다람쥐처럼 부풀어 있다. 꼭 어린아
이처럼 행동하는 게 신야의 귀여운 면이라는 생각도 들고, 또
그 부분이 아저씨와 무척 닮은 터라 보고 있노라면 절로 미소
짓게 된다.

다쓰우라역 플랫폼에서 이 열차를 타기 직전, 참매미의 대
합창 소리에 에워싸인 채 신야는 나에게 이렇게 말했다.

"왠지 미안해……. 이렇게 빨리 돌아가게 돼서."

나는 "아니야." 하고 고개를 옆으로 저었다.

되도록 빨리 돌아온다, 는 것이 신야가 아빠와 한 약속이라
고 하니 어쩔 수 없다.

게다가 왠지 나는 조금 지쳐 있었다.

몸의 심지에 모래가 가득 차버린 듯한, 여태까지 경험한 적
이 없는 피로감을 느꼈다. 하지만 그건 결코 기분 나쁜 감각이
아니라 오히려 충실감에 가까운 기분 좋은 피로였다.

밤이 된 공원에서 네잎클로버를 찾으며 신야와 실컷 이야기
해서 그런지 지금 내 마음은 신기할 정도로 가벼웠다. 물론 집
으로 돌아간 이후의 일을 상상하면 곧바로 위가 무거워졌지만,
그래도 멀어지는 다쓰우라를 애틋하게 여기며 풍경을 바라본

다거나 신야가 옆에 있는 '지금'에 마음을 집중하면 '더할 나위 없이 행복에 가까운 애절함'에 기댈 수 있었다.

"후우, 이제 좀 배가 부르네."

빵을 연달아 세 개나 먹은 신야가 탄산이 든 오렌지주스를 꿀꺽꿀꺽 마셨다.

"유카, 초콜릿은 먹을 수 있을 것 같아?"

"아, 응. 먹어볼게."

어쩐지 가슴이 벅차올라서 아침을 못 먹은 나를 위해 신야는 다쓰우라역 앞 가게에서 과자를 몇 개 사두었다.

"이 초콜릿 내가 어렸을 때부터 좋아하는 거야."

신야는 빨간색, 녹색, 노란색 등 다양한 색으로 코팅된 초콜릿 몇 알을 내 손바닥 위에 올려주었다.

"고마워."

"응."

나는 몇 알의 초콜릿을 한꺼번에 입에 털어 넣고 혀 위에서 이리저리 굴렸다. 코팅이 녹자 달콤함이 혀를 감쌌다. 살짝 씹었더니 단숨에 초콜릿 풍미가 입 안 가득 퍼졌다.

피곤할 때는 단 게 맛있게 느껴진다고 하던데, 아무래도 사실인 모양이다. 나는 무의식중에 눈을 감고 "음, 맛있다." 하고 중얼거렸다.

"거봐, 이 초콜릿 맛있지?"

신야는 자기가 만든 것인 양 뿌듯해하는 표정을 지었다.

역시, 귀엽다.

그 후 얼마간 우리는 이런저런 하잘것없는 대화를 나누기도 하고 점점 멀어지는 풍경을 바라보기도 하면서 시간을 흘려보냈다.

별것 아닌 것 같은 이 시간을, 나는 곧 잃는구나―라고 생각했더니 지금이라도 당장 다쓰우라로 되돌아가고 싶어졌다.

열다섯 살이라는 나이는 참 무력하다.

나는 어른이 되면 열심히 일해서 꼭 자유를 손에 넣어야지. 내 인생의 핸들을 내가 쥐고 유유히 살고 싶다. 그리고 신야에게 긴자 초밥을 사줘야지.

얼마간 이런저런 생각을 했더니 문득 공허함이 느껴져 한숨을 흘렸다. 그리고 "밤을 꼬박 새웠더니 좀 졸리네……." 하고 말하고는 신야에게 빌린 아디다스 모자챙을 내렸다.

신야는 내 예상대로 "그래? 그럼 잠깐 자자." 하고 말해주었다.

나는 조용히 눈을 감았다. 이윽고 열차의 흔들림과 옆에 있는 신야의 어렴풋한 체온을 느끼는 사이에 정말로 졸음이 몰려왔다. 이대로라면 까무룩 잠이 들어 정신을 차렸을 때는 이미 소중한 시간이 끝나버릴 수도 있다.

그래서 나는 어젯밤 과감히 신야 손을 잡았을 때처럼, 몰래 심호흡하고 마음을 굳혔다. 그리고 열차의 흔들림을 이용하면서 조금씩 상반신을 신야 쪽으로 기울였다.

내 어깨와 신야 팔뚝이 살짝 닿았다.

신야 몸이 아주 잠깐 굳었지만 이내 힘을 풀었다. 나는 더욱더 체중을 실어 신야 어깨 위에 머리를 올리고 그대로 자는 척을 했다.

다정한 신야는 열차의 흔들림이 내 머리에 전달되지 않게끔 애써주었다.

신야, 고마워.

그렇게 생각했더니 자는 척하던 내 눈에서 눈물이 번지기 시작했다. 하지만 아디다스 모자챙에 얼굴이 가려져서 우는 걸 들킬 염려가 없으니 부장 명령인 1분 규칙을 듣게 될 일도 없다.

안심하고 확 울어버릴까.

나는 현재의 행복과 미래의 슬픔을 한번에 맛보면서 계속해서 자는 척을 했다.

어느 역에서 열차가 멈춰 섰을 때, 문득 나는 눈을 떴다.

어쩌다 정말로 잠든 모양이다.

나는 여전히 신야 어깨에 머리를 올리고 있었다. 그러나 아까와 다른 점도 있다. 내 머리 위에 신야 머리가 올려져 있었다.

그렇구나, 신야도 잠들어버렸구나…….

나는 가슴이 저릴 정도의 안도감을 느끼면서 다시 눈을 감았다.

열차가 천천히 움직이기 시작했다.

블루 토파즈의 꿈은 멀어지고 현실에 가까워지고 있다.

영원 따윈 없다는 건 나도 충분히 알고 있다.

무지개는 뜨지 않고 별똥별은 순식간에 사라져버리는 데다 네잎클로버도 못 찾았다. 애초에 소원 따위 이루어진 적이 없는 인생을 살아왔다.

하지만 이때의 나는 마음 깊은 곳에서 바랐다.

쭉, 이 열차에 타 있고 싶어.

유리코

다카나시 공무점에서 가게 수리 공사를 시작한 지 사흘째 되던 날, 우리 가게 뒷마당은 뜻밖에도 '오픈 카페'가 되었다.

임시변통으로 시작한 터라 고등학교 축제에서 볼 법한 수준이긴 했으나 푸르른 여름 잔디와 배롱나무꽃이 흐드러지게 핀 뒷마당에서 하는 영업 방식이 신선했는지 손님들 반응도 꽤 괜찮았다.

애초에 어쩌다 오픈 카페를 시작하게 되었냐면……, 내가 모에카쨩에게 별생각 없이 무심코 내뱉은 말 한마디가 계기였다.

"가게를 수리하는 동안 아이들이 걱정이네……."

학교급식을 먹을 수 없는 여름방학은 일 년 중에서 가장 '어린이 식당'이 필요한 시기다.

내가 하는 말을 들은 모에카쨩은 관자놀이에 검지를 대고 아주 잠깐 생각하는 얼굴을 하더니 이내 묘안이 떠올랐다는 듯 눈을 반짝였다.

"유리코 씨, 여름이기도 하고 가게 뒷마당의 잔디가 멋지니까 오픈 카페를 열어보는 건 어때요? 아이들도 단골손님들도 좋아하시지 않을까요?"

"어? 우리 마당에서 오픈 카페?"

"네. 매일 여는 게 아니라 날씨가 좋을 때만 점심시간부터 저녁까지 몇 시간 동안이라든가, 조금 느슨한 느낌으로 해보는 것도 괜찮을 것 같아요. 학교 축제라 생각하고 하면 분명 재밌을 거예요."

모에카짱의 아이디어에 나는 내심 무릎을 쳤다. 왜냐하면 가게를 공사한다고 해도 주방은 계속 사용할 수 있을 뿐더러, 물론 마스터도 나도 활달하게 일할 수 있다. 뒷마당에서 영업하면 아이들도 밥을 먹을 수 있는 데다 수입이 계속 0원인 우리 집 가계부에도 도움이 된다.

"모에카짱, 그거 재밌을 것 같아."

"그렇죠?"

"근데 제대로 영업할 수 있으려나……."

마음을 정하지 못한 채 팔짱을 끼고 있는 나를 본 모에카짱은 볼에 보조개를 담고 고개를 옆으로 저었다.

"오히려 '제대로'가 아닌 느낌으로 영업하는 게 좋을 거라 생각해요. 절반은 기분 전환이랄까, 여름방학 때 추억을 만든다는 가벼운 생각으로 하는 게 손님들도 아이들도 편하게 즐길 수 있을 테니까요."

"여름방학 때의 추억 만들기라……."

"네. 공사가 진행되는 동안 마스터와 유리코 씨가 기분 전환을 한다는 기획 느낌으로 해보면 어떨까요? 막상 해봤는데 즐겁지 않다면 냉큼 그만둬도 되고요."

기분 전환용 기획. 그만둬도 된다…….

그런 것도 때로는 나쁘지 않을 테지.

그런 연유로 나는 곧장 마스터에게 의논했고 마스터는 예상 대로 흔쾌히 승낙했다.

오픈 카페를 하는 걸로 정해지자 모에카짱의 행동은 거침이 없었다. 이튿날 바로 다카나시 공무점이 매년 바비큐 파티에서 사용한다는 캠핑용 테이블, 의자, 파라솔 세트를 들고 와서 그걸 뒷마당 쪽 세 군데에 설치해주었다. 나는 길가 쪽 주차장 입구에 손글씨로 '뒷마당 카페, 시작했습니다'라고 쓴 간판을 세워두었다. 팥빙수와 아이스커피 그림도 곁들여서. 메일 주소를 알고 있는 사람들에게는 한꺼번에 메일로 안내를 해두었다.

사전에 한 작업이라고는 이뿐이다. 그야말로 '기분 전환 기획' 그 자체라는 느낌의 영업 형태였는데, 그런데도 막상 시작해보니 소식을 전해들은 단골손님들이 차례차례 위문차 찾아와주는 것이 기뻤다.

마침 지금도 나이토 씨가 아이스커피를 마시면서 '어린이 식당' 런치를 먹으러 온 미유짱과 사이좋게 담소를 나누고 있다. 참고로 나이토 씨는 모에카짱을 몰래 좋아하는데 멋대로 '나의 아이돌'이라고 말하는 둥, 또 미유짱은 실제 아이돌을 보는 듯한 눈으로 소리마치 씨를 보는 게 재미있다.

뒷마당에 설치한 테이블 세 개에는 마스터의 아이디어로 각각 발치에 모기향을 피우고, 대여용 부채도 준비했다. 여기에 여름방학 기분을 조금이라도 더 내기 위해 소형 오디오 스피커로 '비치 보이스'를 틀었다. 그러자 이게 또 중년인 단골손님들에게 인기를 끌었다.

마스터는 공사 중이라 에어컨을 켤 수 없는 주방을 담당하고, 나는 불볕더위 아래에서 손님을 상대하는 일을 맡았다. 어느 쪽이고 무척 더웠기 때문에 우리는 티셔츠에 반바지를 입고 여기에 물에 적신 손수건을 목에 두른 채 일을 했다. 그런 부분도 왠지 학교 축제처럼 가벼운 느낌이 들어 모에카쨩 말대로 마스터도 나도 이 신선한 상황을 진심으로 즐겼다.

* * *

가게 공사를 시작한 지 일주일이 지나고 슬슬 마무리 짓는 시기가 다가왔다.

솔직히 말하면 처음에는 '싼 게 비지떡'이지 않을까, 살짝 걱정하기도 했는데 실제로 공사가 시작되고 보니 그건 완전히 내 기우였다. 사용하는 자재는 결코 저렴해 보이지 않았으며 아쿠쓰 씨와 소리마치 씨는 물론, 다른 업체 업자들도 모두 무척이

나 꼼꼼하게 작업을 해주었다. 그리고 매일 진두지휘를 하는 현장감독은 모에카짱이었다.

특히 아쿠쓰 씨가 하는 작업은 눈이 휘둥그레질 정도였다. 이를테면 그날 꺾여버린 벚나무에서 자른 나뭇가지로 나무의 자연스러운 굴곡과 감촉을 그대로 살려 문손잡이로 만들기도 했고, 문 입구 부근 마룻바닥에 조금씩 색이 다른 정사각형 나무판을 타일처럼 배치해서 자연스러우면서도 세련된 디자인으로 완성해주기도 했다.

"아쿠쓰 씨는 낯을 많이 가리지만 실은 우리 회사의 에이스예요."

모에카짱이 거리낌 없이 칭찬하는 만큼 다카나시 공무점 홈페이지에 소개된 감각 있는 시공 사례 대부분에 아쿠쓰 씨 아이디어와 기술이 더해져 있다고 한다.

역시 사람은 겉만 봐서는 몰라.

마스터도 나도 아쿠쓰 씨가 작업하는 모습을 지켜보며 몇 번이나 몰래 그런 대화를 주고받았다.

* * *

이날 오픈 카페에는 총 17명의 손님이 찾아와주셨다. 그중에 '어린이 식당' 손님은 미유짱을 시작으로 초등학교 4학년인 슈스케, 5학년인 치사짱, 그리고 중학교 2학년인 하야토, 이렇게 네 명이었다. 임시변통으로 시작한 '기분 전환용 기획'치고는 말 그대로 차고도 넘칠 만큼 성과를 얻은 하루였다.

이윽고 한여름의 태양이 건물 너머로 사라지고, 매미들이 얌전해지자 우리는 오픈 카페를 닫고 다카나시 공무점 직원들과 함께 바비큐 준비를 시작했다.

항상 자동차를 타고 오는 다카나시 공무점의 세 명도 오늘은 각자 열차를 이용했다. 술을 마시기 위해서다.

어느 정도 준비가 되었을 때, 동쪽 하늘에 별 하나가 가장 먼저 빛나기 시작했다. 서쪽 하늘은 아직 투명함이 남아 있는 자줏빛이다.

우리는 깡깡 차가워진 맥주를 유리잔에 가득 채우고 건배를 했다.

마스터와 소리마치 씨는 바비큐 그릴에 달라붙어서 고기와 채소를 쉴 새 없이 척척 굽고 있다.

"뭔가 턱수염 마스터와 터프한 소리마치 씨가 나란히 서서 고기를 굽고 있으니까 마치 둘 다 그게 본업인 것처럼 보일 정도예요. 너무 잘 어울리는데요?"

모에카짱이 웃으면서 말하자,

"진짜? 그럼 마스터, 저희끼리 새 비즈니스를 시작해볼까요?"

늘 그랬듯 소리마치 씨가 재치 넘치는 농담으로 받아쳤다.

"오, 좋네. 둘이 이직해볼까? 애써 가게를 고쳐주는 분들에게는 죄송하지만."

마스터의 대사에 웃음이 터져나왔다.

아쿠쓰 씨도 슬며시 웃고 있다.

이 느낌. 정말 진심으로 행복하네, 하고 생각했다.

공사 시공업자와 고객 사이라고는 도저히 생각할 수 없을 정도로 평화롭고 친근한 공기—. 하지만 분명 이 사람들은 공사가 끝나면 원래 그랬던 것처럼 타인이 되고 만다. 그렇게 생각하자 목을 적시는 맥주가 살짝 쓰게 느껴졌다.

나는 애써 입꼬리를 쭉 올리고 모두의 맥주잔을 채워주기 위해 돌았다.

밤하늘에 달이 얼굴을 내밀자 기온이 조금씩 떨어져 바깥에 있기 훨씬 좋아졌다. 때때로 여름 밤바람이 스윽 스쳐 지나가 배롱나무에서 민첩한 음색이 들려왔다.

띠링.

뒷마당에 있는 사람들이 조금이라도 시원하게 느낄 수 있도록 모에카짱이 나뭇가지 끝에 풍경(風磬)을 달아놓았다.

그 풍경은 모에카짱 어머니의 소지품이라고 했는데 자세히 보니 조금 독특했다. 도라지꽃을 거꾸로 달아놓은 것 같은 모양이었고 가장자리에 다섯 개 봉우리가 있었다.

띠링.

가슴 안쪽까지 침투해올 것 같은 음색에 이끌려 나는 모에카짱에게 물었다.

"있지, 저 풍경 어디서 살 수 있어?"

"음, 어딘가 바닷가에서 풍경을 수작업하는 공방이 있는데 거기서 직접 샀다고 들었던 것 같아요."

"그래?"

"죄송해요, 구체적인 장소는 안 물어봤거든요."

"아니야, 괜찮아."

"다음에 제대로 물어볼게요."

그렇게 말하고 모에카짱은 유리잔에 남아 있는 맥주를 비웠다.

바비큐 모임을 시작한 지 두 시간쯤 지나자 아쿠쓰 씨가 "저어, 저는 슬슬……." 하고 말하고는 먼저 귀가했다. 집에 돌아가서 해야 할 일이 있다고 말하긴 했으나 사실은 이런 자리가 불편했을 수도 있다.

아쿠쓰 씨가 집으로 돌아가자 마스터와 소리마치 씨는 그릴 앞에서 좋아하는 팝송 얘기로 한창 무르익었고, 테이블 의자에 앉아 있는 나와 모에카짱은 연애 얘기로 서로 신나게 떠들었다.

지금 모에카짱에게는 좋은 관계로 발전하고 있는 남자가 있다는데, 두 달 전 친구 소개로 만났다고 한다.

그 남자는 한 대기업 식품 기업에 근무하는데, 성격은 온화하지만 조금은 사내애 같은 부분도 있어서 회사 축구부에서는 에이스 스트라이커로 활약하며 게다가 꽤 잘생겼다고 한다.

"와, 대단하네. 모에카짱도 귀엽고 인기가 많아 보이니 둘이 분명 잘 어울릴 거야."

내가 대놓고 칭찬하자 모에카짱은 화이트와인이 든 유리잔을 들며 조금 난처한 듯이 고개를 저었다.

"아뇨, 그렇지도 않아요. 게다가 아직 사귀는 것도 아니고요."

"그래도 곧 사귀는 거 아냐?"

"으음, 솔직히 그분이 호감을 내비치는 건 알고 있지만……."

"마지막 한 걸음을 내딛지 못하는 거야?"

"뭐, 네. 그런 느낌이에요."

"어째서? 조건은 최고잖아?"

"뭐, 그렇긴 하지만요……."

여느 때와 달리 말꼬리를 흐리는 모에카짱에게 나는 호기심에 가득 찬 눈빛으로 질문을 던졌다.

"너무 온화해서 성격이 잘 안 맞는 거야?"

"아뇨, 그런 건 아니고요……."

"뭐야, 그러면 도대체 왜?"

그러자 모에카짱은 손에 들고 있던 유리잔을 살짝 내려놓고 단어를 고르듯 천천히 대답하기 시작했다.

"둘이 밥 먹으러 간 적이 있었는데 그분이 문득 툭, 말하더라고요. 결혼하더라도 딱히 아이는 필요 없다고 생각하는 쪽이야, 라고요."

"아아……."

"그게 아무래도 좀 걸려서."

"모에카짱은 아이를 낳고 싶어?"

"뭐, 네."

"그렇구나……."

나는 무의식적으로 한숨을 내쉬었다.

"모에카짱, 좀 무거운 이야기인데……."

나는 그렇게 서론을 두고—살짝 술기운을 빌려서—내 이야기를 모에카짱에게 털어놓기 시작했다. 고령의 임신과 유산을 경험하고 절망했던 날들. 그리고 마스터가 건넨 '엄마는 될 수 없지만, 동네 아이들이 따르는 미나미 엄마는 될 수 있다'라는 말에 힘을 얻었다는 것을.

그리고 정말 아이를 갖고 싶으면 분명 낳는 편이 후회하지 않을 거라는 것과 설령 아이가 없더라도 배우자와 인생의 길을 함께 걷다 보면 반드시 행복한 나날이 있다는 것도.

모에카짱은 눈동자를 촉촉이 적시며 들어주었다. 게다가 내 얘기를 들으면서 적재적소에 질문을 던져서 나는 무심코 마스터와 사귀게 된 계기와 '카페 레스토랑·미나미' 덕분에 힘을 얻는다는 것, 가게 이름은 마스터의 돌아가신 아빠가 지었다는 것, 게다가 마스터와 만나기 이전에 사귄 남자 친구와의 추억까지 털어놓고 말았다.

여자들은 어째서 이렇게 '사랑 이야기'가 얽히면 브레이크가 안 먹히는 걸까.

누가 시키지도 않았건만 이런저런 이야기를 끝낸 나는 뒤늦게 부끄러워졌다. 하지만 모에카짱이 "유리코 씨 이야기를 참고해서 그분과의 관계를 진지하게 생각해볼게요." 하고 말해주어서 부끄러움을 감수한 보람은 조금이나마 있었을지도 모르겠다.

그렇게 웃고 떠들다 보니 화장실에 가고 싶어졌다.

가게 안으로 들어가 볼일을 보고 화장실을 나왔더니 가게 안에 모에카짱이 서 있었다.

"아, 미안. 기다렸지? 모에카짱도 화장실?"

"아뇨, 그게 아니라."

그렇게 말하고 모에카짱은 돌연 의미심장한 얼굴을 했다.

"어?"

"실은 유리코 씨한테만 말씀드리고 싶은 게 있어서요……."

나한테만?

"그야 물론, 얼마든지……."

"조금 전에 한 사랑 이야기랑은 조금 결이 다른 이야기라, 여기 가게 안에서 이야기해도 될까요?"

그렇게 말하고 모에카짱은 뒷마당과 이어지는 뒷문을 살짝 보았다.

"음, 그러니까, 마스터랑 소리마치 씨에게는……."

"네. 들키지 않았으면 하는 비밀 이야기예요."

모에카짱은 나를 똑바로 바라보았다. 그래서 되레 곧바로 대답할 수 없었다.

"어쩌면……." 모에카짱은 계속 말을 이었다. "유리코 씨 기분을 상하게 만들지도 몰라요."

"뭐? 그게 무슨 뜻이야?"

나는 어안이 벙벙해져 그렇게 물었다.

"이 이야기, 좀 길어질 수도 있고요······."

오래도록 우리만 무더운 가게 안에 있는 건 너무나도 부자연스럽다.

"알겠어. 그럼 같이 편의점에 다녀온다고 말하고 산책하면서 그 이야기를 듣는 건 어떨까?"

"아, 네. 그게 좋겠네요."

한시름 놓은 얼굴을 한 모에카짱은 "감사합니다." 하고 말하고 꾸벅 고개를 숙였다.

마스터와 소리마치 씨에게 산책 삼아 편의점에 다녀오겠다는 말을 남긴 우리는 가게 앞 거리로 나와 인도를 천천히 걷기 시작했다.

"뭔가, 죄송해요. 이런 귀찮은 부탁을 해서."

"아니야. 상관없어. 그래서 이야기란 게 뭐야?"

나는 내 기분을 상하게 만들 수도 있다는 이야기—를 재촉했다.

"네. 음, 어디서부터 말을 한담······."

늘 또박또박 시원스레 말하던 모에카짱이 평소답지 않게 머뭇거리자 내가 먼저 운을 띄워보았다.

"가게 공사 때문에?"

"아, 그것도 있지만……."

"있지만?"

우리가 걷는 길은 그대로 쭉 걸으면 터미널역으로 이어지기 때문에 밤이 되어도 지나다니는 사람이 제법 있다. 그래서 나는 일부러 자동차가 지나다니지 않는, 주택가 안을 통과하는 길로 모에카짱을 이끌었다. 그러자 가까스로 머릿속에서 정리가 끝난 듯, 모에카짱이 입을 열었다.

"실은 최종적으로는 제가 부탁을 드리는 꼴이 되겠지만……."

그렇게 말을 꺼내기 시작한 모에카짱의 이야기는 내가 생각했던 것 이상으로 길었다. 더군다나 드라마에서나 일어날 법한 복선이 깔린 내용인지라 잇따라 놀라다 보니 조금 전까지 알딸딸했던 취기도 어디론가 훌훌 날아가버렸다.

그렇지만 모에카짱이 우려한 것만큼 내 기분을 상하게 하는 종류의 이야기는 아니었기 때문에 그 부분은 내심 다행이라 생각했다.

"그런 연유로……." 마지막에 모에카짱은 나에게 '부탁'을 했다.

"유리코 씨, 이 부탁 들어주시겠어요?"

나는 깊은 한숨을 내쉬고 말했다.

"살면서 그런 일이란 게 일어날 수 있어? 아무래도 꼭 거짓말 같아……."

그러자 모에카짱은 말을 많이 해서 그런지 조금 지친 기색으로 작게 웃으며 끄덕였다.

"그렇죠……? 처음에는 저도 깜짝 놀랐어요."

고요하고 한적한 주택지 안의 좁다란 길에 우리의 신발 소리가 울려 퍼졌다. 머리 위에 떠 있는 흰 달은 우리와 보폭을 맞춰 따라오고 있다.

"모에카짱."

"네."

"처음부터 그렇게 할 작정이었어?"

나는 가시 돋친 말로 들리지 않도록 주의하며 조심조심 물었다.

"아뇨. 처음에는 그렇게까지는 생각하지 않았어요."

"그래? 그렇구나."

"하지만 마스터와 유리코 씨가 정말로 좋은 사람이어서……."

좋은 사람이라—.

칭찬을 들으면 물론 기분이 나쁘지는 않다. 그러나 그런 말을 들으면 '좋은 사람'이란 게 정확하게 어떤 사람을 말하는 걸까, 라는 생각도 들기 마련이다. 분명 마스터는 누가 어떻게 보든 '좋은 사람'이라고 생각한다. 다만 나는 그다지 나 자신에게 자신이 없는 걸지도 모르겠다.

둥실, 하고 습한 여름 밤바람이 불었다.

누군가의 집에서 고소한 간장 냄새가 떠돌았다.

"있잖아, 모에카짱."

"네."

"나 말이야, 어떻게 대답해야 할지 잘 모르겠어."

"앗……역시 기분이 상하셨……."

"아, 아니. 아니야. 오히려 그 반대로 가슴이 벅찬 느낌인걸. 마스터는 보다시피 그런 사람이고, 나 역시 모에카짱 같은 딸이 있다면 좋을 텐데 하고 생각했다고."

"그럼, 제가 드리는 부탁……."

"응. 좋아. 멋진 일이라 기대가 된달까?"

"후우……다행이에요. 유리코 씨 감사합니다."

안도한 모에카짱 볼에 귀여운 보조개가 나타났다.

"그럼, 이건 나와 모에카짱 둘만의."

"네, 비밀로."

같이 고개를 끄덕인 우리는 걸으면서 가볍게 하이파이브를 했다.

그리고 나는 달을 올려다보았다.

어쩐지 꿈을 꾸는 듯한 신기한 기분이었다.

이대로 편의점에 들러 아이스크림 네 개를 사서 돌아가자.

나는 밤하늘을 향해 양손을 뻗어 있는 힘껏 기지개를 켰다.

제5장

안녕, 그리고……

신야

매미 울음소리밖에 안 들리던 다쓰우라역에서 오가는 사람들로 복작거리는 우리 동네 터미널 역으로 돌아왔다.

"돌아와버렸네."

유카가 혼잣말처럼 그렇게 말했다.

"응. 돌아오는 건 금방이네."

우리는 천천히 개찰구를 향해 걷기 시작했다.

시선을 문득 개찰구 끝으로 돌리자 누군가를 기다리는지 열명쯤 되는 사람들이 옆으로 늘어서 있었다고 생각했는데,

"엇."

나는 무의식적으로 소리를 냈다. 옆으로 늘어선 사람들 속에 아빠 얼굴이 있었기 때문이다.

"어, 아저씨." 유카도 금방 알아차렸다.

아빠는 티셔츠에 반바지를 입은 편한 복장에 비치 샌들을 꿰어 신고 있었다. 탄탄하게 팔짱을 끼고는 이제 왔냐, 라는 느낌으로 미소 지으면서 우리를 보고 있다.

실은 오늘 아침에 나는 아빠에게 괜한 걱정을 끼치지 않도록 다쓰우라역 앞 로터리에 있는 공중전화 부스에서 전화를 걸어 "이제 열차를 타고 돌아갈 거야"라고만 일러두었다. 그때 아빠는 맥이 빠질 정도로 가뿐하고 산뜻한 목소리로 "그래? 도착하면 몇 시쯤 되는데?" 하고 묻기에 대략적인 시간을 알려주긴 했지만, 설마 역까지 마중 나올 줄이야……

우리는 혼잡한 개찰구를 빠져나왔다.

그러자 그때 유카가 목소리를 냈다.

"엄마……?"

뭐? 나는 유카의 시선 끝을 쫓았다. 나란히 서 있는 사람들 가장 왼쪽에 커다란 마스크와 모자로 얼굴을 가린 여성이 있었다. 요 몇 년간 얼굴을 마주한 적은 없었으나 분명히 유카 엄마였다. 게다가 모자와 마스크 사이로 드러난 눈 주위가 한눈에 알 수 있을 정도로 부어 있었다. 분명 저 마스크 안도 상태가 심각할 테지.

유카가 걸음을 멈추어서 나도 그 자리에 섰다.

그러자 다음 순간, 누군가가 뒤에서 내 어깻죽지에 손을 얹었다. 강한 힘이 느껴지는 커다란 손이었다.

"가자마 신야 학생?"

화들짝 놀란 나는 뒤를 휙 돌아보았다. 낯선 남자의 얼굴이었다. 치노 팬츠에 폴로셔츠 차림인 서른쯤 되어 보이는 덩치 큰 어른이었다.

"저기……."

대답을 하기 전에 유카 쪽을 보았다. 유카 또한 모르는 남자에게 등을 떠밀리며 얼굴이 퉁퉁 부은 엄마 쪽으로 끌려가고 있었다.

"거봐, 우리 아들놈 제대로 돌아왔잖아."

바로 옆에서 아빠 목소리가 들렸다. 아빠는 내 어깨를 잡은 남자를 향해 그렇게 말한 것이다.

"어……뭐야 이거."

상황 파악이 안 되는 나를 향해 아빠가 말했다.

"이 사람들은 경찰이야."

"뭐?"

373

"어제 유카짱 집 근처에 사는 이웃 주민들이 싸우는 사람이 있다며 경찰에 신고했었대. 게다가 그 현장에서 유카짱이 사라졌잖아? 그래서 경찰이 온 동네를 수색했던 모양이야. 그러다 밤에 우리 집에 연락이 와서 내일이면 둘 다 돌아올 거라고 알려줬거든. 그치?"

마지막의 '그치?'는 몸이 커다란 사복을 입은 형사를 향한 말이었다.

사복을 입은 형사는 아이고 골치야, 라는 얼굴로 작게 끄덕이고는 "그럼, 어떻게 된 일인지 잠깐 설명해줘야겠어." 하고 내 어깨를 탁 하고 쳤다. 그리고 북쪽 출구 쪽으로 내 등을 밀었다.

그 확고한 힘이 이끄는 대로 끌려가면서 나는 뒤를 돌아보았다.

유카는 엄마 손을 잡아당기며 나와는 반대인 남쪽 출구로 끌려가는 중이었다.

유카도 이쪽을 돌아봐서 눈이 마주쳤다.

괜찮아—.

그렇게 전하고 싶어서 나는 아무 말 없이 깊이 고개를 끄덕였다. 유카는 조금 불안해 보이는 듯한 눈을 하고 있었으나 작게 끄덕여주었다. 엄마가 유카에게 무언가를 말하자 유카는 앞을 향해 걷기 시작했다.

아디다스 모자를 거꾸로 뒤집어쓴 유카의 가늘고 미덥지 못
한 뒷모습이 천천히 멀어져간다.

"유카짱은 괜찮아. 걱정하지 마."

아빠가 평소와 같은 우렁찬 목소리로 그렇게 말했다.

"응······."

미련을 남긴 채 나도 앞을 향했다.

설마 이 순간이 나와 유카의 영원한 이별이 되리라고는 이
때의 난 털끝만치도 생각하지 않았다.

북쪽 출구를 나오면 바로 나타나는 파출소에서 나는 질문
공세에 시달렸다. 하지만 형사의 말투는 거칠기는커녕 오히려
나를 동정하는 듯한 느낌이었다.

거짓말을 한들 유카와 나에게 득이 되는 부분은 없다. 그래
서 모두 있는 사실 그대로 털어놓았다. 유카의 의붓아버지 일
도, 이시무라가 몸을 던져 유카를 구한 것도, 그 후 어떤 흐름으
로 다쓰우라까지 도망쳤다가 다시 여기까지 돌아왔는지도.

조사가 거의 끝나갈 무렵, 파출소의 미닫이문이 열리더니 누
군가가 들어왔다. 보았더니 담임인 야지 샘이었다. 야지 샘은
손수건으로 이마에 난 땀을 닦아내며 형사와 아빠를 향해 고개

375

를 살짝 끄덕이기만 했다. 그리고 나를 내려다보며 말했다.

"선생님은 지금 아라이가 조사받는 데 같이 있었어. 어제부터의 일은 전부 아라이에게 듣고 오는 길이야."

"네……."

"그래 뭐, 가자마도 여러 일이 있었나 보던데 아무리 그래도 말없이 멀리까지 가버리는 건 좀 문제가 되지. 다른 사람들이 걱정하잖니."

"죄송합니다……."

일단 나는 나직이 사과해두었다.

"야지마 선생님, 이쪽도 조사가 곧 끝나거든요."

형사가 그렇게 말하자 야지 샘은 입을 다물었다.

조사는 정말 금방 끝났다. 아빠는 내 옆에서 팔짱을 끼고 앉은 채로 처음부터 끝까지 아무 말도 하지 않고 나와 형사의 대화를 듣고 있었다.

에어컨 바람으로 가득 차 있던 파출소에서 밖으로 나왔다. 역 앞의 로터리는 마치 사우나에 들어간 것처럼 무더웠다. 푸른 하늘도 적란운도 건물도 아스팔트도, 모든 게 다 눈부셔서 나는 눈을 가늘게 떴다.

야지 샘은 "저는 이제부터 학교에 보고해야 해서요." 하고 아빠에게 말하고는 내 어깨를 툭 치면서 "나중에 전화할게." 하고 고개를 끄덕였다. 그리고 그대로 학교 쪽으로 사라졌다.

둘만 남자 아빠는 '후우' 하고 숨을 내뱉고 굵은 목소리로 내 이름을 불렀다.

"신야."

"응?"

경찰까지 개입해버렸으니 아무래도 혼쭐이 나겠지 싶어 방어 태세를 갖추는데 아빠가 스윽 손을 올렸다.

앗, 맞겠다.

그렇게 생각하고 눈을 꽉 감고 목을 움츠렸는데……툭, 하고 내 머리에 두툼한 손이 올려졌다. 그리고 그대로 조금 난폭한 느낌으로 그 손은 머리카락을 북북 어루만졌다.

"너 이 녀석, 여러 일이 있었네."

나는 조심조심 눈을 떴다. 아빠는 쿡 하고 웃고는 손을 내렸다.

"나 말이야, 경찰한테도 학교 선생님한테도 구시렁구시렁 군소리를 들었는데 잔소리 듣는 내내 씨익 웃었거든. 그랬더니 더 호되게 잔소리를 들었어."

씨익 웃었다고?

"왜 웃었어?"

"왜냐니, 그야 네가 하는 행동이 하나부터 열까지 다 멋있으니까 그렇지."

유카의 영웅이 한여름 태양 아래에서 유쾌하게 웃었다.

"나한테 화 안 내?"

혹시 몰라 나는 물었다. 그러자 아빠는 웃음을 얼굴에 남긴 채 눈썹을 올렸다.

"너, 남자로서 해야 할 일을 한 거 아니냐?"

"응, 뭐……."

"그러면 그걸로 됐어. 오히려 자랑스러운데?"

"……."

"뭐야, 칭찬하는데 그런 심각한 얼굴 하지 말라고. 배고프지 않아? 집에 가서 점심이나 먹자."

아빠는 웃으면서 내 등을 살포시 밀었다. 나는 밀리는 대로 걷기 시작했다.

유카에게도 이런 아빠가 있었다면ㅡ, 그렇게 생각하고 나는 심호흡했다. 한숨을 얼버무린 심호흡이었다.

"뭐 먹고 싶은 거 있어?"

걸으면서 아빠가 물었을 때, 나는 다른 걸 생각하고 있었다. 오늘 유카는 그 집으로 돌아가는 걸까? 밥은 먹을 수 있으려나? 그리고 무엇보다, 누가 그 의붓아버지로부터 유카를 지켜줄까?

"응? 신야? 왜 그래?"

아빠 목소리에 나는 바로 대답했다.

"아, 그러니까, 고기가 먹고 싶은 것 같아……."

그렇게 대답하며 나는 문득 생각했다.

이런 빌딩만 가득한 역 앞에서도 매미는 우는구나, 하고.

* * *

아빠와 집에 돌아오자 가게 미닫이문에 붙어 있는 종이를 발견했다.

오늘은 임시휴업합니다.

예쁜 필체로 보아 게이코 씨가 쓴 모양이다.

"오늘 가게 쉬기로 했어?"

"뭐, 그렇지."

말하면서 아빠는 열쇠를 끼워 넣어 문을 열고 가게 안으로 들어갔다. 나도 그 뒤를 따랐다.

바로 밥을 먹을 줄 알았는데 아니었다.

"신야는 잠깐 앉아 있어봐."

그렇게 말한 아빠는 홀로 2층으로 사라졌다. 아빠 말대로 나는 늘 앉는 카운터석에 앉아 멍하니 유카를 생각했다.

얼마 지나지 않아 아빠가 돌아왔다. 손에 노트를 한 권 쥐고 있었다.

"그럼 돈가스 덮밥 만들 테니까 완성될 때까지 이거라도 읽고 있어."

아빠는 카운터 위에 살포시 노트를 올려두고는 그대로 주방에 들어갔다.

"뭐야 이거?"

내 앞에 놓인 건 A5 크기의 링 노트였다. 표지는 연갈색의 도톰한 종이였는데 차라도 쏟았는지 오른쪽 아래에 자그맣게 옅은 얼룩이 있다.

"엄마가 쓴 일기."

주방에 서 있는 아빠가 말했다.

"어?"

화들짝 놀란 나는 다시 표지를 내려다보았다. 그리고 가만히 넘겨보았다. 남색 볼펜으로 또박또박하게 쓴 글자가 첫 페이지부터 가득 차 있다.

"입원했을 때 엄마가 몰래 적었더라고."

"뭐? 그런 거……."

나는 몰랐는데. 그렇게 말하려고 했는데 아빠가 먼저 말했다.

"신야한테는 비밀로 해달라고 엄마가 말했거든."

"……."

"하지만 지금의 너라면 읽어도 될 것 같달까, 뭐, 그건 내 판

380

단이지만."

　담담한 목소리로 그렇게 말하고 아빠는 요리하기 시작했다.

　그 후 얼마간, 나는 첫 페이지를 멍하니 내려다보았다. 그리고 가까스로 페이지를 넘기려고 했을 때 어떤 존재를 깨닫고 손을 멈추었다. 노트 중간쯤에 얄팍하고 투명한 플라스틱 같은 것이 끼어 있었다.

　뭐지? 책갈핀가?

　나는 그게 끼어 있는 페이지를 펼쳤다.

　그리고 숨을 멈췄다.

　그건 압화로 만들고 코팅한 네잎클로버 책갈피였다.

　나는 조심스레 책갈피를 손에 들었다.

　아빠에게 말해줄까, 하고 생각했다가 그만두었다. 아빠는 분명 알고 있겠지.

　엄마의 네잎클로버는 잎 하나가 작아서 균형이 맞지 않았다. 분명 엄마는 모양이 가장 예쁜 네잎클로버를 나에게 주고, 자기는 일부러 못생긴 것을 골랐을 것이다. 엄마는 그런 사람이었다. 이를테면 음식을 먹을 때도 맛있는 부분은 늘 나에게 주고 자기는 나머지를 행복한 얼굴로 먹었고, 따뜻하고 가벼운 이불을 사면 가장 먼저 그 이불을 나에게 덮어주고 자기는 닳은 이불을 덮고 잠을 청했다. 어린 마음에도 왠지 미안하게 여겼던 것을 나는 또렷이 기억하고 있다.

　네잎클로버 책갈피를 손에 쥔 채, 나는 책갈피가 끼워진 페이지의 일기를 읽기 시작했다.

　병원에서 검사받은 일, 오랜 친구가 병문안을 와준 일, 항암제 부작용의 괴로움, 그리고 내가 장래 희망을 이야기한 것 등이 적혀 있었다. 당시의 나는 고등학교 축구 전국대회에서 활약하고 싶다고 간절하게 엄마에게 말했던 모양이다.

　그리고 그 페이지 마지막에 엄마의 꿈이 적혀 있었다.

　'이런저런 사정으로 끼니를 제때 먹지 못하는 아이들이 무료로, 안심하고, 맛있는 밥을 배불리 먹을 수 있는 서비스를 제공할 수 있으면 좋을 텐데. 그러기 위해서라도 가게가 번창할 수 있게―.'

　노트에 새겨진 엄마의 꿈을 마지막까지 읽었다. 나는 일단 얼굴을 들어 아빠를 보았다. 아빠는 묵묵히 돈가스 덮밥을 만들고 있었다. 아빠에게 말을 걸기 전에 나는 한 번 크게 심호흡할 필요가 있었다.

　"있잖아."

　조리 중인 아빠는 팬에 시선을 떨군 채 "응?" 하고 말했다.

　"우리 '어린이 밥'이 원래는 엄마 꿈이었어?"

　"뭐, 그렇지." 아빠는 얼굴을 들지 않고 계속해서 조리하면

382

서 말을 이었다. "엄마가 어렸을 때 말이야, 할아버지가 교통사고로 척추를 크게 다치는 바람에 그만 누워 지내게 되었다더라고. 그래서 그 이후로 할머니 홀로 엄마를 키웠대."

"아, 그럼 할아버지 간호를 하면서?"

"그랬나 봐."

"가난……했었어?"

"응. 어릴 적 엄마는 항상 굶주리며 살았다고 했어. 뭐, 그런 성장 과정이 있었으니까 엄마는 우리 가게에서 '어린이 밥'을 하고 싶었던 거겠지."

나는 이을 말을 찾지 못해 입을 다문 채 엄마가 남긴 남색 글자를 바라보았다.

주방에서 치익, 하고 돼지고기가 자글자글 튀겨지는 소리가 들렸다.

"아빠는 있지, 신야와 달리 지켜주지 못했어."

"어?"

나는 카운터 너머에 있는 아빠 옆얼굴을 보았다. 아빠는 기름 속 돼지고기를 온화한 얼굴로 지켜보고 있다.

"너는 유카짱을 지켰잖아. 하지만 나는 아무것도 해주지 못했거든."

"……."

"엄마가 병마와 싸우고 있을 때 나는 치료비를 벌어야만 했던 터라 가게를 쉴 수 없었어. 그래서 뭐, 결과적으로는 만족스럽게 간호해주지 못했어."

"그래도 그건."

나는 무슨 말이라도 하고 싶어서 중간에 끼어들었으나 결국 뒷말을 잇지 못했다.

"뭐, 그러니까 적어도 엄마가 몰래 품고 있던 꿈 정도는 내가 대신 이뤄주고 싶었어."

"그래서 '어린이 밥'을 시작한 거야?"

아빠는 돼지고기가 잘 튀겨졌는지 확인하면서 "뭐, 그렇지." 하고 부끄러운 듯이 끄덕였다.

나는 조금 못생긴 네잎클로버를 코팅지 너머로 살짝 쓰다듬었다.

"있잖아, 아빠."

"응?"

"이 일기, 하룻밤 빌려도 돼?"

지금 여기서 읽으면 분명 아빠 앞에서 눈물샘이 헐렁해질 것만 같은 느낌이 들었다.

"그래도 되지만 소중히 다뤄. 너는 물건을 막 대하니까."

"그거 아빠한테만큼은 듣고 싶지 않거든?"

내 불평에 아빠는 '와하하' 하고 호탕하게 웃었다.

"오우. 아주 잘 튀겨졌네."

그렇게 말하고 아빠는 기름에서 돈가스를 건져냈다. 그리고 달걀을 풀어 돈가스 위에 덮을 준비를 했다.

"있잖아."

"응?"

가스레인지 쪽을 바라보고 있는 아빠의 커다란 등을 향해 나는 솔직한 의문을 던졌다.

"이 일기, 왜 갑자기 나한테 보여줄 마음이 든 거야?"

아빠는 여전히 내 쪽을 보지 않은 채 대답했다.

"아까 개찰구 너머에서 유카짱을 데리고 오는 널 봤을 때 제법 괜찮은 남자가 됐는걸, 하고 생각했거든."

"그래서 보여줘야겠다고 마음먹었다고?"

"뭐, 그렇지."

"그런 걸로 엄마와의 약속을 어겨도 돼?"

그러자 아빠는 그제야 이쪽을 돌아보았다.

"뭐야, 너 엄청 착실한 놈이구나?"

"엄마가 천국에서 화내고 있을지도 몰라."

그렇게 말한 나는 문득 볼 근육이 풀어지는 걸 느꼈다.

"그럼 성묘하러 갔을 때 묘비를 향해 무릎이라도 꿇어야겠군."

아빠는 여느 때처럼 씨익 장난스럽게 웃었다.

"그게 좋을 것 같아."

"바보야. 너도 읽었으니까 공범이잖아."

"뭐?"

"그러니까 같이 무릎을 꿇어야지."

웃으면서 말하고는 다시금 등을 돌렸다.

"왜 내가 공범이야."

아버지의 웃는 소리와 함께 맛있는 냄새가 풍겨왔다.

나는 코팅된 네잎클로버를 원래 자리에 올려두었다. 그리고
노트를 살포시 닫았다.

이제 곧 최고로 맛있는 돈가스 덮밥을 먹을 수 있다.

유카도 먹으러 오면 좋을 텐데.

그렇게 생각하면서 연갈색 표지를 바라보았다.

* * *

그날 밤―, 나는 평소보다 꽤 이른 시간에 내 방 침대에 엎
드렸다. 불은 다 끄고 침대맡의 독서 등만 켠 채 엄마가 남긴
일기를 펼쳤다. 그리고 첫 페이지부터 천천히 파란색 볼펜의

글자를 쫓았다.

처음에는 거의 매일 일기를 쓴 것 같았다. 글자도 또박또박 예뻐서 읽기 수월했다. 그러다 점점 하루건너 쓰게 되고, 이틀 건너 쓰게 되더니 결국 일주일에 한두 번꼴로 쓰게 되었다. 뒤로 갈수록 파란색 글자는 힘이 없어지고 마지막에는 뭐라 쓴 건지 알 수 없을 정도로 글자가 꾸물꾸물 춤을 추었다.

중반부터는 '죽음'이라는 글자가 자주 나타났다.

'죽으면 어쩌지'가 '죽고 싶지 않아'가 되고, '절대로 죽을 수 없어!'가 '역시 죽는 걸까……'가 되었다. 그리고 마지막엔 '내가 죽은 뒤에는' 하고 힘없는 글자가 적혀 있었다.

이 일기에 가장 많이 등장하는 단어는 '신야'였다.

마지막 페이지에도 내가 등장했으나, 그 내용은 거의 이해할 수 없었다. 글자가 춤을 춰서 읽을 수 없었기 때문이다.

유일하게 읽을 수 있는 건,

'신야가 나를 걱정하듯 바라보며 작은 손을'

이라는 부분뿐이었다.

그리고 그 뒤에 적혀 있는 이 일기의 '마지막 한 줄' 또한 안타깝게도 알아볼 수 없었다.

다 읽은 나는 무의식적으로 '후우' 하고 깊은 한숨을 내쉬었다.

살포시 일기장을 덮고는 베개 옆에 두었다.

오늘 밤은 이 노트와 함께 자야지.

그렇게 정하고 천장을 바라보며 누웠다.

눈에서 흐른 물방울이 이내 귀로 들어가서 간지러웠다.

나는 자신에게 '1분 규칙'을 허가하고 얼굴에 여름용 이불을 바짝 갖다 댔다.

* * *

다쓰우라에서 돌아온 날 이후로 유카와 한 번도 못 만나고 있다.

전화도 오지 않고, '어린이 밥'을 먹으러 오지도 않는다.

은근슬쩍 아빠와 게이코 씨에게 물어봤으나, 역시 유카는 가게에도 예약 전화를 하지 않은 모양이었다.

팔월로 접어들자 내가 먼저 슬쩍 전화를 걸었다.

의붓아버지가 받으면, 하고 생각하자 수화기를 쥔 손이 떨렸으나, 안타깝게도 전화를 건 결말은 의붓아버지가 받은 것보다 훨씬 더 나쁜 쪽이었다.

'지금 거신 번호는 없는 번호입니다.'

"거짓말이지……?"

수화기에서 들려오는 건조한 여자 목소리를 들으면서 나는 소리 내어 중얼거리고 말았다.

사흘이 지난 저녁, 야지 샘이 가게로 전화를 걸었다.

게이코 씨가 나를 바꿔주었지만, 전화 내용은 대강 예상이 되었다.

"아라이 말인데, 실은 며칠 전에 가족이랑 이사를 갔어. 같이 졸업하지 못해서 안타깝지만."

야지 샘 목소리 뒷면에는 여러모로 성가신 학생이 전학을 가줘서 다행이다, 라는 어른의 본심이 비쳤다.

"그렇군요……."

나는 맥이 빠진 대답을 했다.

"가자마 혼자서는 학급 신문 만드는 거 아무래도 힘들겠지?"

"힘들어요."

짧은 대답이건만 목소리가 잠겼다.

"응, 뭐, 어쩔 수 없지. 지금부터 아라이 대신 맡아줄 사람을 찾기도 어려울 테니까 우리 반은 기권하는 걸로 하자."

"네……."

하고 대답했을 때, 내 여름방학이 완전히 끝났다.

"그럼, 새 학기에 다시 만나자."

"아, 저기……."

어차피 끝난 여름방학이지만 묻고 싶은 게 있었다.

"응, 뭐냐?"

"아라이는 그날 이후에 괜찮았나요?"

"특별히 문제가 있다고 들은 건 없는데. 뭐, 학생들 가정 사정까지 교사가 꼬치꼬치 간섭하는 것도 좀 힘들거든."

"그렇군요……. 아, 그리고 이시무라는?"

이것도 신경 쓰였던 부분이다.

"이시무라는 뭐, 다치기는 했지만 입원한다든가 그런 수준은 아니니까 괜찮을 거야. 다만 이시무라도 2학기에 전학 가기로 했어."

"네?"

어째서, 라고 물을 뻔하다 나는 입을 다물었다. 그 이유는 내가 가장 잘 알고 있다. 우리 학교에는 더는 이시무라의 친구가 없다. 그 사바나의 사자처럼 외톨이가 되어버린 것이다.

"그럼, 뭐, 그렇게 됐으니까."

야지 샘은 얼른 이야기를 끝내고 싶어 했다. 이제 골치 아픈 일은 잊고 싶은 걸지도 모르겠다.

"네."

"수험생이니까 열심히 공부해라."

"네……."

"그럼, 새 학기에 보자."

야지 샘과의 건조한 통화는 그렇게 끝났다.

* * *

새 학기는 무기력한 기분으로 시작됐다.

나는 여전히 왼쪽 무릎을 끌며 유카와 이시무라가 없어진 학교로 발걸음을 옮겼다.

2학기 첫 조례가 시작되고 야지 샘이 교단에 섰다. 대각선 앞자리에 유카의 둥글게 만 등이 없다. 그 사실에 나는 위가 아파질 정도로 위화감을 느꼈다.

"자, 조용. 새 학기를 시작하자마자 안타깝지만, 모두에게 전달 사항이 있습니다." 야지 샘은 슬쩍 내 쪽을 보고는 다시 말을 이었다. "아라이 유카가 집에 사정이 있어 여름방학 때 갑자기 이사를 갔습니다."

교실 안이 단박에 술렁였다.

나는 슬며시 반 아이들 얼굴을 둘러보았다.

유카를 괴롭히던 무리는 저들끼리 "엥, 정말?"과 같은 말을 주고받으면서 히쭉히쭉 웃었다. 하지만 자세히 보니 입꼬리가 미묘하게 흔들려서 그 웃음에는 어느 정도 죄책감이 숨어 있는 것처럼 보였다.

뒤에서 몰래 유카를 도왔다는 에나미는 멍하니 입을 떡 벌린 채 우리 반에서 혼자만 굳어 있었다. 친한 친구인 에나미도 유카가 이사했다는 사실을 몰랐던 모양이다.

"그런 연유로, 안타깝지만 우리 반은 학급 신문 콩쿠르를 기권하게 되었습니다."

야지 샘이 말하자 교실은 더욱더 술렁이기 시작했다.

"오오, 신야, 유카가 이사 가주다니 운이 좋았네."

뒤에서 아오이의 목소리가 날아왔다.

나는 무시한 채 책상에 팔꿈치를 세우고 손으로 턱을 괬다.

야지 샘 쪽을 보면 어쩔 수 없이 유카 자리가 눈에 들어오는 터라 창밖을 바라보기로 했다.

구월이 되어도 하늘은 아직 여름이었다.

시원하게 탁 트인 푸른 하늘에 눈부신 은색 테두리를 두른 적란운.

나는 다쓰우라의 하늘과 바다를 생각했다.

굉장하네, 바다색—블루 토파즈 같아—엄청 예쁜 푸른색 보석이야—우리 엄마 말이야, 예전부터 아끼는 반지가 하나 있는데, 그 반지에 박혀 있는 돌.

투명한 푸른 바람 속에서 눈부신 듯 눈을 가늘게 뜬 유카의 옆얼굴이 머릿속에 떠올랐다.

펄럭.

교실 커튼이 바람을 머금고 나부꼈다—고 생각하는 동시에 푸른 하늘에 떠 있는 잠자리 실루엣을 발견했다.

햇빛이 통과해 반짝반짝 빛나는 날개.

내가 한숨을 내쉬었을 때, 잠자리는 스윽 서쪽 하늘로 날아가버렸다.

한 마리가 홀로, 보이지 않는 곳으로 사라져버렸다.

유리코

공사 마지막 날은 안타깝게도 장대비가 내렸으나, 예정대로 저녁에는 모든 작업이 끝났다.

모에카짱, 아쿠쓰 씨, 소리마치 씨, 그리고 마스터와 나는 다시 태어난 가게 안에서 테이블을 둘러싸고 아이스커피로 건배했다.

"이제 이별이라고 생각하니 섭섭하네."

내가 말하자 소리마치 씨가 "유리코 씨, 그런 대사는 하지 마세요." 하고 눈썹을 팔자로 모았다. "저, 커피 마시러 꼭 올게요."

"저도 다시 올 거예요."

모에카짱이 볼에 보조개를 만들며 뒤따라 말했다.

"저어, 저도……." 하고 속삭이듯 말한 아쿠쓰 씨는 이어서 "죄송합니다, 잠깐 실례할게요." 하고 말하고는 가게 뒷문을 지나 밖으로 나가버렸다.

"비 오는데 어딜 가는 거지?"

마스터가 뒷문 쪽을 보고 있자 모에카짱이 "자동차에 뭘 두고 내린 걸까요?" 하고 고개를 갸웃했다.

아쿠쓰 씨는 얼마 지나지 않아 돌아왔다. 나무로 만든 큼지막한 계산대를 안고 뒤뚱뒤뚱하면서.

"엇, 그거 뭐예요, 아쿠쓰 씨?"

그렇게 말하면서 소리마치 씨가 황급히 다가가 아쿠쓰 씨를 도왔다. 둘은 계산대를 나와 마스터 앞에 조심조심 내려놓았다.

"저기, 실은……." 아쿠쓰 씨가 뒤통수를 긁적이며 말을 꺼냈다. "이거, 계산대로 쓰시면 좋을 것 같아서 만들어봤는데요……."

"네?"

"네?"

깜짝 놀란 나와 마스터의 목소리가 동시에 겹쳤다.

"제가 드리는 기념 선물이랄까요……, 그러니까 예전에 마스터가 나눠준 그 통나무로 만들었는데요."

쑥스럽다는 듯이 등을 둥글게 말고 있는 아쿠쓰 씨에게 모에카쨩이 말을 걸었다.

"혹시 바비큐하던 날, 해야 할 일이 있다고 먼저 돌아간 이유가……."

그러자 아쿠쓰 씨는 나쁜 짓을 저지르다 들킨 사람처럼 움츠리고는 "네에. 그날은 죄송했어요." 하고 왜인지 모를 사과를 했다.

나는 마스터를 보았다. 눈물샘이 약한 마스터는 눈망울을 촉촉이 적시면서 아쿠쓰 씨 어깨에 손을 얹었다.

"정말 기뻐요. 그 벚나무가 이렇게 멋진 계산대로 다시 태어날 수 있다니. 감사합니다."

나도 옆에서 같이 "감사합니다." 하고 고개를 숙였다.

"아뇨, 저……뭔가, 귀찮게 구는 것 같아서. 죄송합니다."

"죄송하다니, 무슨 그런……."

내가 그렇게 말하자, 아쿠쓰 씨는 내 말 위에 포개듯이 말을 이었다.

"원래라면 나무를 확실히 건조한 다음에 만들어야 해요. 그렇게 하지 않으면 사용하면서 나무판이 마르다 보니 휘어지기도 하거든요. 만약 그런 불편함이 생기면 연락해주시면 좋겠습니다. 바로 고쳐드릴게요."

아쿠쓰 씨는 천천히 더듬더듬 말했다. 그런 아쿠쓰 씨를 그자리에 있던 모두가 사랑이 담긴 시선으로 바라보았기 때문에 어쩐지 공기가 무척 온화해진 느낌이 들었다.

"그럼, 당장 사용해볼까?"

그렇게 말하고 마스터는 소리마치 씨의 손을 빌려 출입구 문 근처에 계산대를 내려놓았다.

"문손잡이와 디자인이 같아서 정말 멋져."

내가 말하자 모에카짱도 "그러니까요." 하고 기뻐하며 눈을 가늘게 떴다.

그 후 얼마간 이야기를 나누다 보니 어느새 아쿠쓰 씨와 소리마치 씨가 돌아갈 시간이 되었다. 모에카짱은 마스터와 결제 건 등을 이야기해야 해서 혼자 남기로 했다.

우리는 우산을 쓰고 밖으로 나갔다.

장대비 속, 자재와 폐기물을 실은 트럭에 올라탄 아쿠쓰 씨와 소리마치 씨는 몇 번이고 우리에게 머리를 숙이며 "정말 또 올게요", "감사했습니다." 하고 말하면서 주차장을 빠져나갔다.

우리는 두 사람을 태운 트럭이 보이지 않을 때까지 배웅했다.

"하아, 가버렸네."

내가 중얼거리자 마스터는 옆에서 한숨을 흘렸다.

"좋은 분들이었어⋯⋯."

"그렇게 말씀해주시니 저도 기뻐요."

뒤에서 모에카짱이 살짝 밝은 목소리를 내주었다.

우리는 미련을 남긴 채 발걸음을 돌려 가게 안으로 들어갔다.

"모에카짱, 커피 한 잔 더 마실래?"

"네, 마스터, 마실래요."

"나도 마실래."

"오케이. 에어컨 바람도 시원해졌고, 이번에는 따뜻한 걸로 마시자."

그렇게 말하고 마스터는 새로 커피를 내리기 시작했다.

향긋한 향을 내며 커피가 다 내려지자 우리 세 명은 창가 쪽 테이블 자리에 앉아 잠깐 담소를 나누었다.

그러다 문득 대화가 끊겼을 때, 모에카짱이 의미심장한 눈으로 나를 본 것을 알아차렸다.

드디어, 오늘의 메인이벤트가 시작된다.

나는 커피잔을 테이블에 살포시 내려놓고 모에카짱이 입을 여는 것을 가만히 바라보았다.

"저기, 마스터."

"응?"

"공사가 끝나자마자 이런 말씀 드리는 게 어떨지 모르겠지만요."

모에카짱의 대사에 마스터가 눈치를 챈 듯했다.

"아, 응, 결제 말이지?"

"네."

"일시불이었지? 지금 바로 입금할게. 어, 근데 어디로 입금하면 돼?"

"네, 실은 그 결제 건 말인데요……."

모에카짱 대사에 뭔가 어색함을 느낀 마스터가 어? 하는 느낌으로 살짝 갸웃거렸다.

"결제는 이미 끝났어요."

모에카짱의 입술이 자그맣게 웃고 있다.

"……."

마스터는 무슨 말인지 모르겠다는 얼굴로 나를 보았다.

나도 방긋 웃어 보였다.

"어……?" 마스터는 다시금 모에카짱을 보고 눈을 끔뻑였다. "미안, 이해가 잘 안 되는데. 유리코가 입금했다는 소리야?"

"나는 안 했어."

"그럼, 대체 그게 무슨 말이야?"

마스터가 안절부절 어쩔 줄을 몰라 하자 모에카짱이 내막을 밝히기 시작했다.

"저희 사장님이 출세해서 은혜를 갚는 거라고 하셨어요."

"출세해서……은혜를 갚는다?"

마스터가 멍하니 있자, 모에카짱이 계속해서 말을 이었다.

"소개가 늦어졌지만, 이게 저희 사장님 명함입니다."

그렇게 말하면서 모에카짱은 테이블 위에 연분홍색 명함을 내려놓더니 그 명함을 마스터 쪽으로 쭉 밀었다.

그 명함을 멀뚱히 내려다보던 마스터 눈이 휘둥그레졌다. 알아차린 것이다. 드디어.

"엇." 마스터는 테이블에 양손을 짚고 얼굴을 들었다. "이거, 혹시……."

"이 이름, 기억하시나요?"

모에카짱의 미소가 스르륵 커졌다.

다카나시 공무점 대표 이사 사장 다카나시 유카

명함에는 그렇게 적혀 있었다.

나는 깜짝 놀라 아무 말도 못하는 마스터 얼굴과 기뻐하는 모에카짱 얼굴을 번갈아 보았다.

인생에 일어날 수 있는 기적을, 지금 막 공유하는 두 사람의 표정은 내 마음도 설레게 했다.

"어, 나, 중학교 3학년 여름방학 때 의붓아버지에게 가정폭력을 당하던 반 친구 여자아이를 데리고 바닷가 마을로 도망친 적이 있었는데." 놀란 마음을 감추지 못하는 마스터가 나에게 옛날이야기를 하기 시작했다.

"게다가 그게 경찰 소동까지 벌어져서⋯⋯."

"알고 있어, 그 이야기."

나는 씨익 웃으면서 말했다.

"어⋯⋯? 내가 말한 적 있던가?"

"없지만, 알고 있어."

"⋯⋯어째서?"

그러자 모에카짱도 즐거운 듯이 눈을 가늘게 뜨고 끄덕였다.

"그 이야기, 저도 알고 있어요."

마스터와 나는 모에카짱을 가만히 바라보았다.

"실은 우리 사장님한테서 그때 이야기를 귀에 못이 박힐 만큼 들었거든요."

마스터는 테이블 위에 놓인 명함을 손에 들었다. 그리고 그 명함과 모에카쨩의 얼굴을 몇 번이나 비교하기 시작했다.

"거짓말이지……? 어떻게 이런 일이……."

마스터 목소리가 조금 떨렸다.

"있나 보더라고." 하고 내가 말했다.

"뭐? 유리코는 알고 있었어?"

"물론."

당연하다는 얼굴을 했더니, 마스터는 연분홍색 명함을 손에 쥔 채 '우와' 하고 고개를 젖히고 천장을 바라보았다.

"진짜냐. 그렇다면 모에카쨩은 당연히……."

"네, 처음부터."

"유리코는 언제 알았어?"

"바비큐하던 밤. 모에카쨩이랑 둘이 편의점에 다녀왔을 때 여러 이야기를 들었어."

마스터는 몇 번이나 고개를 옆으로 저으면서 연거푸 "아니, 아니, 아니, 아니." 하고 말했다.

"아니, 아니, 설마 이런 일이. 믿기지 않네. 이제는 아무도 못 믿겠어. 어째서 나한테만 비밀로 한 거야?"

"죄송해요. 어쩌면 유리코 씨 기분이 상할 수도 있겠다 싶어서요. 그래서 혹시 몰라 유리코 씨에게 먼저 말씀드렸어요."

"나는 털끝만치도 기분 나쁘지 않았지만. 오히려 이런 기적이 실제로 일어나다니, 감동해버렸어."

내가 말하자 마스터는 기분을 진정시키려는 듯, 호들갑스레 심호흡했다.

"유리코가 기분 나빠할 건 전혀 없어. 왜냐하면 중학생 시절의⋯⋯, 그러니까 37년도 더 지난 옛날이야기니까." 마스터는 그렇게 말하고는 다시 "그렇구나, 그게 벌써 37년이나 지난 일이구나⋯⋯." 하고 아릿하고도 감미로운 향수에 젖는 표정을 지었다.

"저희 사장님도 이 공사 수주가 정해졌을 때, 벌써 37년이나 지났네⋯⋯하고, 추억에 잠기며 말했어요."

그러자 마스터는 모에카짱 얼굴을 말똥말똥 쳐다보면서 말했다.

"있잖아, 모에카짱."

"네."

"더 물어볼 것도 없다고 생각하지만."

"네."

"모에카짱은 이 사람의⋯⋯."

마스터는 연분홍색 명함을 가리켰다.

그러자 모에카짱은 자세를 고쳐 앉았다. 그리고 볼에 귀여운 보조개를 담아 밝고 씩씩한 목소리를 냈다.

"네. 다시 인사드리겠습니다. 저, 유카의 딸인 모에카입니다."

모에카

"긴장하고 있지?"

나는 자동차를 운전하면서 조수석에 앉아 있는 엄마를 힐끗
보고 말했다.

"그런가. 역시 긴장한 것처럼 보이지?"

조금 신경 써서 차려입은 엄마가 오늘은 평소보다 더 귀여
워 보인다.

"그래 보이니까 말하는 거야. 누누이 말했지만 유리코 씨도
엄청 좋은 사람이니까 괜찮아. 자연스럽게 행동하면 돼."

"응……."

고개를 끄덕이고 이내 큰 한숨을 푹푹 내쉬는 엄마를 보고 나는 쿡 하고 웃고 말았다.

여름 동안 몇 번이나 들렀던 '카페 레스토랑·미나미'로 향하는 길은 의외로 막히지 않았다. 공사를 끝내고 약 반년이 지난 오늘, 나는 드디어 엄마를 그 가게로 데려갈 수 있다—고 생각하자 어쩐지 나까지 조금 긴장이 돼서 의아할 지경이다.

솔직히 말하면 공사를 할 때부터 엄마는 얼굴을 내밀지 말지 몇 번이고 고심했다. 하지만 내가 "유리코 씨가 엄마를 꼭 보고 싶다고 말했어." 하고 전하자 그제야 엄마는 가슴을 쓸어내리는 듯한 얼굴을 했다. 분명 그때, 겨우 결심할 수 있었겠지. 역시 여자끼리는 여러모로 신경이 쓰이니까.

"있잖아, 엄마."

"응?"

"그러고 보니 트럭이 카페를 들이박았다는 뉴스를 텔레비전에서 봤을 때, 어떻게 가자마 씨 가게라고 알았던 거야?"

"어떻게, 라니?"

"왜냐하면 예전에 엄마가 다녔을 때는 허름한 대중식당이었잖아?"

"아, 응. 나도 말이야 처음에는 몰랐었는데, 뉴스 캐스터가 가게 앞에 있던 커다란 벚나무 덕분에 점주가 생명을 건졌다고 말하더라고. 그때 꺾인 벚나무 영상이 나왔거든. 그걸 보고 바로 알아챘어. 교차로와 언덕길 느낌과 벚나무 위치가 옛날 기억과 이어진 느낌이랄까."

"꺾인 벚나무를 보고."

"그래. 게다가 그 벚나무는 말이야, 신야 엄마인 '미나미 씨'가 신야를 낳은 해에 기념으로 심은 나무야. 그래서 신야 엄마가 신야를 지켜줬구나, 하고 생각했어."

"벚나무에 그런 의미가 있었구나. 전혀 몰랐네."

그러고 보니 아쿠쓰 씨가 통나무를 가져가고 싶어 했을 때 마스터가 잠깐이나마 머뭇거렸던 게 기억났다. 분명 소중한 기념 목을 빼앗긴다는 느낌이 들어 고민이 되었으리라.

"처음에는 말이야, 내가 알던 대중식당이 아니라 분위기 좋은 카페여서 어쩌면 경영자는 다른 사람으로 바뀐 걸까? 라고도 생각했어. 하지만 가게 이름이 '카페 레스토랑·미나미'라고 해서……."

"아, 그렇구나."

"응. 그때 확신했어."

"마스터 엄마의 성함을 가게명으로 지은 거구나, 하고?"

"맞아. 무조건 신야 가게라고."

신호가 빨강으로 바뀌어서 나는 차를 세웠다.

엄마는 아까보다는 조금 온화해진 얼굴로 앞을 바라보고 있었다. 어쩌면 소녀였던 37년 전의 추억을 보고 있을지도 모르겠다.

우리 엄마의 인생은 참 파란만장했다. 그러나 자기 입으로 고생스러웠던 옛날이야기를 하는 사람은 아니다. 어쩌면 괴로웠던 과거를 떠올리고 싶지 않을 수도 있다. 그렇지만 딸인 나는 대략 어떻게 성장했는지 엄마한테 들어서 알고 있다.

의붓아버지에게 가정폭력을 당하던 중학교 3학년 때의 여름, 엄마 가족은 돗토리 사구 근처 시골 마을로 이사했다. 그리고 그 이사를 계기로 엄마의 엄마, 그러니까 나의 외할머니는 이혼하는 걸로 우리 엄마를 지켰다. 이혼한 상대는 돈벌이도 시원치 않고 사회생활 능력도 없던 터라 피가 섞이지 않은 코타 삼촌도 외할머니가 거두어 함께 키웠다.

돗토리에서는 엄마도 아르바이트하며 살림을 도우면서 고등학교를 졸업하고, 장학금을 받아서 도쿄의 유명한 대학교로 진학했다. 대학교를 졸업한 후에는 건축회사에 들어가 그곳에서 경험을 겹겹이 쌓으면서 특기인 공부에 그악스럽게 매달렸고 끝내 1급 건축사 자격증을 취득해 독립했다. 그러면서 어렸을 때부터 꿈이었던 공무점을 설립했다.

그 무렵, 엄마는 이미 결혼해서 성이 '다카나시'로 바뀌었기 때문에, 설립한 공무점 이름에는 '다카나시'를 붙였다. 참고로 아빠는 건축과는 전혀 관계가 없는 고전문학 연구자로, 아빠와 엄마가 만난 대학교에서 지금도 교수로 일하고 계신다. 성격은 정말로 온화하다. 나는 아빠가 성내는 모습을 태어나서 한 번도 본 적이 없고, 부부 싸움 또한 본 적이 없다. 자타공인 잉꼬 부부다.

"결혼한다면 무조건 온유하고, 다정한 사람이랑 할 거라고 정해두었어." 하고 예전에 엄마가 말한 적이 있었는데, 그건 분명 예전에 학대당한 의붓아버지가 트라우마로 남아 있어서 그럴 테다. 하지만 그 트라우마 덕에 다정한 아빠와 결혼할 수 있었으니까 엄마는 인생을 한방에 역전시켜 행복을 거머쥔, 성공한 사람이라고 생각한다.

"모에카, 신호 바뀌었어."

조수석에 앉아 있던 엄마 목소리에 나는 화들짝 정신을 차렸다.

"아, 응."

서둘러 액셀을 밟았다.

"왜 그래? 멍한 얼굴을 다 하고."

"미안, 잠깐 생각 좀 하느라."

엄마에 관한 걸 말이야—, 하고 나는 마음속으로 덧붙였다.

그러자 엄마도 자신의 과거를 떠올리고 있었던 모양인지, "저 거리, 완전히 바뀌었네." 하고 한숨을 쉬듯 중얼거렸다.

"그야 그렇겠지."

"37년이나 지났으니까……."

"있잖아, 엄마."

"응?"

"돗토리로 이사하고 왜 마스터에게 연락을 안 한 거야?"

"그야, 아무 말도 하지 않고 이사했으니까. 새삼스레 연락하는 게 더 이상하지 않니?"

"뭐? 아무 말도 안 하고 이사 간 거야?"

"응……."

"어째서?"

"전에 모에카한테는 말했던 것 같은데, 그 여름날의 도피행은 경찰 소동까지 일으켰다고 했잖아? 그래서 우리 집 일에 더는 신야를 끌어들여서는 안 되겠다고 생각해서……."

"뭐어? 그러는 게 어딨어?"

"어쩔 수 없잖아. 어렸을 때 일이니까."

"뭐, 그렇기는 하지만. 그래도 안타깝네, 그런 이별은."

"응. 안타까웠어……. 학교에 딱 한 명 있었던 친한 친구한테도 아무 말도 못하고 떠났어."

"그거, 우정에 금이 가는 패턴이잖아."

"뭐, 그렇지. 그래도 누구한테는 말하고, 누구한테는 말 안 하는 것도 어쩐지 꺼림칙한 기분이 들어서. 그래서 차라리 아무한테도 말하지 않고 얌전히 사라지자고 생각했어. 그러는 편이 분명 금세 잊힐 것 같기도 했고."

엄마는 거기까지 말하고 또 탄식했다.

"엄마, 안타까운 마음은 잘 알겠는데, 옛날 일을 떠올리면서 너무 한숨을 많이 쉬는 거 아냐?"

"아하하. 그렇지?"

"모처럼 마스터와 다시 만나게 되었으니까 평소처럼 밝은 얼굴로 있어."

"네, 알겠습니다."

나는 자동차 핸들을 꺾어 널따란 우회 도로를 탔다. 액셀을 꾹 밟아 속도를 올렸다. 이 우회도로를 빠져서 조금 더 달리면 예전에 엄마가 살던 마을이 나온다.

"모에카, 있잖아."

"응?"

"기껏 태워다줬는데 미안하지만……."

뭐? 혹시, 이제 와서 못 만나겠다는 건가?

나는 "왜?" 하고 짧게 내뱉고는 힐끗 엄마를 보았다. 엄마도 나를 보고 있었다.

"미안해. 아무래도 나……."

"뭐? 안 돼, 여기까지 왔는데 돌아간다니."

"그게 아니라."

"어?"

"혼자 가고 싶어서."

"그럼, 나는?"

"어디 가서 조금만 기다려줄래?"

"뭐? 왜? 그런 게 어딨어?"

나는 일부러 투덜거리는 척을 했다.

"그래도 옛날 동급생과 재회하는 장면을 딸이 옆에서 본다고 생각하니, 뭔가 부끄럽잖아."

엄마는 목을 움츠렸다. 그 몸짓이 어쩐지 소녀처럼 보여서 나는 웃고 말았다. 분명 내가 옆에 있으면 학창 시절로 돌아가기 어려울 테지.

"알겠어. 그럼 엄마는 카페 근처에 내려주고 나는 다른 유명한 찻집에서 차 마시고 있을게."

"유명한 찻집?"

"응. 가게 안에 신사에서 동전을 던지는 돈통이 있는데 그 돈통에 돈을 넣으면 가게 여주인이 뭐든 상담해준다는 인기 찻집이야."

"뭐야 그거, 재밌겠는걸? 가게 이름이 뭐야?"

"쇼와당……이었나? 그 동네에서 꽤 유명한 찻집인가 봐."

"아, 쇼와당. 그런 찻집 본 것 같아. 역 앞 상점가 안에 있는 가게 아냐?"

"아, 응. 아마 맞는 것 같아."

"그렇구나. 그 상점가도 그렇네……."

엄마의 마음이 과거로 돌아간 듯 보여 나는 한동안 아무 말 없이 운전만 했다. 엄마와 마스터가 재회하는 장면을 나도 보고 싶었는데, 하고 아쉬워하면서. 하지만 뭐 그걸로 됐어, 하고 생각했다. 나는 그 장면 외에도 아껴두고 있는 '즐거움'이 있으니까.

유카

자그마치 37년 만에 들른 동네는 당연하게도 완전히 바뀌어 있었다.

하지만 신야와 걸었던 중학교로 이어지는 언덕의 경치만큼

412

은 크게 바뀌지 않은 채 고스란히 남아 있었다.

그 언덕길 가장 아래에 지금 내가 서 있다.

눈앞에 '카페 레스토랑·미나미'가 있다.

모에카와 우리 직원들이 정성껏 수리해준 덕분에 외장 공사가 멋지게 마무리되어 있었다.

오늘 내가 이곳에 오는 건 신야에게도 유리코 씨에게도 미리 알리지 않았다. 그래서 혹시 신야가 나라고 눈치채지 못한다면 평범한 손님인 척 밥을 먹고 그대로 돌아가도 된다—. 나는 그렇게 생각하며 용기를 내기로 했다. 한심하게도 다리가 벌써 후들후들 떨렸다.

그 벚나무가 있던 장소를 보니 그루터기만 남아 있었다. 어릴 적에 신야와 함께 먹었던 버찌의 새콤달콤한 맛이 되살아났다. 다음에 버찌가 열리면 먹으러 갈게, 하고 '약속'했는데 결국 먹지 못했다.

그러고 보니 신야는 '약속'하는 걸 싫다고 했었지.

나는 한 걸음, 가게 입구 문 앞으로 다가섰다.

문에는 벚나무 결을 살린 세련된 손잡이가 달려 있다.

코타가 직접 만들었다는 그 손잡이다.

문 위로 시선을 옮기자 '카페 레스토랑·미나미'라고 새긴 새 간판이 걸려 있다. 간판이 눈에 들어오자 왠지 모르게 무척 기빠졌다. 간판이 네잎클로버로 디자인되었기 때문이다.

지금, 내 가방 안에 있는 지갑 속에는 코팅된 네잎클로버가 들어 있다. 37년 전, 신야에게 이 부적을 받고 난 뒤부터 내 인생은 단숨에 바뀌었다. 좋은 쪽으로, 좀 더 좋은 쪽으로. 그래서 지금도 나의 소중한 보물이다. 혹시 오늘 신야가 돌려주지 않아도 된다고 말해준다면 언젠가 모에카에게 물려주고 싶다.

나는 크게 심호흡을 한 번 하고는 슬며시 문을 당겼다.

띠링, 띠링, 하고 달콤한 현관 벨이 울렸다.

"어서 오십쇼."

카운터 안에서 인사하는 목소리가 들렸다.

한눈에 알아차렸다.

수염을 기른 신야—.

내 심장은 한 박자 빨리 뛰기 시작했다.

"어서 오세요."

부드러운 여성의 목소리……, 쟁반을 손에 들고 미소 짓는 이 여성이 분명 유리코 씨일 테지.

나는 입으로 튀어나올 것만 같은 심장을 들키지 않게끔 최대한 태연한 얼굴로 고개만 살짝 끄덕였다.

바로 오른편에 문손잡이와 디자인을 맞춘 벚나무로 만든 계산대가 있었다. 코타는 여전히 고객이 기뻐할 만한 멋진 일을 척척 해내는구나, 하고 감탄했다. 모에카 말로는 신야가 아직 아쿠쓰라는 숙련공이 성인이 된 코타라고 눈치채지 못한 것 같다고 했다. 부끄럼을 많이 타는 코타는 알려주지 않아도 된다고 했지만, 만약 알게 된다면 신야는 어떤 얼굴을 할까.

이런저런 생각을 하면서 나는 신야가 있는 카운터 쪽을 향해 걸어갔다. 너무 긴장한 탓에 걷는 게 어색해 보일 것만 같았으나 어쩔 도리가 없다.

카운터는 아무래도 식당이었던 당시와는 느낌이 달랐지만, 그래도 역시 내가 앉는 곳은 주방이 보이는 카운터 자리다.

심장이 두근대며 긴장한 내가 의자에 앉자 유리코 씨가 물과 메뉴판을 들고 와주었다.

"메뉴판입니다."

예쁜 분이시네, 하고 생각하면서 "감사합니다." 하고 말했을 때, 유리코 씨의 눈이 순간 반짝 빛났던 것만 같은 느낌이 들었다.

들킨 걸지도 모르겠다. 다들 나랑 모에카는 많이 닮았다고들 하니까. 얼굴도 목소리도 똑같다고 한다.

유리코 씨는 나를 보면서 기쁜 듯이 싱긋 웃고 "천천히 보세요"라고만 말하고 그대로 물러났다. 나를 못 알아본 척해준 걸수도 있다.

신야는 내 오른편 대각선에 서서 진지한 얼굴로 드립커피를 내리고 있다. 너무 쳐다보면 수상쩍게 여길 수도 있기에 나는 메뉴판을 펼쳐 시선을 떨구었다.

가격에 기부금이 포함됐다며 모에카가 추천한 '미나미 블렌드'는 마시기로 하고…….

음료를 정한 뒤 음식 메뉴가 있는 곳을 보는데, 나는 엉겁결에 소리를 내지를 뻔했다. 어렸을 때 아저씨가 만들어준 '어린이 밥' 중에서 가장 인기 있었던 '비밀 메뉴'가 이 가게에서는 정식 메뉴로 들어가 있었다.

나는 아무런 고민 없이 손을 들어 이쪽으로 다가온 유리코 씨에게 그 메뉴를 주문했다.

"네, 알겠습니다."

유리코 씨는 확신에 가득 찬 얼굴로 주문 내용을 신야에게 전달했다.

신야는 나 외에 다른 몇몇 손님들에게 주문받은 음식을 만들고 있던 터라 카운터에 앉은 나를 조금도 알아차리지 못했다.

이윽고 신야가 프라이팬을 휘두르기 시작했다. 살짝 고개를 숙인 그 얼굴은 살며시 미소 짓는 것처럼도 보여서, 어린 시절 나의 영웅이었던 아저씨 모습과 겹쳐 보였다. 아저씨가 이미 오래전에 돌아가셨다는 소식은 모에카를 통해 들었다.

그리움과 감사함이라는 감정이 한데 섞여 가슴 얕은 곳에서 욱신욱신 열을 뿜어내기 시작했다.

나는 조용히 심호흡했다.

울지 말아야지. 지금은 울면 안 돼.

얼른 즐거웠던 일을 떠올리자.

이내 신야가 이제 막 만든 김이 모락모락 나는 음식을 내 앞에 사뿐히 내려놓았다.

"많이 기다리셨습니다."

"가, 감사, 합니다……."

그때, 찰나지만 눈이 서로 마주쳤다. 그러나 신야는 아직 눈치채지 못했다. 분명 내가 고개를 약간 숙이고 있었기 때문이겠지.

그릇 위에 올려놓은 나무젓가락을 손에 쥐었다.

김이 나는 그릇에서 마늘과 버터와 간장의 군침 도는 냄새가 피어올랐다.

그래, 이 냄새…….

듬뿍 올려진 가다랑어포가 살아 있는 것처럼 팔랑팔랑 움직이는 모습을 코타가 늘 신기하다는 듯이 보곤 했었는데.

나는 나직이, 하지만 감사한 마음을 가득 담아서 "잘 먹겠습니다." 하고 말했다.

그리고 어린 시절에 무척이나 좋아했던 '버터 간장 맛 볶음 우동'에 나무젓가락을 푹 넣었다.

한 입 먹은 순간, 나는 눈을 감고 말았다.

그때 먹었던 맛과 똑같아.

오래도록 가슴속 깊이 간직해온 기억의 실타래가 스르륵 풀려 유년 시절과 이어지기 시작했다.

감고 있던 눈을 떴다.

그러자 카운터 너머의 정면에 신야가 서 있었다.

신야는 의아하다는 듯한 얼굴로 나를 보고 있다.

"이거, 맛있어요……."

이렇게 말하며 있는 힘을 다해 미소 지었다고 생각했는데 그만 눈물이 흐르고 말았다.

그러자 그 순간, 신야가 입을 열었다.

"어……, 손님."

"네."

"아, 그러니까, 그 반지에 박혀 있는 돌."

"네……."

나는 옆에 놓인 냅킨으로 눈물을 닦았다.

"혹시 블루 토파즈, 인가요?"

그 단어를 신야 목소리로 듣게 되는 날이 오다니.

내 기억의 실은 반짝이는 다쓰우라 바다로 이어졌다.

"네. 맞아요."

"그럼, 그러니까 혹시 커다란 발코니가 있는 집에 거주하시나요?"

신야 얼굴에 천천히 웃음꽃이 피기 시작했다.

옛날과 변함없는, 상대방을 감싸는 듯한 다정한 미소.

"네. 그게 중학생 때부터 간절히 바라던 꿈이었거든요."

"그렇군요."

"네."

"꿈, 이뤄서 다행이네."

신야는 한숨을 내쉬듯 말했다.

"응."

고개를 끄덕인 나는 조금 떨어진 곳에 있는 유리코 씨를 보았다. 유리코 씨도 신야와 꼭 닮은 미소를 지으며 나를 향해 깊이 끄덕였다.

용서해주었구나—.

나는 그렇게 느끼고, 굵은 눈물을 뚝뚝 흘리며 유리코 씨를 향해 미소 지었다.

"유카 선배."

신야는 느닷없이 그런 호칭으로 나를 불렀다.

"네. 신야 부장님."

그렇게 화답했더니 신야가 쿡 하고 웃었다.

"유리코, 잠깐만."

신야는 유리코 씨를 손짓하며 불렀다. 유리코 씨는 싱글싱글 웃는 얼굴로 다가와서 "처음 뵙겠습니다." 하고 말했다.

"제 딸이 정말 신세를 많이 졌습니다."

내가 말하자 유리코 씨가 고개를 폭 숙였다.

"아뇨. 오히려 저희야말로 정말로 뭐라 말할 수 없을 정도로 신세를 졌어요. 감사합니다."

"아, 아니에요, 그런."

내가 양손을 앞으로 내밀고 있자, 신야가 끼어들었다.

"인생에서 가장 놀란 순간이었어. 정말 고마워."

신야도 카운터 너머에서 고개를 숙였다.

"어휴 참, 그만해. 나는 신야 아빠에게 보답하고 싶었을 뿐이야."

이 말의 반은 사실이고 반은 거짓이다. 사실은 신야와 아저씨, 두 사람에게 하는 보답이니까.

나는 화제를 바꾸고 싶어서 이렇게 말했다.

"이 메뉴, 안 없앴네."

"아, 응. 그거 나도 좋아했거든."

돌아가신 아저씨가 떠올랐는지 신야는 조금 쓸쓸한 듯 웃더니 "그것보다." 하고 말을 이었다.

"왜 이제야 온 거야?"

그런 질문을 할 거라 나는 예상했었다. 그래서 그럴싸한 대답을 미리 준비해두었다.

"그야, 주인공은 마지막에 등장하는 법이잖아?"

그날, 다쓰우라로 향하던 열차 안에서 신야가 말한 대사다.

순간 어리둥절해하던 신야가 점점 확신에 찬 듯한 표정을 짓더니 쿡 하고 웃었다.

"대단한데? 그런 세세한 부분까지 기억하고 있다니."

"신야도 떠올랐다는 건, 기억하고 있었단 거잖아."

"그때 상행선 열차 안에서……."

"맞아."

"뭐야, 둘이 왜 웃는 거야? 나도 알려줘."

유리코 씨도 웃으면서 말했다.

"알려주는 거야 상관없지만, 여러 일이 있었으니까 말하자면 길어."

"상관없어, 오늘은 길어져도. 그렇죠? 유카 씨."

나는 "네." 하고 끄덕였다. 말하고 싶은 건 가득가득 있으니까.

다만 지금은 이야기하기 전에…….

"그전에 말이야." 신야가 아저씨와 닮은 목소리로 아저씨가 곧잘 하던 대사를 말했다.

"음식이 식어버리니까, 얼른 먹어."

"응."

나는 추억의 볶음우동을 먹었다.

방심하면 눈물이 순식간에 넘쳐날 것만 같아서 중간에 몇 번이고 심호흡하면서.

앞으로 젓가락질을 몇 번만 하면 깨끗이 비워지려는—그 순간, 등 뒤에서 띠링 띠링 하고 도어벨이 울렸다.

손님이 온 걸까? 나는 그렇게 여기고 연신 젓가락을 움직였는데 어째서인지 신야도 유리코 씨도 "어서 오세요"라는 말을 하지 않았다. 부자연스러운 공기를 느낀 나는 그릇에서 얼굴을 들었다.

눈앞에서 신야가 의미심장하게 웃고 있다.

"유카, 뒤를 돌아봐."

"어?"

나는 시키는 대로 뒤돌아보았다.

그리고 엉겁결에 소리를 내지르고 말았다.

"엇, 모에카, 코타. 어째서?"

내 목소리를 듣고 이번에는 신야가 목소리를 냈다.

"어? 코타? 뭐? 그게 무슨 말이야?"

맞다. '아쿠쓰'가 데릴사위로 들어가서 성이 바뀐 코타라는 사실을 신야에게 아직 말하지 않았다.

벚나무로 만든 계산대 앞에 서 있는, 나의 소중한 두 사람.

코타는 쑥스럽다는 듯이 뒤통수를 긁적이며 서 있다.

모에카는 깜짝 놀라 하는 우리를 순서대로 쳐다보고는 장난기 가득한 미소를 지으며 말했다.

"제가 정말 좋아하는 여러분에게, 두 번째 서프라이즈 인물을 모셔왔습니다."

멍하니 서 있는 신야와 유리코 씨를 보고 나는 쿡 하고 웃었다.

37년이라는 긴긴 세월이, 반짝이는 푸른 바람이 되어 지금 내 가슴 안쪽을 스쳐 지나갔다.

맛있어서 눈물이 날 때

초판 1쇄 발행 2024년 11월 20일

지 은 이	모리사와 아키오
옮 긴 이	임지인
펴 낸 이	한승수
펴 낸 곳	문예춘추사
편 집	구본영
디 자 인	박소윤
마 케 팅	박건원, 김홍주
등록번호	제300-1994-16
등록일자	1994년 1월 24일
주 소	서울특별시 마포구 동교로 27길 53, 309호
전 화	02 338 0084
팩 스	02 338 0087
메 일	moonchusa@naver.com
I S B N	978-89-7604-691-8 03830

* 이 책에 대한 번역 · 출판 · 판매 등의 모든 권한은 문예춘추사에 있습니다.
 간단한 서평을 제외하고는 문예춘추사의 서면 허락 없이 이 책의 내용을
 인용 · 촬영 · 녹음 · 재편집하거나 전자문서 등으로 변환할 수 없습니다.
* 책값은 뒤표지에 있습니다.
* 잘못된 책은 구입처에서 교환해 드립니다.